LES INCONSOLÉS

"Domaine français"

DU MÊME AUTEUR

Romans

LA PRINCESSE ET LE PÊCHEUR, Actes Sud, 2007 ; Babel n° 968.
LA DOUBLE VIE D'ANNA SONG, Actes Sud, 2009 ; Babel n° 1661.
VOYAGEUR MALGRÉ LUI, Flammarion, 2014.

Contes

LE LAC NÉ EN UNE NUIT ET AUTRES LÉGENDES DU VIÊTNAM, Babel n° 888, 2008.
COMMENT LA MER DEVINT SALÉE, illustrations de Vanessa Hié, Actes Sud Junior, 2011.

Essai

LES ÉCRIVAINS ET LE FAIT DIVERS : UNE AUTRE HISTOIRE DE LA LITTÉRATURE, Flammarion, 2017.

ISBN 978-2-330-13069-5

MINH TRAN HUY

Les Inconsolés

roman

ACTES SUD

pour Alexandre et Paul, mes deux amours

J'ai bâti de si beaux châteaux
que les ruines m'en suffiraient.

JULES RENARD,
Journal

Belle amie nous sommes ainsi :
ni vous sans moi, ni moi sans vous.

MARIE DE FRANCE,
Le Lai du chèvrefeuille

Lise

1.

Il s'attardait et je l'ai quitté un instant pour me tourner vers le ciel. La lune s'était levée. Une trouée d'ivoire sur le velours nocturne, une sphère opaline dont les rayons diapraient les eaux du lac, dessinant d'étranges formes argentées à sa surface, aux contours indécis et fluides : un immense test de Rorschach où le mercure aurait remplacé l'encre. En se penchant, on pouvait deviner tout au fond une silhouette enveloppée d'un drap et lestée de deux blocs de pierre, l'un orné d'initiales entrelacées et l'autre d'une colombe. Motifs effrités, rongés par le temps. Dans quelques semaines, six mois, un an peut-être, il en serait de même pour le corps. Il se décomposerait jusqu'à se dissoudre dans le paysage qui lui tenait lieu de tombe – eaux noires piquées de roseaux où voletaient des libellules, nénuphars abritant poissons, rainettes qui coassaient doucement entre les aulnes, grillons chantant sans le savoir une oraison funèbre, dissimulés dans les hautes herbes du parc. Nul n'en retrouverait trace. Nul ne viendrait se recueillir au bord du lac en souvenir, à part peut-être l'homme sur la berge, qui fixait depuis plusieurs minutes l'endroit où avait sombré la dépouille, tout de blanc vêtue, qu'il avait déposée à la façon d'une offrande plutôt que d'un fardeau.

Je ne l'avais jamais vu pleurer jusque-là, et j'ai eu de la peine pour lui. J'aurais voulu glisser à son oreille que ce qui s'était passé ce soir nous avait d'une certaine façon unis pour toujours ; que ce n'était pas plus sa faute que la mienne, et que la mort, quelle que fût sa cruauté, pouvait aussi être un apaisement. Je l'aurais fait si j'avais eu l'espoir de lui arracher le moindre mot. Le moindre geste. Mais je savais que ce ne serait pas le cas. Il ne me dirait rien de plus que ce qu'il m'avait déjà dit, de même qu'il ne ferait rien de plus que ce qu'il avait déjà fait – il s'était "occupé de tout", comme promis, et s'arrêterait là. À ses yeux, je n'étais plus qu'une ombre. Même pas une ombre, mais un courant d'air, une brise, sitôt surgie, sitôt disparue. Je ne pourrais prévenir personne et devrais me contenter d'assister aux événements, présence silencieuse et invisible qui avait seulement obtenu le droit d'être là. Alors je l'ai laissé s'en aller. Ses cheveux, son dos, sa silhouette entre les arbres. Le bruit de ses pas sur le gravier du chemin. Une portière qui claque, un moteur qui démarre. La lumière des phares dans la nuit.

2.

Ils avaient vingt ans et ne savaient rien l'un de l'autre lorsqu'ils s'étaient rencontrés. Lise le précisait toujours quand elle racontait leur histoire. Comme si tomber amoureux d'un inconnu était plus intéressant que tomber amoureux de sa voisine ou d'un ami d'enfance. Comme si le fait que cet amour n'avait pas été élaboré, édifié sur des souvenirs communs ou des valeurs partagées, mais avait surgi d'un bloc, météoritique et foudroyant, lui conférait une plus grande légitimité. La nature romanesque de Lise voulait croire qu'une forme de fatalité avait guidé leurs pas, et que toute la joie, extrême, et toute la douleur, non moins extrême, qui allaient ressortir de leur relation, étaient partie prenante de leur destin : s'ils avaient été si heureux puis si malheureux l'un par l'autre, c'était qu'il ne pouvait en être autrement.

Elle se racontait cela pour se consoler, car c'est une consolation que de s'imaginer en héroïne de tragédie plutôt qu'en idiote pleurant bêtement, seule avec sa peine, recroquevillée dans son lit, les yeux rouges et les cheveux défaits, tout ça pour une histoire dont on savait bien, au fond, qu'elle ne pouvait durer. C'est une consolation même si l'on se préférait en bergère arrachée à sa chaumière par un prince ou en ado complexée soudain révélée par les attentions du garçon le plus populaire du lycée. Louis était bien assez charmant pour l'un ou l'autre de ces rôles avec ses cheveux blonds qui lui faisaient comme une auréole et ses yeux d'un bleu pur, de la même teinte exactement que le ciel, en ce jour où leurs regards s'étaient croisés pour la première fois, un ciel sans nuage, aussi lisse qu'une vitre fraîchement nettoyée.

Le cadre est banal – la terrasse d'un café parisien situé en face de l'établissement où tous deux font leurs études – mais la lumière magnifique. Le jour baigne les lieux, ambre les façades et les silhouettes, ricoche sur le zinc du comptoir et les bagues et bracelets des filles qui rient et discutent dans l'air léger de ce début de printemps. Lise s'est installée avec une poignée de camarades. Elle discourt avec enthousiasme sur un film de Fritz Lang, *La Femme au portrait*, sur lequel elle doit faire un exposé en cours de langue. Assis à la table juste à côté, Louis salue l'un des compagnons de Lise ; elle se retourne et reçoit en apercevant ce garçon aussi blond qu'elle est brune, aussi posé, de ton et d'attitude, qu'elle est ardente – un coup au cœur. Elle éprouve pour lui un désir immédiat, entier, qui la ferait rougir si son teint le permettait. Non le désir douloureux et déraisonnable qui viendra plus tard, quand il ne sera plus possible, ni pour l'un ni pour l'autre, de l'apaiser, mais un désir à la fois immense et caressant, enveloppant comme une mer, sans rien qui pèse ou menace.

Elle ignore pour l'heure jusqu'au nom de ce jeune homme dont la vue l'a ainsi frappée. Elle s'efforce de se calmer en se répétant que ce n'est qu'un garçon parmi d'autres au sein d'un petit groupe comme il s'en crée et s'en dissout tant dans les lieux de rassemblement estudiantins, une rencontre de passage qui l'interroge, juste pour faire la conversation, sans doute, sur le film de Lang, puis sur le roman posé près de son Perrier citron, *Le Temps de l'innocence* d'Edith Wharton – qu'il a remarqué, lui dit-il, car il est plus habituel, au sein de leur école, de voir les uns et les autres plongés dans des ouvrages de droit, d'histoire, d'économie ou de sociologie, que de littérature.

— Eh bien justement, j'ai fait des études de lettres avant d'entrer ici.

— Tu es en quatrième année ?

— En cinquième.

— Moi aussi. Et de quoi ça parle, *Le Temps de l'innocence* ? De l'enfance ?

— Pas vraiment. Ça raconte une passion impossible entre un homme sur le point de se marier et une femme sur le point de divorcer dans la haute société new-yorkaise du début du siècle…

— Ça a l'air bien. Romantique.

— Ça l'est.

— Bien ou romantique ?

— Les deux. Enfin, plus tragique que romantique.

— L'un d'eux meurt ?

— Non, sauf à considérer que le héros meurt intérieurement : il sacrifie aux convenances le seul amour qu'il ait jamais connu et finit par mener une vie médiocre.

— C'est drôle, tu parles de façon très… soignée. Comme dans un livre.

— On me l'a déjà dit. C'est juste que je ne sais pas faire autrement. Ça te dérange ?

— Non, ça te va bien.

— Comme un parfum, ou un vêtement ?

— Eh bien… On te voit et on s'attend à ce que tu parles de façon particulière, en tout cas.

La conversation se poursuit et à la façon dont l'un et l'autre se regardent, n'importe qui pourrait deviner où tout cela mène. Mais pas Lise. Malgré son assurance de façade, elle n'est sûre de rien, alors, et surtout pas d'elle-même. Cela n'empêche pas l'imagination de courir. Le temps est splendide, les cours finissent dans trois mois, elle a vingt ans et une immense faim d'aimer : c'est le moment parfait pour entamer une histoire avec quelqu'un dont elle ignore jusqu'au nom, quelqu'un à qui manifestement la vie sourit comme il lui sourit à présent, quelqu'un avec qui tout serait possible, qui sait. Seulement voilà que son inconnu coupe court à la romance à peine esquissée : la sonnerie de la demie a retenti, il sursaute, manifestement en retard pour un cours ou un rendez-vous, un examen, peut-être, et se lève sans plus de cérémonie pour traverser la rue en trois enjambées.

Il a filé et Lise l'a laissé filer, elle s'oblige même à ne pas le suivre des yeux tandis qu'il se fond dans la marée des étudiants rejoignant l'amphi, les salles de TD, la bibliothèque. Dos tourné, elle rejoint le brouhaha de la discussion générale avec le vague regret de n'avoir ni pris, ni donné de numéro de téléphone. Elle le cache, mais elle est déçue. Elle n'a pas souvenir d'avoir croisé ce garçon durant les dix-huit mois qui se sont écoulés depuis son arrivée ici et il est possible qu'ils ne se revoient pas : ils sont des centaines d'étudiants allant et venant, aux profils multiples, aux cursus et horaires variables.

Quant à se renseigner auprès des autres membres du groupe, elle s'en abstient car le doute à nouveau la prend. Peut-être s'est-elle trompée et laissée aller à fantasmer une attirance qui n'existait que dans sa tête. Peut-être a-t-elle bâti quelque chose sur du vent – un soupçon, un espoir, et puis rien. C'est son défaut : elle est de ces filles qui rêvent plus qu'elles ne vivent.

3.

Après le départ de la voiture, je ne l'ai pas immédiatement suivi. Je suis restée longtemps immobile, à contempler le château. Petite fille, je rêvais d'y vivre ; Étambel a toujours appartenu pour moi au pays de l'enfance, de l'ennui languissant, des livres aux couvertures usées, à l'odeur de colle et de carton mouillé, des illustrations dont on observe les détails – nuages d'or de la robe couleur du temps de Peau d'Âne, médaillon ornant le cou de la Belle quand celui de Blanche-Neige reste nu, ornements chantournés de la citrouille devenue carrosse de Cendrillon – avec une minutie qu'aucun adulte ne peut comprendre, et qu'on cessera du reste de comprendre dès qu'on aura grandi à son tour. Lorsque j'écoutais ces histoires de princesses qui après avoir surmonté avec autant de modestie que de courage une série d'épreuves imposées par une marâtre, une mauvaise fée ou un père aux inclinations douteuses, se voyaient élues par un prince qui les emportait sur un blanc destrier pour les installer dans un château, c'était Étambel que je voyais. L'état d'abandon du domaine ne m'arrêtait nullement, au contraire : il me faisait penser à la demeure de la Belle au bois dormant, légende où pour tous les enfants du monde, c'est davantage le bois que la Belle qui dort. Perrault du reste se garde de les détromper : ne précise-t-il pas que la bonne fée, pour éviter à sa filleule de se réveiller désemparée dans un siècle de temps, a soin d'endormir pour la même période non seulement les nombreux domestiques et serviteurs de la Belle – y compris sa petite chienne – mais aussi les lieux où elle repose, entourant le château de ce fameux bois impénétrable et épineux, seul à même de protéger la princesse contre les regards indiscrets et les prétendants mal intentionnés ?

Oui, j'adorais les eaux moirées du lac, les méandres du labyrinthe de buis, le château de pierre blonde et ses tours écroulées. J'adorais me promener sur les chemins de gravier envahis d'herbes folles, balayer du regard les tapis de nénuphars, les murailles veinées de lierre, les buissons enserrant les ruines du domaine à la manière d'un gigantesque serpent végétal. Ma maison à moi, depuis laquelle je pouvais apercevoir, à travers la fenêtre de ma chambre, la tour est du château, dont la silhouette traçait un trait blanc sur l'azur, était l'antithèse d'Étambel : un pavillon à un étage moderne, confortable et impersonnel, appartenant à un lotissement Phénix tout juste édifié, assorti comme tous ses compagnons d'un garage, d'un jardinet et d'une minuscule avancée pompeusement qualifiée de terrasse. Franchissant le portail, on était saisi par le parfum des bosquets de lavande que ma grand-mère avait fait pousser tout contre les murs de crépi blanc, si bien que le pavillon semblait moelleusement enveloppé dans un mélange parfumé de mauves et de verts. C'était la seule particularité de cette maison, dotée sinon de tous les attributs de son époque : moquette à la teinte indéfinie, papier peint à fleurs et rideaux à l'avenant, canapé en mousse, table de formica, tabourets de plastique orange pétant et vert pomme. Comme si mes parents avaient voulu se fondre dans ce décor du début des années 1980 et faire oublier, autant que possible, qu'ils venaient d'ailleurs.

Désireux de mener une existence tranquille dans un endroit modeste, ils n'avaient pas prêté d'attention particulière au domaine abandonné d'Étambel, situé si près de chez eux que ma sœur et moi prendrions bientôt l'habitude de passer sous la clôture, jouant les exploratrices, d'abord, et plus tard les reines, arborant avec superbe les couronnes de carton doré collectées lors de la dernière galette des Rois (que notre famille célébrait scrupuleusement bien qu'aucun d'entre nous n'en connût la signification), les épaules enveloppées, faute de cape d'hermine, de l'immense nappe brodée que ma grand-mère avait dissimulée au fond de son coffre de bois dur, survivance de cette vie antérieure à propos de laquelle elle comme mon père gardaient un silence pareil à un glacis, lisse et uniforme. Silence auquel je tentais d'échapper en montant dans ma chambre pour ouvrir la fenêtre et rêver à ce château en ruine, aux êtres qui en avaient arpenté les couloirs, aux velours et dentelles dont ils avaient été revêtus, aux bals et banquets qu'ils y avaient donnés, aux alliances qu'ils y avaient scellées. Rêver d'Étambel comme on rêve d'un autre monde, d'une autre vie, moi qui habitais dans une maison muette, sans traces du passé ni indices d'un possible futur, et évoluais dans un présent étrangement suspendu : alors que la ville aurait dû grignoter inexorablement la campagne, l'enclore et l'asphalter, la faillite du promoteur immobilier, qui donna lieu à un inextricable imbroglio juridique, mit un frein à son extension. La cohabitation entre le lotissement flambant neuf et la nature qui l'entourait, dominée par les vestiges hors du temps d'Étambel, sa magnificence ruinée et pourtant persistante, s'est prolongée des années durant. Je suis tentée d'y voir un signe : comme si mon histoire, mes amours avec Louis, les obstacles que nous n'avons pas su vaincre, et jusqu'à cette fin que ni lui ni moi n'avions prévue, étaient déjà là, inscrits dans le paysage de mon enfance.

4.

Leur relation a donc commencé par une interruption. Par la suite, il est arrivé à Lise de penser que tout aurait pu s'arrêter là. Après quelques jours, son émotion se serait estompée, le garçon aux cheveux blonds et aux yeux clairs se serait peu à peu réduit à une silhouette, son visage perdant toute substance, pareil à une photo délavée. Lise aurait oublié Louis avant même de savoir qu'il s'appelait Louis, rencontré quelqu'un d'autre, eu d'autres joies et d'autres tristesses, pris un chemin différent. Mais bien sûr, cela n'a pas été le cas et quelques jours après l'épisode du café, alors qu'elle fait la queue à la bibliothèque, elle entend quelqu'un derrière elle adresser un joyeux “Salut !”. Elle se retourne et à la vue de Louis répond un peu trop vite et un peu trop fort : “Salut !”. De leur échange elle ne retiendra rien, trop occupée à tenter, une nouvelle fois, de cacher son émotion, le sang battant à ses tempes, ses mains crispées sur son livre, sa voix tendue comme un arc. Elle ignore que c'est précisément cela qui touche son interlocuteur, son inaptitude à la dissimulation, l'évidence de ses sentiments. Il faut dire qu'adopter une attitude et un visage décontractés est chose difficile quand on a l'impression que tout autour de vous est devenu flou et que le monde s'est réduit au sourire de l'autre et à son regard sur vous, un regard lumineux et désarmant, comme s'il était heureux de votre simple présence, comme si peu importait au fond ce que vous pouviez dire ou faire du moment que vous étiez là. Troublée, Lise parvient tout juste, sous un prétexte lamentable, à lui glisser son numéro avant de s'enfuir.

Elle sort d'une autre bibliothèque, la BNF, lorsqu'elle reçoit son coup de fil lui proposant de dîner le soir même. Elle est libre, ne songe pas à se prétendre occupée, et suggère non pas un français ou un italien, mais un petit afghan dans le Quartier latin. "Il est minuscule et ne paie pas de mine, mais c'est très bon." Et Louis, qui en temps normal n'aurait jamais eu l'idée de manger afghan, pas plus, disons, que souabe ou tibétain, s'y rend. C'est donc dans un décor ethnique – paravents de bois, murs tendus de tissus colorés à motifs géométriques et tapis assortis – que Lise fait connaissance avec lui tout en dévorant une salade citronnée, un agneau aux aubergines et un flan à la cardamome avec un appétit que sa minceur ne laissait nullement deviner. "J'aime beaucoup manger", précise-t-elle inutilement, les assiettes dûment vidées, avec un grand sourire dont Louis se fait aussitôt l'écho. Il n'a jamais vu une fille d'allure si élégante engloutir pareille quantité de nourriture, et y prendre un plaisir tel que sa nervosité semble s'être évaporée. Elle assume sans façon d'avoir mangé en ogresse, et c'est avec la même bonne grâce qu'elle répond à ses questions.

Elle est métisse, en effet. C'est de son père, qui a émigré ici au début des années 1960, qu'elle tient sa peau mate, ses pommettes hautes et ses cheveux noirs, tandis que sa petite sœur, Liane, ressemble comme deux gouttes d'eau à leur mère, une Française aux boucles auburn et à la carnation tout aussi claire que celle de Louis. Ses parents ont grandi à quinze mille kilomètres de distance et ont des héritages et des histoires différents, mais ont en commun d'être issus de familles paysannes sans le sou et d'avoir brillé à l'école dans les matières scientifiques. C'est ce talent qui leur a permis de quitter leur ferme, que celle-ci soit située au milieu du bocage normand ou en bordure de champs de cocotiers : leurs résultats scolaires leur ont valu une bourse grâce à laquelle ils ont pu poursuivre leurs études à Paris, où ils se sont rencontrés. Ils ont fait une classe préparatoire scientifique et décroché la même école d'ingénieur. Le sentiment d'être à part – du fait de leur classe sociale, mais aussi de sa nationalité dans le cas son père, de son sexe dans le cas de sa mère, qui était une des rares femmes de la promotion – les a rapprochés. Son père pensait rentrer sitôt son diplôme en poche mais une nouvelle guerre a éclaté dans son pays, les frontières ont été fermées et il a décidé de rester. Il a demandé sa mère en mariage et le couple a acheté un pavillon à deux heures de la capitale avant de réussir à faire venir en France la grand-mère de Lise. C'est cette dernière qui l'a élevée avec sa petite sœur pendant que ses parents travaillaient d'arrache-pied. Sa grand-mère ne parle pas français et petite fille, Lise ne le parlait guère, elle non plus. Ce n'est qu'à force de le pratiquer à l'école qu'elle en est venue à le maîtriser – infiniment mieux, désormais, que sa langue grand-maternelle…

Les parents de Lise espéraient qu'elle et Liane collectionneraient comme eux les vingt sur vingt en mathématiques et en physique-chimie, qu'elles rentreraient à Polytechnique ou à la rigueur Centrale, et en sortiraient avec un métier solide et de bons revenus, de quoi acheter une maison et subvenir aux besoins d'une famille. Ils ont été terriblement déroutés quand ils ont compris que ce ne serait pas le cas – elle a passé un bac scientifique avant de bifurquer, mais sa sœur n'a même pas eu cette délicatesse – et ont l'impression de ne pas les avoir élevées comme il l'aurait fallu. Sa mère agite régulièrement la menace du chômage. Pour eux, les études littéraires restent très abstraites, ils n'arrivent pas à se les représenter, au point que Lise a dû se renseigner seule auprès de la conseillère d'orientation pour savoir quelles étaient les voies possibles après le bac. Elle a envoyé son dossier à l'établissement le plus proche de chez elle ainsi qu'au lycée Henri-IV parce que la conseillère lui avait dit que c'était le meilleur de France, et a été acceptée en hypokhâgne dans ce dernier. On aurait pu présumer que ses parents en concevraient une certaine fierté. Ils auraient pu se dire que pour la fille d'un immigré et d'une petite campagnarde qui ne s'intéressaient ni l'un ni l'autre à la philosophie, la littérature, la culture en général, intégrer l'établissement où le président Mitterrand avait envoyé sa fille, ce n'était pas si mal, ne serait-ce que pour le symbole ! Mais non. Le jour de la rentrée, la mère de Lise lui a bien offert un cadeau pour fêter l'événement – un livre, ce qui paraissait *a priori* une bonne idée. Seulement ce n'était pas la Pléiade de Rimbaud ou les œuvres complètes de Nietzsche, mais *Le Programme d'algèbre de Math sup en 999 exercices...* Histoire que Lise ne perde pas la main, avait-elle expliqué.

Louis rit beaucoup. Ils parlent longtemps, sans temps morts, avec naturel. Prise dans la discussion, Lise ne se rend compte qu'à la sortie du restaurant que son interlocuteur est resté singulièrement discret. Bien sûr, il a réagi à ses propos, donné son opinion sur d'autres sujets, d'actualité ou non, du Japon qu'ils rêvent tous deux de visiter à une rétrospective de Giacometti qui vient d'être annoncée en passant par le dernier Woody Allen à l'affiche, *Match Point*, qu'ils se proposent de voir ensemble. Mais il a à peine évoqué sa famille, n'a rien révélé de son histoire, et – est-ce la fraîcheur de la nuit après le restaurant où elle a insisté pour régler sa part ? – l'excitation de Lise retombe. Elle a soudain l'impression de s'être comportée en pie bavarde, en ingénue à voix de crécelle.

Ils marchent dans les rues de Paris où souffle un vent léger, se dirigent vers la Seine et ses flots dansant dans la lumière du soir, mais elle n'y prête guère attention, insensible à la languide beauté de cette nuit, absorbée comme elle l'est par le regret de s'être autant confiée. Elle s'en veut d'être incapable de réfréner ses enthousiasmes, de ne pouvoir faire montre de pudeur comme son compagnon. Aussi embarrassée, tout à coup, que lors de leur échange à la bibliothèque, elle en est presque à vouloir couper court à la soirée sous un prétexte quelconque pour aller se réfugier chez elle. Plonger dans un roman ou un film avec une verveine. Oublier ces bêtises, ne pas courir le risque de vivre quand il est tellement plus simple et confortable de se retrancher derrière un écran de papier ou de celluloïd. Si bien qu'elle est tout étonnée lorsque Louis l'arrête sans un mot alors qu'ils longent la grille d'un petit parc et, sous l'ombre d'un érable aux feuilles immenses, se penche sur elle pour l'embrasser.

5.

J'étais une enfant mélancolique, et sans doute serait-il tentant de lier ma mélancolie à celle de mes parents. Mélancolie de ma mère qui avait grandi dans une maison où rien ne lui appartenait : après avoir miraculeusement survécu, alors qu'elle était encore bébé, à un accident de voiture qui avait tué son père et sa mère, elle avait été recueillie à contrecœur par des cousins éloignés, des agriculteurs d'un petit village du Cotentin qui vivotaient avec difficulté. Ils ne lui avaient guère témoigné de tendresse, la traitant en servante plutôt qu'en membre de la famille : elle avait été très tôt affectée à la tenue de la maison et aux travaux de la ferme quand ses cousines, pourtant plus âgées, continuaient de poursuivre leurs jeux en la regardant de travers, allant jusqu'à refuser qu'elle les rejoignît une fois ses tâches achevées parce qu'elle "sentait trop mauvais". Elle passait toujours après elles, héritant de leurs robes devenues trop petites, de leurs bas usés et des jouets dont elles ne voulaient plus – quand elles acceptaient de les lui abandonner. On s'adressait à elle avec dureté sans jamais lui laisser oublier qu'elle n'était qu'une pièce rapportée, qui ne devait son pain qu'à la charité. Elle n'avait presque aucun souvenir de ses parents, personne pour lui parler d'eux, et son enfance s'était écoulée dans la solitude et le regret de ce qu'elle aurait pu connaître et n'avait pas connu : la douceur d'une famille aimante, qui aurait veillé sur elle sans lui faire payer le fait d'être là.

Mélancolie de mon père qui avait lui aussi survécu quand tant des siens étaient tombés. Son père et son grand-père avaient été assassinés le même jour, lors d'un des multiples conflits qui avaient frappé son pays d'origine et traçaient de sanglantes lignes de fracture jusqu'au sein des familles. Quand lui s'entraînait à résoudre des équations aux airs de formules cabalistiques, retrouvait des amis pour danser le week-end, signait des pétitions place de la Sorbonne, ses cousins et ses amis habitaient un monde où il n'était pas rare que des fils et filles partis combattre retrouvent leur maison natale brûlée et leurs père et mère pendus au nom de ce pour quoi ils avaient lutté, ou que des frères unis comme les doigts de la main dans l'enfance s'affrontent adultes sur le champ de bataille parce que les engagements pris dix ou vingt ans plus tôt étaient devenus, le temps passant, incompatibles, les alliés d'hier se révélant, pour de soudaines et mystérieuses raisons, les ennemis d'aujourd'hui. Devenue adulte, je le verrais retrouver en faisant du rangement une photo de classe datant de sa primaire et, s'adressant moins à moi qu'à lui-même, ou au fantôme de lui-même, révéler le sort de chacun de ces compagnons d'enfance, qui emporté par une roquette alors qu'il pilotait un hélicoptère, qui par une rafale de mitraillette le jour de l'ultime assaut, qui par la faim, le froid et le désespoir au fin fond du camp de rééducation où le nouveau régime l'avait envoyé, officiellement pour deux semaines, quand il y avait lentement mais sûrement dépéri durant quatre ans…

Mélancolie des exilés, aussi, de ceux qui, vivant dans une contrée alors qu'ils sont issus d'une autre, n'appartiennent en définitive à aucune. L'installation de mon père dans cette banlieue modeste, prise en tenaille entre ville et campagne, était symbolique de la position d'entre-deux qu'il occupait dans un monde auquel, en dépit de sa naturalisation, il demeurait étranger. Étranger par son passé et par son apparence, sa physionomie, son accent qui le désignaient comme tel ; étranger surtout par sa timidité, sa maladresse, la lueur d'angoisse qui passait fugitivement dans son regard, plus révélatrice, encore, que son français modelé tel un masque de glaise sur sa langue maternelle, avec sa confusion entre le "u" et le "ou", ses "r" inaudibles et son emploi systématique du présent, jamais du passé ni du futur, puisque son idiome d'origine ne connaissait pas la conjugaison et que les verbes, invariables, s'y voyaient simplement accompagnés d'un complément de temps indiquant si l'on était hier, aujourd'hui ou demain, dans une heure ou dans un an.

Mon père ne se sentait pas à sa place ici, et de fait ne l'était pas. Tout comme ma mère, au fond : quand bien même elle parle le français sans fautes et présente un faciès européen, une orpheline n'est-elle pas par définition une déracinée, surtout quand ceux qui l'ont recueillie lui répètent encore et encore qu'elle n'est pas des leurs ? Tous deux avaient été déplacés non seulement géographiquement – d'un village de province à la capitale pour ma mère, d'une terre à une autre pour mon père – mais encore socialement.

En poursuivant leurs études, ils avaient troqué leur classe d'origine, la paysannerie, pour la bourgeoisie intellectuelle. Du moins si l'on en jugeait par leurs revenus et leurs diplômes. Car il leur manquait l'essentiel : les références, les usages, la manière de converser comme la matière des conversations qui auraient véritablement fait d'eux des bourgeois ou des intellectuels. Ils ne fréquentaient ni les librairies, ni les musées, ni les théâtres, sans parler de l'opéra ou des galeries d'art. Ne saisissaient pas la plupart des plaisanteries qu'échangeaient leurs relations et collègues, fondées sur un implicite qui leur échappait et leur échapperait toujours ; riaient trop haut et parlaient trop fort, hurlant au téléphone comme si cela permettait véritablement à leurs paroles de traverser les kilomètres ; marchaient les épaules rentrées et mangeaient la bouche ouverte, mastiquant à grand bruit, comme ils l'avaient vu faire à la ferme après une journée de labeur dans les champs ou les rizières. Il leur manquait en somme ces petits riens dont on est façonné depuis la naissance, ce polissage apporté par l'habitude et l'éducation, comme la mer adoucit, après des années d'un travail imperceptible, les contours d'un tesson de verre, et qui fait que l'on reconnaît immédiatement dans celui qui vous fait face s'il est des vôtres – ou non.

Les fillettes que nous étions, ma sœur et moi, n'avaient pas conscience de ces subtilités, mais nous ne nous en partagions pas moins nous aussi entre deux mondes, quoique avec plus de souplesse – c'est l'apanage des enfants. Nous maniions avec une égale dextérité la langue du pays de notre père et celle du pays où nous étions nées, passions de la fourchette aux baguettes et des baguettes à la fourchette avec naturel, dévorions avec le même appétit le pain, le camembert, les tripes à la mode de Caen, la tarte aux pommes que nous servait notre mère, et le riz parfumé, le porc au caramel, les liserons d'eau sautés à l'ail, les crêpes farcies de crevettes préparés par notre grand-mère. Faisions coexister l'image du Christ découverte au détour d'un manuel scolaire, la croix d'or qui brillait sur la poitrine de notre mère, et la statue du Bouddha perchée sur le réfrigérateur de la maison devant laquelle brûlaient régulièrement des bâtons d'encens ; les cours de "caté" où se rendaient certains de nos camarades et les prières que nous adressions aux ancêtres devant l'autel spécialement aménagé dans la salle à manger… De même ne trouvais-je nullement étrange que mes parents, ingénieurs, eussent pour voisins un ouvrier en bâtiment et une femme de ménage, qu'ils employaient d'ailleurs, et dont la fille était ma compagne de jeu favorite.

6.

C'est un baiser comme ni l'un ni l'autre n'en a jamais donné ou reçu, qui ressuscite chez Lise le souvenir de ceux décrits par Montaigne, ces "verts, étroits, gloutons" baisers de la jeunesse qui sont en réalité la jeunesse même, son élan, son feu et sa soif, un baiser dont elle éprouve l'intensité au même titre que la foudre éclatant sous l'orage ou la plongée dans un lac au cœur de l'été, un de ces baisers qui vous laissent à la fois au comble du bonheur et déchiré de regrets puisqu'il faudra bien s'en arracher, un baiser comme une fin en soi et auquel Louis ne met d'ailleurs fin que pour tenter de le prolonger, confiant à Lise, le souffle court et le cœur battant, sans rien perdre de ses manières exquises – manières qui chez lui ne semblent pas apprises, mais naturelles, inséparables de lui, sa personnalité, son être, sa façon d'être – qu'il ne peut imaginer passer le reste de la nuit sans elle. "Je sais qu'on se connaît à peine, mais je ne peux pas te laisser partir. Ce n'est pas possible. S'il te plaît. Je ne veux pas faire l'amour avec toi, juste te tenir dans mes bras. Reste avec moi. S'il te plaît." Le front appuyé contre son épaule, Lise demeure dans ses bras sans répondre, encore étourdie par la bouche de Louis sur la sienne, le parfum de sa peau et de ses cheveux, la douceur de sa langue, de ses lèvres, de ses mains. La fièvre qu'a éveillée ce baiser et le désir qu'elle a elle aussi de passer la nuit avec son compagnon, ne peuvent cependant empêcher une petite voix en elle de s'élever, sardonique, quand Louis ajoute qu'il habite à deux pas de là…

Consciente des aspirations irrépressibles dont elle est la proie depuis l'enfance, de son amour des histoires d'amour, contes de fées et autres miroirs aux alouettes, consciente que sommeillent en elle ces envies d'absolu et ces tendances exaltées dont se nourrissent aussi bien les chefs-d'œuvre que les romans de gare, Lise a l'habitude d'entendre cette petite voix, commentatrice ironique qui pèse et juge, et qui, un instant étouffée par leur baiser, rejaillit sitôt que Louis a parlé, et se fait plus forte quand, la voyant indécise, son compagnon se propose d'escalader la grille du parc, fermé à cette heure, pour aller s'installer sur un banc de pierre qu'on aperçoit derrière, entouré de massifs de myosotis et d'arbres baignés de lumière argentée. La petite voix à ce spectacle aussi romantique qu'éthéré intime à Lise de garder la tête froide. Ne sois pas ridicule : ce n'est pas parce qu'il te plaît qu'il faut croire tout ce qu'il raconte. Enlacés sous la lune, avec le parc pour vous seuls ? C'est bien simple : il ne manque plus que la pluie d'étoiles filantes et les cupidons voletant alentour. Et toi, évidemment, pauvre petite oie que tu es, tu vas tomber dans le panneau comme la pomme du pommier, alors qu'il est évident qu'il fait le même numéro à toutes les filles. Un baiser, deux minutes au milieu des petites fleurs les yeux dans les yeux, et hop ! Emballé, c'est pesé : il ne lui reste qu'à les emmener dans sa chambre de bonne qui se trouve, comme par hasard, "à deux pas", avant de les basculer sur le clic-clac et de les renvoyer chez elles sitôt qu'il a fini sa petite affaire…

Lise entend et pourtant ne peut s'empêcher de suivre Louis. Elle escalade la grille, marche sur le chemin de gravier qui mène au banc, s'assied et se blottit dans les bras du jeune homme. Elle ne parvient pas, toutefois, à profiter pleinement de ce moment, de la contemplation du ciel piqué d'éclats diamantés, des bras de Louis qui l'enveloppent de leur tiédeur, de son visage qu'il a plongé dans ses longs cheveux sombres, des cheveux épais et lisses qui ont toujours eu l'air d'avoir une vie propre, et que Louis respire à présent comme s'il espérait s'y dissoudre, mêlant ses boucles blondes à leur noirceur veloutée. La petite voix demeure en embuscade et veille à empêcher Lise de bâtir des châteaux en Espagne. Lise qui brûle depuis toujours d'aimer passionnément, absolument, d'aimer à en mourir, à la manière des saintes mystiques, et qui, parce qu'elle le sait, est encline, alors que le mirage si longtemps poursuivi pourrait devenir réalité (et *va*, d'ailleurs, devenir réalité), à brider ses sentiments. Elle est trop jeune, trop désireuse d'entamer une histoire, pour préférer renoncer plutôt que posséder et perdre, mais elle se sait aussi excessive, anormalement sensible, toujours prête à souffrir.

Alors elle laisse la petite voix parler en espérant qu'elle lui servira de bouclier. Elle la laisse railler, moquer, critiquer. Sans rien laisser voir de ses contradictions, souriant à l'unisson du sourire de Louis, sa main dans la sienne et son pas accordé au sien quand, ayant escaladé la grille dans le sens inverse, ils prennent le chemin de son immeuble. La petite voix fait son travail de sape avec efficacité et précision, elle est drôle, éloquente, certaine de ses arguments. Ce n'est que lorsque Louis s'arrête devant un portail de fer forgé qu'il déverrouille, et s'efface pour laisser entrer Lise, qu'elle s'interrompt, soudain réduite au silence.

Lise

7.

Je revois la petite fille que j'étais, aux joues d'abricot et aux yeux tristes, si pensifs sous sa frange de cheveux sombres. Je pourrais dire qu'elle était hantée par l'ombre du passé, une ombre d'autant plus obsédante qu'on ne lui en disait rien, ou presque, tout en la laissant planer. Qu'elle avait le sentiment d'évoluer sous une cloche de verre à travers laquelle filtraient de lointaines rumeurs selon lesquelles en d'autres lieux et d'autres temps, ses parents avaient été des enfants, et des enfants qui, contrairement à elle, avaient souffert de la faim, du froid, de la pauvreté. D'après les bribes qui s'échappaient parfois, rarement, des conversations entre adultes, elle avait conclu que sa mère avait vécu dans ce qui était moins un foyer, à ses yeux, qu'une prison. Qu'elle avait guetté, mâchoire et poings serrés, le moment où elle pourrait s'échapper, étudiant avec une détermination féroce sitôt qu'elle avait une heure de loisir, jusqu'à l'obtention de cette bourse qui lui avait permis de partir sans un regard en arrière : elle avait coupé les ponts et ne donnait ni ne prenait jamais de nouvelles de ceux qu'elle avait laissés derrière elle.

Des murmures qu'échangeaient sa grand-mère et son père lorsqu'ils la croyaient occupée à jouer avec sa poupée ou sa dînette, la petite fille avait conclu qu'ils n'avaient guère été épargnés, eux non plus. Que dans ce pays lointain, de l'autre côté de l'océan, son père avait vu son propre père assassiné, sa mère en larmes, leur maison brûlée jusqu'aux fondations. Il s'était juré, lui aussi, qu'il aurait sa revanche. S'était promis qu'une fois adulte, il partirait pour mieux revenir, fortune faite, rebâtir ce qui avait été détruit et rendre aux siens ce dont ils avaient été dépouillés – argent, biens, statut, honneur, dignité. Et sans doute aurait-il réussi si son pays n'avait pas acquis la paix au prix de la dictature, le forçant à demeurer en dehors de ses frontières…

C'était là ce que la petite fille avait pour partie déduit, pour partie inventé, puisqu'elle n'en savait officiellement rien, "Tu comprendras plus tard" et "Je ne me souviens plus" étant les réponses les plus fréquentes aux questions qu'elle avait osé formuler avant d'y renoncer et de peu à peu s'habituer aux absences, aux secrets, aux non-dits. Chaque fois qu'elle contemplait les portraits des ancêtres que sa grand-mère avait alignés avec soin sur leur autel, ces hommes et ces femmes en noir et blanc emprisonnés dans leur cadre doré, vêtus d'exotiques costumes de soie, elle mesurait la distance qui la séparait non seulement de ces aïeux disparus alors qu'elle n'était pas née, mais également de ses parents. Comme eux, elle était différente, mais non pas différente des autres : différente des siens. Elle ne partageait ni leurs souvenirs, ni leur histoire, ni leur culture, ni leur espoir. Quelque chose qui était à eux, qui faisait qu'ils étaient eux, ne lui avait pas été transmis, ou ne lui avait été transmis que pour mieux être perdu, telle cette langue originelle progressivement oblitérée par le français. Cette langue qui lui avait été aussi naturelle que l'air qu'elle respirait, dans laquelle elle avait exprimé ses premiers besoins, ses premiers désirs, dans laquelle elle avait vu, senti, ressenti le monde, celle de sa grand-mère qui l'avait élevée et n'en possédait pas d'autre, était condamnée, à terme, à s'effriter et se dissoudre, puisqu'elle ne la lisait pas, ne l'écrivait pas, ne la pratiquerait bientôt plus qu'avec une seule personne, une vieille dame au chignon orné d'une fine épingle d'ivoire pour qui elle restait et resterait toujours une enfant. À l'âge adulte, cette langue lui paraîtrait d'autant plus étrangère qu'elle lui avait été indiciblement familière. Qu'elle avait été, précisément, ce quelque chose qui était à elle, qui faisait qu'elle était elle…

Je pourrais dire que les parents de la petite fille avaient instauré cette distance entre elle et eux pour des raisons compréhensibles : le refus de charger les épaules de leurs enfants de souvenirs douloureux, la volonté de leur offrir une existence vierge de tout poids, de tout frein, telle une page blanche qu'elles pourraient noircir à leur guise. Et qu'en leur donnant accès à tout ce dont ils avaient été privés, nécessaire et superflu, un toit au-dessus de leur tête, trois repas par jour, le médecin quand elles étaient malades, mais aussi des cours de ski, de danse et de musique, des livres et des films par brassées, des vacances dans tous les pays d'Europe, un avenir qu'elles auraient le luxe de choisir, peut-être, au lieu de le subir, ils avaient encore agrandi cette distance.

Je pourrais ajouter que ces gestes participaient de leur héroïsme. Car c'étaient des héros. Des héros humbles et silencieux, des héros ordinaires, anonymes, qui du reste n'avaient jamais cherché à marquer l'histoire de leur empreinte et auraient été fort étonnés d'être qualifiés comme tels. Mais leur courage, leur ténacité, leur sens du sacrifice, tout comme leur trajectoire, avec le malheur initial, leur départ pour l'inconnu, la traversée des épreuves, et leur succès aussi indéniable qu'improbable, en faisaient bel et bien des héros. Et c'est sans doute aussi de là que venait ma mélancolie. De la distance entre nous comme de la difficulté à être à la hauteur de ce qu'ils avaient accompli, de leur détermination, de leur résistance, de leur résilience. Je pourrais tenir et j'ai d'ailleurs tenu ce discours, à Louis et à d'autres. Je racontais cette histoire qui était plausible, cohérente, séduisante – une histoire à laquelle j'étais moi-même tentée de croire, bien qu'elle fût un mensonge.

8.

La porte s’est ouverte sur une cour d’honneur pavée, encadrée de sycomores et surplombée par un hôtel particulier du XIXe siècle bâti sur quatre niveaux, rayé de lignes de refend, coiffé d’ardoise bleue et pourvu de hautes fenêtres ainsi que d’un fronton à volutes. Louis referme le portail et se dirige tranquillement vers la porte principale en souriant à Lise, qui reste un instant immobile avant de lui emboîter le pas. Ses talons résonnent sur le marbre incrusté de losanges noirs du vestibule, bientôt étouffés par le tapis de l’escalier desservant deux appartements de deux étages chacun, aux entrées séparées. Louis habite celui du dessus, un duplex aux portes si délicatement ouvragées que Lise ose à peine en actionner les poignées, à la moquette d’une moelleuse douceur, dans les tons vert pâle, et aux rideaux assortis, ajourés d’argent et rattachés par des cordons de soie. L’appartement de Louis donne pour partie sur la cour, pour partie sur la vaste terrasse de l’appartement du dessous – celui de ses parents – aménagée en jardin, avec une allée de gravier, une fontaine au discret murmure, des fougères arborescentes, des camélias, une rangée de plantes et d’arbustes dont Lise ignore les noms.

Montant avec Louis l'escalier de chêne qui relie les deux étages de son appartement, elle observe son bras qui tremble imperceptiblement. Elle se sent à mi-chemin de l'éléphant dans le magasin de porcelaine, et de la petite fille battant des mains devant un cadeau à l'emballage démesuré. Les références se télescopent dans sa tête, comme si son esprit tentait de retrouver des repères en se raccrochant aux choses auxquelles elle ajoute le plus de foi : ses lectures. Elle songe ainsi au roman d'Edith Wharton, aux descriptions des toilettes des femmes de la haute société new-yorkaise coordonnées aux couleurs des fleurs qui ornent les soirs de réception leurs salons tendus de velours grenat ou de satin bouton-d'or, décorés de tableaux anciens, de bibelots d'ivoire, de bronze et de malachite, de meubles d'acajou et de palissandre, toujours pourvus d'un piano à queue autour duquel les invités font cercle lorsqu'ils ne prennent pas place sur des rangées de chaises vernies en vue d'un concert.

Elle songe aux colliers resplendissant sur les poitrines voilées de mousseline ou bordées de tulle et de dentelle, aux aigrettes, perles et autres bandeaux de diamants ornant les coiffures des dames, aux gilets blancs et boutonnières fleuries des messieurs ressortant de la bibliothèque qui sent le cuir et le cigare, aux couples qui décrivent en dansant de complexes trajectoires au milieu des centaines de bougies éclairant la salle de bal de leurs lumières mouvantes. Elle songe à l'agencement sans faille de tous ces éléments destinés à illustrer, prouver, incarner le faste et le bon goût de leurs ordonnateurs et laisser, dans le même temps, une impression de permanence – d'éternité.

En passant le portail, elle est entrée, telle l'Alice de Lewis Carroll, dans un monde étrange dont elle ignore les règles, féérique en apparence, mais aussi menaçant, comme le sont bien des rêves. Cernée de tous ces témoignages de richesse, de bonne éducation et de certitudes sur la position qu'on occupe dans le monde, n'en est-elle pas déjà à se demander s'il n'est pas trop grand ou trop petit pour elle, et s'il n'existerait pas quelque mystérieuse potion qui permettrait à des personnes comme elle, des gens de l'extérieur, des étrangers, de s'y ajuster ? Veut-elle seulement s'y ajuster, d'ailleurs ? Elle n'est en tout cas plus très sûre de ce qu'elle fait ici, avec ce garçon dont, au fond, elle ignore tout, à part ses envies de voyage, le film qu'il voudrait voir, le parfum de sa nuque et de ses cheveux, la douceur de ses lèvres. Des lèvres qui reviennent heureusement se poser sur les siennes et lui feraient presque oublier le décor dans lequel ils se trouvent, ou plutôt le réduisent, précisément, à un décor – l'écrin d'une première nuit ensemble.

Lise

9.

Naturellement, les meilleurs mensonges contiennent toujours une part de vérité. Je ne nie pas la qualité de héros de mes parents – héros sans noms qui finiront dans les oubliettes de l'histoire, mais qui n'en sont pas moins exemplaires, rappelant aussi bien les plus purs produits de la méritocratie républicaine à la française que les self-made-men chers au rêve américain, rebâtissant à partir de rien, à la seule sueur de leur front et avec un courage que nul ne contestera, une existence en ruine. Je ne nie pas davantage le sentiment d'une distance infranchissable entre eux et moi, distance exacerbée par l'impossibilité de leur confier la peine qu'elle me causait – pouvaient-ils seulement l'appréhender, eux qui à mon âge souffraient de maux tellement plus douloureux, si douloureux en vérité qu'ils avaient renoncé à les formuler et qu'ils avaient préféré s'amputer d'une part d'eux-mêmes plutôt que de revenir sur leurs pas ?

Je crains cependant que ma mélancolie n'ait eu une cause autrement plus banale. Au quotidien, les héros cessent d'être des héros pour être des hommes et des femmes comme les autres, avec des névroses plus prononcées, peut-être, du fait des épreuves traversées. Sans doute mes parents m'aimaient-ils et avaient-ils à cœur de me protéger de la violence du monde. Ils n'avaient seulement pas songé au mal qu'eux pouvaient me faire, sans doute parce que ce n'en était pas un, à leurs yeux. Ma mère affichait constamment sa prédilection pour ma sœur, qui semblait une version miniature d'elle, avec ses boucles auburn et sa pâleur de statue, quand j'étais si brune et si typée. Ce favoritisme assumé tournait à l'occasion à la perversité. Il était établi que quelle que fût notre activité – dessiner, écrire, planter un oignon de tulipe dans le jardin, protéger de papier transparent un manuel scolaire – ma mère m'exhortait systématiquement à prendre exemple sur ma sœur qui non seulement dessinait mieux, écrivait mieux, jardinait mieux, mais montrait un talent supérieur jusque dans la façon dont elle maniait le scotch et les ciseaux. Elle aimait à nous comparer à haute voix à tout propos et de ces comparaisons ressortait que Liane avait plus de vivacité, de générosité, de drôlerie, de génie, que je n'en aurais jamais, de même que ses mains étaient plus douces, ses cils plus longs, son visage plus fin : "Tu n'es pas laide, mais ta sœur, elle, est belle", avait-elle un jour résumé dans une phrase d'une assassine naïveté.

Quand j'étais enfant, ma mère préférait, plutôt que me lire des histoires le soir avant de m'endormir, m'en raconter durant la journée. Ce qui aurait pu être charmant si ces récits – qui incorporaient systématiquement un élément surnaturel, mais dont elle me jurait qu'ils étaient vrais avec une force de conviction telle que je finissais toujours par la croire – n'avaient tourné autour d'une idée fixe selon laquelle ma mère était en réalité une créature magique issue d'un autre monde, une nymphe, une sirène, la fille de l'Empereur du ciel, que sais-je encore, et que sa présence auprès de nous n'était que provisoire. On l'avait envoyée sur terre en pénitence, mais on finirait par la rappeler et elle rentrerait chez elle, en son royaume, que celui-ci fût situé au ciel, au fond des mers, ou sur une île inaccessible au commun des mortels. Un jour, elle s'en irait et rejoindrait cette contrée lointaine et merveilleuse où aucun d'entre nous ne pourrait la suivre… La fillette que j'étais, d'une innocence confinant à la bêtise, éclatait immanquablement en sanglots à cette idée. Après un temps, ma mère finissait par me prendre dans ses bras. Elle passait sa main dans mes cheveux et posait ses lèvres sur mon front, puis me promettait qu'elle ferait tout ce qu'elle pourrait pour obtenir de prolonger son séjour. Elle resterait aussi longtemps qu'on le lui permettrait, et il fallait en attendant son départ l'aimer très fort, être une petite fille très sage et très gentille…

Au fur et à mesure que j'ai grandi, ma croyance en la réalité des légendes, mythes et autres dimensions parallèles, s'est naturellement réduite comme peau de chagrin, de même que ma foi dans les contes de ma mère. Elle fit donc évoluer ses récits en privilégiant progressivement un certain réalisme. Il n'était plus question de se transformer en sirène ou en oiseau pour disparaître un beau jour de nos existences, mais plutôt de prendre un logement pour elle seule. Elle prétendait avoir visité plusieurs appartements, qu'elle me décrivait par le menu, et où elle comptait, affirmait-elle, recevoir un amant. Elle avait confiance en moi, qui étais plus à même de l'écouter que ma sœur, trop jeune et fragile, et qu'il fallait protéger. Aussi pouvait-elle m'avouer qu'elle avait besoin de quelqu'un de plus attentionné et sensible que mon père, avec qui la vie s'avérait définitivement impossible. Ce qu'elle lui reprochait n'était pas clair – sa maladresse, son manque d'ambition, sa réserve, ou tout simplement l'impression qu'elle avait, elle, d'être seule et abandonnée ? Elle songeait en tout cas à divorcer et m'enjoignait de la comprendre : elle était très malheureuse, arguait-elle, très très malheureuse... Pas assez, néanmoins, pour mener à terme ses projets de séparation ; juste suffisamment pour m'en parler encore et encore, me demander si je préférais demeurer avec elle ou avec mon père et, devant mon visage dévasté, faire mine de céder à mes supplications, tout en soulignant son dévouement et son sens du sacrifice.

Un matin, tandis que je jouais à la poupée dans ma chambre, elle m'annonça avec solennité qu'elle avait un secret à me révéler. Elle s'assit près de moi, sur le tapis orné de nuages, et je posai ma poupée pour l'écouter – non sans inquiétude, car je ne connaissais que trop ces préambules à un nouveau récit dont je ressortirais, je le savais déjà, triste et blessée. Ma mère prépara avec soin ses effets. Elle prit son temps, étalant les plis de sa jupe autour d'elle, arrangeant son chignon, composant son attitude de femme en proie à un terrible dilemme, le geste incertain et le front soucieux. Puis, après un soupir, elle posa ses mains sur mes épaules, planta ses yeux dans les miens, et m'affirma qu'elle n'était pas ma mère. Je demeurai figée. Liane était sa fille, mais pas moi, reprit-elle. Sans doute nos différences physiques me l'avaient-elles laissé deviner, du reste : je n'étais pas sa fille et ma vraie mère était morte. Elle avait été ensevelie sous les gravats lors d'un bombardement là-bas, dans ce pays qui aurait pu être le mien et qui ne l'était pas. Et ma mère, ou plutôt celle que je croyais ma mère et qui ne l'était pas, avait alors décidé de recueillir la petite orpheline que j'étais. Par générosité, charité, bonté d'âme. En souvenir, aussi, de ma vraie mère, qu'elle avait un peu connue. Une très belle femme, m'avait-elle assuré, comme si cette beauté pouvait m'être d'une quelconque consolation tandis que les larmes coulaient, toujours plus nombreuses, le long de mes joues. Le regard fixé sur moi, elle m'avait laissée pleurer un long moment. Puis, voyant que j'étais incapable de m'arrêter, elle avait fini par s'exclamer sur un ton mi-impatient, mi-railleur : "Mais c'était une blague, enfin ! Tu es trop bête ! Bien sûr que tu es ma fille !" Et sur ces mots, elle tourna les talons et claqua la porte. Elle m'abandonna comme elle m'en avait, au fond, toujours menacée, et je demeurai là, incapable de me lever ou de reprendre mes jeux, les épaules secouées de sanglots.

L'Autre

10.

La première pensée de Lise, le lendemain, va à la beauté qui l'entoure. Elle s'éveille dans les bras de Louis, qui l'a tenue serrée contre lui tout au long de la nuit, et ses yeux glissent de son profil délicat, à demi noyé sous une brume de cheveux blonds, à la table de chevet sur laquelle repose une petite boîte à couvercle d'ivoire, avant de parcourir la chambre encore endormie, s'attardant sur les poignées incrustées d'argent des fenêtres, le cadre de vermeil entourant la glace ancienne de la cheminée, l'enchevêtrement des motifs de la rosace au plafond. Les poussières flottant dans l'air semblent dans la lumière matinale des particules de miel et quel que soit l'endroit où Lise pose les yeux, la main ou le pied, tout n'est que luxe, qu'il s'agisse des draps satinés, d'une impeccable blancheur, du moelleux des oreillers, de la texture veloutée de la moquette, de la sourde brillance des meubles cirés, de la lithographie signée Paul Klee accrochée au mur.

Pour un peu, Lise se sentirait comme la petite bonne de province découvrant la maison parisienne où elle va servir, craignant à chaque pas de laisser une trace, à chaque geste de salir, déranger, briser d'une manière ou d'une autre l'harmonie qui règne en la demeure. Quand Louis descend chercher de quoi manger chez ses parents – ils se sont réveillés tard et il est près de midi – elle arpente la chambre et la salle de bains avec plus de précautions que nécessaire, et agit en touriste respectueuse plutôt qu'en invitée, sans parler d'une possible maîtresse de maison. Une fois que Louis a rapporté de son expédition dans le réfrigérateur parental deux assiettes de poulet aux asperges exquisément dressées, elle le félicite des talents de sa mère sans songer une seconde qu'elles puissent être l'ouvrage de leur cuisinier – ce que Louis, touché par son enthousiasme et soucieux de ne pas la mettre mal à l'aise, omet de lui dire.

Lise, qui aime comme tout un chacun les belles choses, y est particulièrement sensible parce qu'elle a grandi au sein d'une famille plus qu'économe. Leurs racines les y portaient : à l'époque où elle vivait dans un village de l'autre côté de l'océan, la grand-mère de Lise passait son temps à compter. Elle dénombrait les œufs, les volailles, les kilos de riz récoltés, achetait grain et graines, fourrage et engrais, payait les journaliers venus prêter main-forte au moment de la moisson, fixait les salaires et les prix de vente, prévoyait de remplacer un outil ou de tuer une poule, anticipait la météo, les besoins, les accidents, escomptait les futurs possibles. Elle calculait et évaluait matin, midi et soir pour que le fruit de tous leurs efforts ne fonde pas comme neige au soleil et permette au contraire de gagner en espace, en confort, en espoir. Ancré en elle par la force des choses, ce sens de l'épargne qu'elle partage avec le père et la mère de Lise a encore été accru par le dénuement qu'ils ont tous trois subi, et dont ils ont gardé, chevillée au corps, une connaissance intime du manque et de la peur du lendemain.

L'aisance qu'ils ont fini par acquérir n'a nullement contrarié cette pente. S'ils sont sortis de la misère, ils en ont gardé les usages. Lise a toujours vu sa mère rapporter chaque jour de la cantine pommes golden, sachets de sucre et autres petits pains à demi rassis pour les mettre de côté "au cas où", sa grand-mère distribuer des feuilles de sopalin divisées en deux en guise de serviettes et étaler beurre et dentifrice avec une telle parcimonie qu'on aurait pu se brosser les dents au beurre et croquer des tartines de dentifrice sans percevoir la différence. Son père a répondu aux demandes de Lise avec le même regard d'incompréhension chaque fois que son cœur battait d'envie, quand elle était petite, pour une babiole, un ruban, un porte-clefs, une barrette, et plus tard, à l'adolescence, pour des jeans ou une paire de tennis de marque qui lui auraient permis de passer inaperçue dans la jungle du collège et d'échapper, avec un peu de chance, à ses chacals… Ces considérations n'entraient évidemment pas en ligne de compte pour les parents de Lise, à qui il ne serait jamais venu à l'idée de lui acheter des chaussures ailleurs que chez le Marocain du marché, après des palabres visant à obtenir une réduction d'au moins quinze pour cent, et des vêtements dans une autre enseigne qu'Elysold ou C&A – au moment des soldes, bien entendu. Et tant pis si l'on en ressortait attifée de robes criardes et de pantalons mal coupés, du moment que ce n'était pas cher – tout ce qu'on demandait à un habit, c'était de vous couvrir.

Ils n'étaient pas avares pour autant : si Lise avait décroché Harvard, disons, ils auraient contracté avec fierté un emprunt pour lui permettre de suivre ce cursus prestigieux, de même qu'ils lui avaient offert une studette à Paris pour étudier dans les meilleures conditions ou, plus frivolement, des séjours aux sports d'hiver. Seulement le père de Lise avait tenu à faire tous les travaux du petit logement lui-même, avec du parquet, du carrelage et de la peinture choisis non parce qu'ils allaient ensemble, mais parce qu'ils étaient en promotion (et tant pis si le carrelage était posé de travers et si l'on distinguait parfaitement, sitôt qu'on allumait la lumière, les traces de pinceau sur le mur). Il avait également préféré, plutôt que de le meubler avec une armoire et une commode, y disposer des colonnes de caissons de plastique montées sur roues dont il avait vanté la légèreté et la praticité : "Tu n'auras même pas besoin d'ouvrir pour trouver ce que tu veux mettre puisque tout est transparent !" De même, partir au ski signifiait s'établir dans la chambre la plus modeste d'une pension où l'on se serrait à quatre, avec vue sur un mur, alors que les parents de Lise auraient amplement eu les moyens d'en louer deux donnant sur la montagne. C'était bien suffisant, arguaient-ils, pour le peu de temps qu'on y passait ; et quant aux paysages, on en profitait déjà sur les pistes.

Les couverts d'argent ciselé, l'assiette de porcelaine à motifs filigranés que Louis a présentés à Lise en cette matinée radieuse, et dont elle use en s'efforçant de ne paraître ni surprise, ni blasée (bien qu'elle soit de fait étonnée du poids des premiers et de la finesse de la seconde), leur apparaîtraient comme des extravagances. De même qu'il ne leur viendrait jamais à l'esprit d'acheter des objets pour leur seule valeur esthétique, telle cette lithographie que Lise a contemplée avec émerveillement tout à l'heure, lorsque Louis s'est absenté. Les parents de Lise sont prêts à payer, mais pour des choses utiles, durables, mesurables.

C'est en ce sens que Lise a aimé Louis pour son argent. Non pour sa richesse en tant que telle, la liberté, le pouvoir, les privilèges qu'elle lui offrait. Mais pour l'usage que lui et les siens en ont fait chez eux – pour la beauté dont ils ont pu et su s'entourer.

Lise

11.

Le jour s'est levé sur Étambel. La lumière a transpercé les futaies qui entourent le château au pied duquel Louis s'est activé pour que personne ne découvre ce qui s'est passé cette nuit, et je songe que je ne me posais pas, enfant, de questions sur les raisons qui poussaient ma mère à adopter le comportement qu'elle avait alors à mon égard. M'en voulait-elle obscurément ou désirait-elle simplement évaluer l'étendue de son pouvoir sur moi ? Était-elle malheureuse au point de vouloir que je le sois moi aussi, ou inconsciente du mal qu'elle me faisait, jouant avec mes émotions comme un chat avec une souris, non par cruauté, comme on le présume bien souvent, mais en scientifique, pour expérimenter et vérifier une hypothèse : que je ne saurais survivre à sa disparition, quelque forme que cette dernière pût prendre ? Je l'ignorais et ne cherchais pas à le savoir. J'étais trop jeune alors, et trop effarée par l'abîme que ses paroles ouvraient en moi. Vivre à ses côtés revenait à marcher sur une fine couche de glace posée par-dessus le néant : le sol pouvait à tout instant se dérober sous mes pas, et seules des précautions infinies, et beaucoup de chance, pouvaient me permettre de passer sans dommage la journée pour accéder à la nuit. Et s'il ne se passait guère de matin sans que je me réveille en me demandant ce que ma mère allait, littéralement, pouvoir inventer, je me contentais d'endurer ses récits comme on subit l'orage ou la grêle : en ayant conscience que je n'y pouvais rien et qu'il n'y avait qu'à attendre que cela passe.

L'attachement qu'elle avait pour ma sœur ne l'empêcha pas de tenter de l'inclure à son tour dans ses confidences quand elle eut un peu grandi. Seulement Liane n'eut pas les réactions escomptées. Ma mère ne put jamais obtenir d'elle la détresse et les larmes dont elle semblait si avide. Que ce fût du fait de son caractère ou de l'amour ostensible que lui manifestait notre mère, et de l'assurance que cette certitude d'être aimée lui donnait, Liane possédait la force et le discernement qui me manquaient. Elle disposait aussi, justement parce que je l'avais précédée, de l'expérience que je ne pouvais par définition pas avoir, comme elle l'observerait des années plus tard – une fois que, devenues adultes, nous en viendrions à discuter des vicissitudes maternelles comme de choses non pas sans importance, mais reculées et révolues.

J'avais en effet partagé avec Liane certaines des histoires que m'avait confiées notre mère concernant son identité cachée. Moins impressionnable et moins impressionnée par ces récits de seconde main, rapportés avec maladresse par quelqu'un qui n'en était pas la protagoniste, ma sœur avait vite conclu qu'il s'agissait là de fictions, et de fictions bancales. Le jour où ma mère la prit à part pour lui murmurer sur un ton mystérieux qu'elle avait un secret, et qu'elle tenta de lui faire croire qu'elle était en réalité je ne sais quelle créature mythique dont mon père avait dissimulé la parure – des ailes de héron, dans cette version – Liane avait mitraillé ma mère de questions : Quand avait-elle perdu ces ailes ? Comment mon père s'y était-il pris pour les lui dérober ? Repartirait-elle quand elle les aurait retrouvées ou quand elle serait appelée par les siens ? Avait-elle été exilée parce qu'elle avait commis une faute, ou notre père l'avait-il enlevée ? Pouvait-elle seulement décrire ce fameux royaume d'où elle était originaire ? Le palais où elle habitait ? Les pouvoirs dont disposaient les uns et les autres ? Ma mère, qui ne s'attendait pas à un interrogatoire en règle, avait fini par battre en retraite en prétextant qu'il lui était interdit de trop en dire. Mais si c'est interdit, avait répliqué Liane, pourquoi tu m'en parles ?

Ma sœur réagit avec la même logique implacable lorsque notre mère évoqua par la suite, exactement comme elle l'avait fait avec moi, un possible divorce d'avec mon père. À ses questions que je n'avais jamais eu la présence d'esprit de poser, ma mère ne répondit rien ; on aurait pu croire qu'elle ne les avait pas même entendues. Elle se retira seulement dans sa chambre en déclarant qu'elle avait beaucoup à faire. Et évita, dès lors, d'aborder ce sujet avec sa cadette, décidément trop tenace, trop hardie et dure à déstabiliser, quand son aînée était si facile à manipuler. Liane n'eut jamais à entendre qu'elle n'était pas sa fille et que sa vraie mère était morte.

J'ignore si notre père avait connaissance des légendes insensées distillées par notre mère. Je ne le crois pas, mais l'aurait-il su qu'il aurait, je pense, soigneusement évité de s'en mêler. Autant ma mère ne laissait guère passer de jours sans faire d'éclat, autant mon père semblait traverser le monde comme on glisse sur un sol ciré. Non qu'il fût froid : avec ses airs d'éternel jeune homme, son regard rêveur et son infinie gentillesse, il éveillait au contraire la sympathie de tous ceux qu'il croisait. Et si ses lunettes, ses cheveux en bataille et l'absence totale d'attention qu'il accordait à sa mise en faisaient l'archétype du savant distrait, il prouvait par des actes concrets qu'il se préoccupait de notre sort, bricolant pour nous des jouets à partir de boîtes d'allumettes et de trombones, improvisant de mini expériences scientifiques dans la cuisine pour nous expliquer tel ou tel phénomène physique, jouant les chauffeurs pour nous amener à la danse, au tennis, au piano, à la bibliothèque, bricolant inlassablement dans nos chambres d'étudiantes quand nous aurions quitté la maison.

Il ne fallait pas compter sur lui, en revanche, pour tenir une conversation, nous réconforter, encore moins nous défendre. Les échanges avec lui restaient superficiels, limités aux choses du quotidien et aux détails pratiques. S'il nous aimait, son affection se passait de mots au bon comme au mauvais sens du terme, et il lui avait assigné des limites précises : elle s'arrêtait là où surgissait la moindre esquisse de dispute avec sa femme. Mon père faisait la sourde oreille quand ma mère se lançait dans ses comparaisons entre ma sœur et moi dont je ressortais si peu grandie, et ne soulevait aucune objection lors des scènes dont son épouse était coutumière. Un timide "Chérie, tu ne crois pas que tu exagères ?" aurait pu détourner l'orage sur lui, et il n'aurait voulu prendre ce risque pour rien au monde – ou en tout cas pas pour moi. Tandis que ma mère s'épuisait en reproches qu'elle accompagnait de regards irrités, vaguement méprisants, il déployait *Le Monde* devant ses yeux à la manière d'un rideau, s'abritant comme dans un sanctuaire derrière les articles sur la baisse du pouvoir d'achat ou l'instrumentalisation de l'insécurité par l'extrême droite. Plus ma mère élevait la voix, plus il s'obstinait dans son silence.

En somme, il fuyait tout conflit avec elle, tandis qu'elle passait son temps à le chercher, si bien que leur mariage se résumait à un jeu de cache-cache infiniment prolongé, dans lequel je me retrouvais prise malgré moi, alors que ma sœur avait réussi à s'en extraire. La gentillesse de mon père à notre égard, qui était au fond aussi distraite que l'était son sourire, allait de pair avec un attachement tout aussi distrait pour celle qu'il avait épousée. Ni nous, ni elle, ne pouvions vraiment le toucher ; il vivait ailleurs, dans une bulle hermétique. L'existence semblait se dérouler devant lui sans qu'il y prît part, comme une toile ou un film qu'on regarderait de loin. Il ne se sentait pas concerné, il n'y avait pas moyen de faire impression sur lui, et c'est bien cela, je pense, qui suscitait chez ma mère des accès de fureur pouvant aller jusqu'à la déraison. L'indifférence de mon père la mettait au supplice. Elle n'aurait rien tant désiré que briser la douceur, plus opaque et lisse qu'une plaque de verre dépoli, qu'il lui opposait avec une exténuante constance. C'était le combat de sa vie, celui auquel elle était prête à consacrer toutes ses forces – sans se rendre compte que toute l'énergie, la douleur, la violence qu'elle rassemblait dans ce but, ne rencontrerait jamais que le vide.

12.

Leurs peaux se sont accordées d'emblée. Leur plaisir à être l'un avec l'autre, l'un contre l'autre, a été immédiat, sans nuance ni retenue – s'y abandonner a été merveilleusement simple, comme s'ils rejouaient une partition inscrite en eux de toute éternité. Plus rien n'existait que leurs corps noués l'un à l'autre, leurs caresses et leurs baisers, et ils ont été bien près, à force de mêler leur sueur, leur salive et leur souffle, de faillir à la promesse de Louis d'attendre pour faire l'amour. Lise était d'ailleurs disposée à l'en libérer, elle qui se croyait cérébrale et tourmentée et découvre qu'elle est prête à se donner tout entière, capable d'effacer sans peine aucune le passé et le futur pour accueillir le pur présent, parcelle d'absolu qui échappe au temps lui-même – comme si les secondes, les minutes et les heures fusionnaient soudain en un cercle parfait.

Seulement Louis a insisté, avec douceur mais obstination, pour qu'ils restent chastes comme des jeunes gens d'un autre temps qui attendraient de mieux se connaître afin de s'assurer que l'autre est bien "la bonne personne" – celle à qui ils sont, d'une façon ou d'une autre, destinés. Et cette résolution qui prise par un autre aurait peut-être fait sourire Lise, l'a d'abord étonnée, avant de l'émouvoir, quand elle a observé le regard que lui adressait Louis. Il n'était pas seulement sérieux : il était décidé. Elle a su alors qu'une fois sortis de ce lit, il n'y aurait pas besoin de se poser de questions, de réfléchir, de douter, de se demander quoi dire et quoi faire, appeler ou ne pas appeler, poursuivre ou se faire désirer, prolonger ou couper court. Il n'y aurait pas à jouer, ruser, prétendre, toutes choses qu'elle faisait si mal. Louis lui tendait la main, elle n'avait qu'à la saisir. Et elle aurait beau résister, émettre des réserves, faire hurler les sirènes dans l'espoir de tenir à distance ce garçon un peu trop beau et manifestement beaucoup trop riche pour elle, elle ne pourrait en réalité ni lutter, ni vaincre, pour la simple et bonne raison qu'il n'y avait pas plus de bataille à livrer que de forteresse à prendre : Louis venait à elle désarmé, les portes de la cité grandes ouvertes.

Il était déterminé à l'aimer et à être aimée d'elle, c'était aussi bête que cela, et il fallait le manque de confiance en soi aigu de Lise pour n'avoir pas compris que c'était chose entendue depuis qu'il l'avait vue se lancer dans son discours à cette terrasse de café, tentant de transmettre aux autres son enthousiasme, les gestes vifs et le visage animé, les yeux brillants d'un feu qu'il voulait voir brûler auprès de lui, *pour* lui, en étant prêt à tout faire pour l'entretenir indéfiniment. Cette fille surgie de nulle part ressemblait comme personne de sa connaissance à une promesse de bonheur, il en avait la conviction, sans songer que c'était peut-être précisément parce qu'elle ne ressemblait à personne de sa connaissance qu'elle lui apparaissait comme une promesse de bonheur. Sa grâce, son rire, son sourire l'enchantaient, tout comme l'enchantaient sa franchise, sa fraîcheur, ses différences de goût, d'opinion et de parcours qu'elle ne cherchait pas à cacher, tout ce en quoi elle se *distinguait* des autres, qui lui donnait envie de tout savoir d'elle et de tout lui dire de lui avec l'espoir de se redécouvrir, peut-être, à travers elle. Et parce qu'il n'avait jamais fait l'expérience jusque-là du coup de foudre – parce que la vie l'avait gâté et qu'il n'avait jamais été rejeté, aussi – il n'avait pas peur de lui signifier qu'elle comptait déjà plus, en dépit du peu de temps passé ensemble, que toutes celles qu'il avait tenues dans ses bras auparavant. De lui montrer que rien ne pressait et qu'il y aurait beaucoup d'autres nuits et autant de jours, tout le temps qu'elle désirait, pour peu qu'elle le désirât.

En somme Lise n'était pas la seule à vouloir vivre un conte de fées et leur chance – ou leur malheur, selon les points de vue – a tenu à cela, à la coïncidence de leurs aspirations à ce moment de leur existence. Elle n'était pas dupe pour autant. Tomber amoureuse de Louis ne l'a pas rendue sourde à la petite voix murmurant à son oreille qu'à supposer que ce jeune homme soit bien le prince charmant auquel il ressemble tant, il y a une raison pour laquelle les conteurs bouclent leur récit avec la formule d'usage – "Ils se marièrent et eurent beaucoup d'enfants" – sans plus s'attarder sur le sort des deux époux dès lors qu'ils sont devenus des époux. Il faut bien faire une fin quand dans la réalité, les princes ne conduisent pas plus à l'autel les bergères croisées au détour d'une chasse en forêt que les seigneurs du Moyen Âge les paysannes sur lesquelles ils ont exercé leur droit de cuissage ou les bourgeois du XIXᵉ siècle la servante qu'ils ont prise un soir dans sa chambrette pour se distraire de l'ennui d'un voyage en province.

Sans doute Louis vient-il symboliquement de te dire que tu n'étais justement pas une fille d'un soir, concède avec calme la petite voix. Mais au fond, pourquoi agit-il ainsi ? Parce que vous faites vos études au même endroit ? Parce qu'il te trouve inhabituellement jolie ou joliment inhabituelle ? Sois un peu lucide ! Passé le moment où le moindre de tes mots et la moindre de tes moues seront prétexte à t'encenser ; passée l'attirance irrésistible des premières semaines ou des premiers mois ; passée cette phase de cristallisation où l'amour – car c'est bien de l'amour que tu lis dans ses yeux, un amour fou au sens strict du terme, c'est-à-dire absurde puisqu'il n'est littéralement fondé sur rien, rien qu'une impression, une croyance, une attraction irraisonnées – passée, donc, cette phase de cristallisation où l'amour transfigure l'autre, embellit et recrée celui qu'il est dans la réalité, qu'adviendra-t-il ? Je vais te le dire : le voile qui pour l'heure nimbe chacun de tes actes, chacune de tes paroles, se déchirera. Louis verra alors que tu n'es que toi. Seulement toi. Il verra ton anxiété maladive, ta peur panique de mal dire et mal faire, tes gaffes incessantes, tes complexes d'ado mal dégrossie, ton égocentrisme, ta susceptibilité qui confine à la paranoïa, tes tendances dépressives, ton incapacité congénitale à affronter la vie comme elle vient. Sans parler de ton besoin dévorant, asphyxiant, insupportable, d'être aimée ; de toute cette souffrance et cette tristesse au fond de toi, comme de la pourriture accumulée. Alors tout ce que vous aurez bâti s'écroulera. Car soyons sérieux : qui pourrait bien vouloir de toi ?

Lise

13.

À l'époque, bien sûr, je ne cherchais nullement à démêler l'écheveau de la relation entre mes parents, de même que ce n'est qu'adulte que je me suis rendu compte que le divorce si souvent brandi par ma mère et qui m'apparaissait alors comme la pire catastrophe qui pût advenir, aurait peut-être été un soulagement pour tous. Qui sait si mes parents n'auraient pas été plus heureux en se séparant ? Si mon père n'aurait pas été libéré du poids qui semblait l'oppresser, si ma mère, éloignée de l'objet de ses obsessions, n'aurait pas fini pas tourner la page, rencontrer quelqu'un d'autre, retrouver un équilibre ? Si elle n'aurait pas cessé ses tortures à mon égard ? Mais bien sûr je ne disposais alors ni du recul ni du savoir nécessaires pour formuler pareille hypothèse. J'étais une enfant, et une enfant qui comme tous les enfants aimait sa mère et en avait besoin, quel que fût le mal que celle-ci pouvait lui faire. Je balançais entre le désir d'être un jour acceptée telle que j'étais, avec ou malgré les défauts qu'elle me reprochait de façon si cuisante, et le désir de lui prouver que je valais mieux que ce qu'elle pensait, que mes défauts pouvaient être corrigés et mes insuffisances comblées ; que je pouvais approcher, comme ma sœur, de la perfection.

La jalousie que j'éprouvais alors vis-à-vis de Liane me brûlait comme un acide. Elle me dévorait avec d'autant plus d'âpreté que la préférence de ma mère me paraissait fondée. Je ne le concédais que très secrètement, mais oui, Liane était en effet plus belle et plus intéressante que moi. C'était une merveille de petite fille avec ses yeux immenses, ses boucles si brillantes qu'on les aurait crues cirées, sa peau laiteuse qui contrastait si fort avec la mienne. Près de cette poupée de porcelaine aux proportions et aux détails exquis – pieds minuscules, mains potelées, joue gauche creusée d'une fossette qui invitait au baiser, réplique exacte de celle de ma mère – je ne pouvais guère apparaître que comme une petite noiraude sans grâce, gamine maigrichonne, aussi raide que ses cheveux, avec des sourcils trop épais, perpétuellement froncés, que la joie de vivre de Liane renfrognait davantage encore. Sitôt qu'elle paraissait, jolie comme un cœur dans ses robes à dentelle qui lui donnaient l'allure d'une fée quand j'aurais paru déguisée si je les avais revêtues, les invités les plus insensibles aux enfants ne pouvaient s'empêcher de sourire et de se baisser pour se mettre à sa hauteur – tandis qu'il ne serait venu à l'idée de personne de m'adresser spontanément la parole. Et comme Liane se montrait de surcroît vive et amusante – une délicieuse créature, décidément – les sourires ne tardaient pas à s'épanouir en rires qui me trouaient le cœur.

Le pire était que Liane avait parfaitement conscience de la situation. Elle voyait qu'elle avait droit à des sourires et des regards attendris alors que nul ne m'en adressait, qu'on lui accordait de l'attention sans qu'elle ait besoin de la réclamer alors que je ne l'aurais pas obtenue quand bien même je m'y serais échinée. Elle voyait qu'elle inspirait la sympathie sans avoir rien fait pour la mériter et que je n'inspirais rien, à part l'indifférence ou l'irritation. Que je puisse en souffrir et lui en vouloir lui était un délice et elle affectait de se montrer aussi avenante avec sa sœur aînée qu'avec le reste du monde, en sachant très bien que je la jalouserais de cela aussi – de pouvoir au vu et au su de tous me témoigner une affection éclatante quand la mienne était corrompue par la colère, rongée par des reproches inavouables, injustifiables. Une envie féroce m'étreignait tandis que je la regardais se percher sur les genoux de notre mère qui, ayant adopté certains des usages du pays de mon père, ce pays où ni Liane ni moi ne nous étions jamais rendues, mais dont subsistaient tant de traces dans notre quotidien, posait son nez dans les cheveux de ma sœur pour les respirer par à-coups, selon la force qu'elle voulait imprimer à ces caresses tellement plus intimes que les baisers qu'on donne aux enfants français. Il est si facile, songeais-je en moi-même avec amertume, de singer la bienveillance quand il ne vous est jamais rien arrivé de mauvais, et la générosité quand on en a toujours bénéficié. Il est si facile de rayonner quand vous êtes assurée d'être soutenue envers et contre tout – car il va de soi qu'à la moindre dispute entre nous, ma mère donnait raison à ma sœur sans même écouter ce que j'avais à dire, tandis que mon père, suivant son habitude, évitait consciencieusement de prendre parti.

J'étais condamnée à mener mes actions de représailles en toute discrétion. Ma sœur étant affligée d'une peur irraisonnée du noir, je me levais quand tout le monde était couché pour saboter sa veilleuse, ce qui entraînait des réveils en sursaut de Liane, qui hurlait à la mort au milieu de la nuit tandis que mes parents pestaient sur la mauvaise qualité des ampoules qu'ils devaient changer pour la énième fois. Un trou apparaissait soudain sur la manche de son manteau tout neuf, une tache venait souiller le col de sa robe ou bien un foulard de soie que notre mère lui avait offert en sachant que c'était le cadeau que je désirais pour mon anniversaire. Ses poupées et peluches disparaissaient pour ressurgir, après des jours et des jours de recherche, dans le fouillis du coffre à jouets, quand ses livres d'images n'étaient pas découverts coincés entre le lit et le mur alors qu'on les croyait définitivement perdus.

Elle se doutait que c'était à moi qu'elle devait ces persécutions mais plutôt que de m'accuser sans preuves, elle se contentait de se faire offrir un nouveau manteau, une nouvelle robe et un nouveau foulard, plus ravissants encore que ceux qui avaient été abîmés, d'autres albums – elle s'était de toute façon lassée des précédents – ainsi qu'une veilleuse-poupée vêtue d'une chemise de nuit brodée de dentelle qu'elle garderait avec elle dans le lit. Elle n'ignorait pas que j'aurais tout donné pour obtenir non tant ces objets que ce qu'ils représentaient : des preuves de l'affection de notre mère. Et qu'elle m'infligeait par là une peine bien plus grande que si elle s'était mise à son tour à cacher ou casser mes affaires, qui ne faisaient envie à personne et auxquelles je ne tenais guère. Mes manœuvres ne servirent donc qu'à me faire souffrir davantage : l'adoration vouée à ma sœur n'en fut pas même écornée tandis que je demeurais dans l'ombre...

Seule ma grand-mère m'aimait comme j'aurais aimé que ma mère m'aimât : ni plus, ni moins que Liane. "Bà", comme nous l'appelions, consacrait toute son énergie à prendre soin de nous en l'absence de nos parents, nous enveloppant toutes deux d'une tendresse inconditionnelle. Elle nous levait et nous couchait, nous nourrissait, nous grondait si nous avions dénoué nos écharpes ou enlevé nos cagoules et nous embrassait au moindre chagrin. C'était elle que nous appelions ou allions rejoindre la nuit si un cauchemar nous réveillait. Elle semblait l'incarnation d'une sagesse immémoriale avec ses cheveux blancs rassemblés en chignon, ses lunettes cerclées d'argent, la douceur réfléchie de sa voix. Invariablement vêtue de pantalons amples et de chemisiers de coton et de soie – auxquels s'ajoutaient d'épais gilets de laine l'hiver – elle était une source infinie de sérénité.

Ses mouvements, lents et mesurés en public, se faisaient extraordinairement rapides et précis en cuisine – accroupie sur la planche posée à même le sol, elle émincait avec dextérité chou chinois, carottes et concombres pour une salade à la méduse quand elle ne découpait pas une volaille en morceaux parfaitement proportionnés pour les faire caraméliser dans du sucre additionné de sauce de poisson fermenté. Bà confectionnait avec la même adresse la soupe au bœuf cuit et cru, les crêpes de riz fourrées aux champignons noirs, les gâteaux salés translucides, garnis d'une unique crevette et d'un morceau de poitrine de porc, ou les desserts au maïs, à la banane, à la racine de taro. Elle savait disposer les quartiers de mortadelle en motifs étoilés, donner à ses beignets de farine de lotus la forme de fleurs, préparer du riz gluant à la momordique d'un rouge profond, parfumé au lait de coco, en l'honneur de la nouvelle année. Toutes choses proprement fabuleuses pour une fillette incapable de rien faire de ses dix doigts, encore plus mal à l'aise face à une plaque de cuisson qu'en société.

J'aimais l'observer quand elle s'attelait aux repas, la voir rouler des morceaux de viande dans un mélange de sel, de poivre et de coriandre, aller et venir au milieu des casseroles fumantes, ouvrir le four pour surveiller la cuisson des pâtés chauds, jeter ail, oignons, légumes et vermicelles dans une poêle grésillante. J'aimais tout autant la voir travailler sur sa machine à coudre, une Singer qui ronronnait chaque fois qu'elle actionnait sa pédale d'un noir luisant, tandis que ses mains faisaient passer une pièce de tissu sous l'aiguille qui l'ourlait d'un fil blanc, gris ou crème. Je pouvais demeurer de longues minutes à fourrager dans la grande boîte métallique que Bà avait disposée sur la table, qui avait tout de la malle aux trésors avec ses boutons pareils à des dragées, ses bobines multicolores, ses craies de tailleur, son mètre de plastique souple que je déroulais et réenroulais inlassablement, sa grande paire de ciseaux argentés, son coussin à épingle en forme de minuscule citrouille, son écrin de velours noir abritant, en guise de bijoux, une rangée d'aiguilles scintillantes. J'aimais voir ma grand-mère prendre des mesures, tracer des marques, découper, assembler, plier, coudre, découdre, recoudre, broder, froncer, transformer en chemise, en jupe ou en robe des étoffes de coton, de lin et de laine jusque-là platement rectangulaires. Elle aurait, telle Bimbamboulor, filé de la paille pour la transformer en or, que je n'en aurais pas été plus étonnée.

14.

Bien sûr, Lise bannit cette petite voix et entame avec Louis une de ces histoires dont les débuts émerveillent ceux qui les vivent autant qu'ils écœurent les autres. Leur attirance l'un pour l'autre est si forte que rien ne vient modérer ses ardeurs, pas même l'explication terre à terre de la richesse familiale de Louis : son grand-père a dirigé une banque privée et son père fondé une société de capital-investissement. Attablée face à lui dans la cuisine étincelante de son duplex, beaucoup trop étincelante pour supposer qu'il y fasse autre chose que s'y asseoir avec une invitée après avoir monté assiettes et couverts de chez ses parents, Lise apprend aussi que sa mère a arrêté de travailler à sa naissance. Tout en croquant une asperge, elle imagine une grande blonde brushée et manucurée, portant des cardigans haute couture et des perles aux oreilles. Une femme qui idolâtre son fils unique, préside de fastueuses réceptions flattant les relations d'affaires de son époux et redécore tous les trois ans, aidée d'une architecte d'intérieur à la mode, l'hôtel particulier parisien et la propriété normande où ils passent leurs week-ends.

De fait, la mère de Louis est blonde et affectionne les perles. Mais elle a décoré seule leur demeure et le couple possède non pas une mais deux maisons sur les hauteurs de Trouville, distantes d'une cinquantaine de mètres. L'une pour la famille et les amis proches, avec une piscine en plein air dotée d'une vue panoramique à couper le souffle, et l'autre pour les autres, c'est-à-dire ceux qu'on veut bien inviter à séjourner mais qu'on préfère ne pas garder trop près de soi, un snobisme dans le snobisme qui en dit long sur la cruauté mondaine, tout en nuances, de la haute bourgeoisie. Car Louis est bel et bien un rejeton de la haute bourgeoisie, un de ces garçons à jeans serrés et pull à col en V dont Lise s'est toujours volontiers moquée tout en en étant secrètement curieuse. Il a fait ses classes à Janson-de-Sailly, fréquenté les rallyes du 16e arrondissement, promené à son bras des héritières habillées en Chanel, joué au poker avec des fils de ministres en exercice et des neveux de patrons du CAC 40 dont les opérations font les gros titres des *Échos* lorsque *Challenges* ne leur consacre pas des portraits.

Lise et Louis n'ont été réunis que par les caprices du hasard et de la méritocratie républicaine qui permet encore parfois, rarement, à la fille d'un immigré et d'une petite paysanne initialement sans le sou de faire ses études sur les mêmes bancs qu'un fils de famille. À condition, cela va sans dire, que la première ait non seulement raflé les bonnes notes comme un cheval les victoires sur le champ de courses, mais aussi réussi, parce qu'elle est douée des capacités d'adaptation nécessaires, à acquérir les codes dont le second a hérité. Comment écrire, comment parler, comment présenter ses arguments, qui citer, quelles manières, quel comportement et quelle tenue adopter : telles sont au fond les véritables clefs d'accès à l'établissement qu'ils ont tous deux intégré. Lise en naviguant à vue, suivant d'abord la "voie royale" que lui ouvraient ses bulletins scolaires puis, par mimétisme plus que sur initiative personnelle ou parentale, les avis de camarades mieux informés ou plus entreprenants ; Louis parce que cela faisait partie d'une stratégie mûrie de longue date par ses parents et lui-même pour poursuivre la seule carrière qui vaille à leurs yeux, au confluent du monde des affaires et de celui de la politique – ou devrais-je dire n'importe quelle carrière, au fond, du moment qu'elle permette de s'adonner aux affaires et à la politique, de faire de l'argent et d'avoir du pouvoir, toujours plus d'argent et toujours plus de pouvoir ?

Ils ne se quittent pas du week-end et Louis va jusqu'à accompagner Lise en voiture lors d'un aller-retour dans sa studette du 14e, à la limite du périphérique sud de Paris. Il reste au bas de l'immeuble tandis qu'elle va se changer et récupérer des affaires pour la nuit – "Non, pas la peine de venir avec moi, je t'assure, j'en ai pour deux minutes…". Les deux minutes promises se sont transformées en trois, puis en cinq et Louis sort, sans hâte. Il s'adosse contre la carrosserie gris métallisé de sa Golf, allume un cigarillo dont les volutes dessinent de blanches arabesques dans l'air et fredonne avec un sourire, lorsque Lise se penche à la fenêtre pour lui dire qu'elle a bientôt fini : "Je voulais te dire que je t'attends / Et tant pis si je perds mon temps / Je t'attends, je t'attends tout le temps / Sans me décourager pourtant…"

Son sourire semble démentir la mélancolie mise en chanson par Michel Jonasz, mais celle-ci n'en a pas pour autant disparu : elle colore la joie que

Lise lit dans les yeux de Louis lorsqu'elle descend le retrouver, une joie si rayonnante qu'elle en reste un instant interdite. Puis, d'un pas rapide malgré son sac en bandoulière, elle traverse le hall plongé dans l'ombre, va droit vers Louis qui ne la quitte pas des yeux, appuyé contre sa voiture qui semble flamboyer dans la lumière estivale, avant de l'entourer de ses bras pour l'embrasser longuement, intensément, comme si elle pouvait se fondre en lui – comme si elle pouvait lui confier un peu de son âme à travers ce baiser. Louis le lui rend, puis la serre fort contre lui, le nez dans ses cheveux qui sentent l'écorce d'orange et le jasmin. Il ignore qu'elle l'embrasse moins par amour pour lui que par amour de son amour pour elle. Qu'il s'agit moins de tendresse que de narcissisme.

Leur principale préoccupation pour les semaines à venir sera de trouver un moyen de survivre au temps durant lequel ils sont séparés. Comment réussir à se passer de l'autre, ses mots, ses yeux, son rire. Comment réussir à se passer de ses mains, ses lèvres, sa peau. Au début, ce n'est rien, une gêne, une impatience, le regret de ne pas être ensemble. Mais bientôt l'inconfort s'accroît jusqu'à la douleur. Une sensation d'étouffement afflige Lise et Louis sitôt que leur emploi du temps les tient éloignés plus de deux heures. Les mêmes images passent et repassent alors devant leurs yeux tandis que le sang bat à leurs tempes – celles de l'autre pendant l'amour.

Les professeurs se succèdent, et avec eux la macroéconomie au droit, l'histoire à la géopolitique, l'anglais des affaires au cinéma expressionniste allemand, mais Lise et Louis y demeurent sourds, incapables de penser à autre chose qu'à l'autre qui n'est pas là. À la chaleur de son souffle, à la douceur de son sexe. À son visage nu, abandonné. À son buste tendu comme un élastique près de claquer lorsque le plaisir monte jusqu'à atteindre son ineffable point d'orgue, éclatant dans votre tête, irradiant votre corps, gagnant la moindre parcelle de votre être, vous emportant en un lieu qui ne connaît ni limites, ni frontières, un espace infiniment dilaté, plus vaste qu'un océan, avant que tout s'apaise soudain, que le monde retrouve des contours, que l'on revienne à soi comme on s'éveille d'une transe, baigné de sueur, les muscles relâchés, le cœur et la chair comblés, enfin, mais pour un temps terriblement bref, puisque bientôt la faim vous rattrape, que l'on a soif de plaisir, à nouveau, soif d'en donner comme d'en puiser, pris au piège d'un cycle toujours recommencé, sans que l'épuisement survienne jamais, tant l'amour en s'incarnant devient une drogue à laquelle on ne peut que retourner, encore et encore.

À chaque pause entre les cours, Lise et Louis se jettent sur leur portable avec la fébrilité de junkies fichant une aiguille dans leur veine. Leurs figures crispées se rassérènent sitôt qu'ils entendent au bout du fil la voix tant aimée. Ceux qui les entourent, les observent sans qu'il y paraisse, affectent un air exagérément indifférent, ou exagérément ironique, face à leur mine béate, éblouie, ridicule, et qu'ils leur envient pourtant, la mine de tous les amoureux lorsqu'ils ne parviennent pas encore à croire en leur bonheur, celle qu'on arbore sans en avoir conscience lorsqu'on commence une histoire qui semble effacer toutes celles qui l'ont précédée et anéantir la possibilité qu'une autre survienne un jour.

Lise

15.

Si ma grand-mère était heureuse de m'avoir auprès d'elle tandis qu'elle vaquait à ses multiples tâches, elle ne m'enseigna pas pour autant sa science de femme d'intérieur, cette faculté à dispenser chaleur, confort, bien-être, qui ressemblait si fort à un pouvoir magique, et qui lui avait permis de transformer notre pavillon impersonnel en foyer digne de ce nom. Elle avait arrêté l'école sitôt qu'elle avait su lire, écrire et compter : mon arrière-grand-mère, devenue veuve avec neuf enfants à élever, avait hérité de terres qu'elle avait morcelées et vendues l'une après l'autre pour payer des études à ses fils, mais non à ses filles, pour qui le mariage constituait la seule issue. Bà voulait pour moi un autre destin, même si elle ne s'était jamais plainte du sien. Plutôt que de me transmettre ses recettes et tours de main, elle m'encouragea donc, sitôt mon entrée à l'école primaire, à me plonger dans des manuels qu'elle-même pouvait à peine déchiffrer puisque, non contents de traiter de matières qui lui étaient inconnues, ils étaient écrits dans une langue qu'elle ne parviendrait jamais, malgré ses efforts, à pénétrer. Elle me poussa à perfectionner ce français qui lui échappait, et tant pis si j'y perdais la langue dans laquelle j'avais prononcé mes premiers mots, progressivement frappée d'inanité. Bà dont j'étais proche au point d'avoir longtemps pensé que nous ne pouvions exister l'une sans l'autre. Bà que je croyais éternelle, qui savait bien qu'elle ne l'était pas, et choisit ainsi d'installer entre nous une distance insensible, d'abord, et bientôt invincible, telle l'eau érodant la pierre au fil du temps. Parce qu'elle m'aimait, Bà m'encouragea à la quitter et à suivre un autre chemin que le sien ; à devenir, à terme, une étrangère. C'était, elle le savait, le prix à payer pour m'offrir toutes les chances auxquelles elle n'avait pas eu droit, toutes les possibilités qui lui avaient été refusées.

Bà ne m'a donc enseigné aucune de ses compétences domestiques. Mais elle m'a transmis d'autres secrets. Tout en faisant silence sur les tragédies qui avaient dispersé notre famille, elle laissait parfois des détails remonter à la surface, que je rassemblais comme on collecterait des feuilles pour un herbier. Un matin où elle arrosait le pommier de notre jardin, elle a évoqué les haies d'hibiscus qui bordaient la ferme où elle avait donné naissance à mon père, et les arbres de leur voisin et propriétaire, cocotiers, pamplemoussiers, aréquiers, manguiers, cotonniers, lataniers, théiers mais aussi arbres à laque, dont le bois rouge sombre à nervures jaunes portait des incisions en forme de V. De là s'écoulait goutte à goutte leur résine, qu'on recueillait grâce à des coquilles de moules de rivière fixées à la base du tronc…

Il fallait plusieurs mois, m'a-t-elle expliqué, pour recueillir l'équivalent d'une demi-tasse. Et il faudrait encore la filtrer à travers une toile fine, la laisser se décanter en différentes couches dans une cave, la colorer au besoin en y mélangeant de la poudre de cinabre pour le rouge, d'indigo pour le bleu, d'orpiment pour le jaune, ou bien en la barattant avec une spatule de fer doux jusqu'à ce qu'elle tourne au noir… Alors seulement elle pourrait être utilisée par les maîtres laqueurs, qui en superposeraient jusqu'à sept couches, chacune ayant été soigneusement séchée et poncée avant d'être recouverte par la suivante, si bien qu'il fallait compter deux mois et demi pour laquer un simple plateau dans les règles de l'art. Le maître laqueur y mettait la dernière touche en ponçant l'objet à la main, à l'aide de poudre de bois de cerf calciné, et ce n'était qu'à cet instant qu'il découvrait s'il avait ou non réussi son œuvre ; s'il avait réussi à lui donner ce brillant, cette lumière qu'aucun appareil photographique ne parvenait à rendre, tant elle variait selon l'angle sous lequel on l'examinait, mais aussi selon la saison et l'heure du jour…

Chacun des gestes de Bà, chacune de ses attitudes, chacune de ses habitudes, portait l'empreinte de sa vie antérieure, tantôt évidente et vivace, tantôt fantomatique, pareille à une inscription tracée sur la vitre embuée d'une voiture qui lentement s'évanouit. Elle avait suspendu sur les murs de sa chambre non des natures mortes mais des dessins à l'encre sur du papier de riz représentant un pêcheur sur sa jonque et une jeune femme tenant une pivoine. Elle affichait à l'égard des pattes de lapin, fers à cheval et autres trèfles à quatre feuilles une indifférence qui n'avait d'égale que son ardeur à placer sous nos oreillers des sachets de satin doré emplis de sutras pour nous protéger du mauvais œil. Elle avait aussi gardé des réflexes qui entraient en parfaite contradiction avec notre mode de vie en France. Hôtesse exemplaire, toujours prête à accueillir – et gaver – des invités de dernière minute, elle avait dans le même temps coutume de tout fermer à double et triple tour. Chaque soir, elle consacrait un quart d'heure à vérifier les verrous, avec un soin que ne justifiait guère le calme léthargique de notre banlieue où pas un cambriolage n'avait été signalé en quinze ans.

J'y voyais un tic témoignant de craintes absurdes, alors que c'était en réalité le signe que l'absurde avait autrefois fait partie de son quotidien. Bà avait vécu dans un monde où des héros nationaux se transformaient en traîtres tout juste bons à être fusillés en l'espace de vingt-quatre heures. Où il était normal de voir des voisins délogés de chez eux par des brigades hurlant des accusations à la lueur de quelques torches. Où la moitié de votre famille pouvait disparaître, engloutie dans les geôles de l'ancien gouvernement ou les camps de rééducation du nouveau. Alors pourquoi nous croire lorsque nous lui affirmions que nous étions à l'abri et que personne ne viendrait défoncer la porte de la maison pour s'emparer de nous ? Elle savait que c'était possible, puisque c'était déjà arrivé. Elle ne faisait que s'y préparer et nous défendre du mieux qu'elle pouvait…

À ses yeux, le passé n'était pas mort ; il n'était même pas passé. Et si elle désirait nous épargner toute souffrance s'y rattachant, elle ne voulait pas pour autant l'éradiquer. Elle faisait silence sur les drames dont elle et les siens avaient été victimes, mais aimait nous caler contre elle dans son lit, ma sœur d'un côté et moi de l'autre, afin de nous transmettre les légendes qu'on lui avait contées, enfant, à une époque où elle n'imaginait pas vivre autre part que dans son village. Bà mettait en scène rois et mandarins, étudiants et paysans, orphelines et princesses, pour expliquer avec poésie l'origine de la mousson, des tigres et des moustiques ; du lac de l'Épée restituée, situé au centre de la capitale, et de la montagne de l'Attente, près de la ville frontalière de Lang Son ; des coutumes voulant qu'on préparât des gâteaux de riz ronds et carrés pour le Nouvel An et qu'on chiquât le bétel lors des mariages. Les fictions de Bà n'étaient pas un moyen d'obtenir de moi l'assurance que je l'aimais. Elles étaient plutôt la preuve que Bà m'aimait, et qu'elle m'aimait, elle, en désirant uniquement mon bien, sans rien attendre en retour.

16.

— Allez, viens, on va nager ensemble.

— Non, je suis très bien ici. Je profite du soleil.

— Mais enfin, c'est ridicule ! À quoi sert d'avoir une piscine si tu ne veux même pas y tremper un orteil ?

— À te faire plaisir. Et à me faire plaisir à moi, puisque je peux te regarder nager dedans.

— Tu parles ! Tu te souviens comment a fini Howard Hugues ?

— Qui ça ?

— Howard Hugues. Le millionnaire qui est mort reclus tellement il avait, comme toi, peur des microbes. Le dingo fan d'avions et de cinéma. Qui avait acheté Pan Am et qui est sorti avec Katharine Hepburn.

— Pan Am, ça me dit quelque chose. Aucune idée de qui est Catherine Truc, en revanche.

— Katharine Hepburn. L'actrice. Hollywood. Spencer Tracy. *L'Impossible Monsieur Bébé*.

— …

— Je pique une tête pendant que tu lis ton journal et après on regardera *Indiscrétions*, je l'ai dans mon ordi.

Et sur ces mots, Lise plonge dans l'eau pareille à de la lumière liquide. Il fait très chaud, en ce jour de juin. C'est leur troisième week-end en amoureux dans la maison de campagne des parents de Louis, qu'on dirait tout droit sortie d'un magazine déco avec son mur de briques, son imposante cheminée, ses tomettes, ses vases emplis de monnaie-du-pape et sa piscine en plein air avec vue panoramique sur les paysages environnants, un déploiement de feuillages vert tilleul, vert pomme, vert avocat, vert jade, vert émeraude, tous les verts possibles rassemblés en un nuancier géant et, bien plus bas, bien plus loin, la ville qu'on domine, à tous les sens du terme, depuis ces hauteurs.

Installé dans un fauteuil d'osier, une tasse de café fumant sur la table avec à son côté *Le Monde* encore plié, Louis contemple Lise qui s'adonne à présent à une brasse langoureuse, cheveux noirs plaqués contre ses épaules et lunettes de soleil sur le nez, qu'elle a récupérées sur la margelle de la piscine où elle les avait déposées le temps du plongeon. Vêtue ou plutôt dévêtue d'un bikini rouge vif, elle pourrait passer, avec ses jolies jambes bronzées et sa taille fine, pour une actrice ou un mannequin paradant dans la villa d'un producteur de cinéma. Lui manque seulement l'air inaccessible de ces filles-là, entre indifférence et dédain, l'air des femmes habituées à attirer le regard, et à le décourager. Or il y a chez Lise quelque chose de très enfantin, dans son sourire, sa façon de se réfugier dans vos bras, les caresses dont elle semble en permanence affamée. Elle avait tout d'une enfant, d'ailleurs, lorsqu'elle a découvert cette piscine. C'est tout juste si elle n'a pas battu des mains. Les précédentes copines de Louis ont parfois comparé sur un ton nonchalant la piscine à d'autres – celles d'amis communs – et plus généralement gardé le silence. Aucune n'aurait montré l'enthousiasme de Lise, dans lequel elles auraient vu une faute de goût.

Lise n'a pas envie de faire semblant, d'agir comme si nager dans une piscine privée au milieu d'un océan de verdure était chose courante, à peine moins banale que, disons, donner un bal vénitien pour une centaine d'invités comme le père de Louis l'a fait pour l'anniversaire de sa femme. Une part d'elle ne peut s'empêcher de penser qu'une fortune aussi étourdissante, née et démultipliée du seul fait que l'argent appelle l'argent, est toujours un peu haïssable – surtout quand cette fortune n'est pas la vôtre – mais elle apprécie trop la piscine, la belle vaisselle et les draps damassés pour s'en détourner. Non, décidément, elle ne désire pas le moins du monde se priver des luxes qui font le quotidien de Louis ou lui demander, à lui, de s'en priver, au prétexte que sa richesse serait illégitime – au nom de qui ou de quoi pourrait-elle bien lui faire la leçon, de toute façon ? – et pour soulager sa mauvaise conscience, se contente de se répéter, encore et encore, qu'elle sait bien que rien de tout cela n'est à elle. Qu'elle en profite comme les écoliers jouent à être des héros de dessin animé dans la cour de récré, en y croyant tout en restant prêts à redevenir eux-mêmes sitôt que la cloche a sonné… Il lui faut pourtant l'admettre : le décor sur lequel se détache sa relation avec Louis lui donne un éclat supplémentaire. Elle l'aimerait sans ("Tu en es si sûre que ça ?") mais l'aime davantage encore avec. ("Ça, c'est certain, s'amuse la petite voix. Je ne sais pas si tu as remarqué, mais les bergères n'invitent pas les princes à s'installer dans leur chaumière. Elles préfèrent en général les rejoindre dans leur château après avoir troqué leur bâton contre un diadème et leurs guenilles contre une robe de soie…")

Lise espère pouvoir intégrer le monde de Louis sans avoir à se renier et n'a donc nullement cherché à cacher sa chaumière. Ils demeurent le plus souvent chez Louis, qui habite quasiment en face de leur école, mais il leur est arrivé de passer la nuit dans le rez-de-chaussée de treize mètres carrés de Lise, avec son bout de moquette bleu en guise d'entrée, le carrelage imitation faux marbre dans la minuscule salle d'eau, le clic-clac à motifs pseudo-chinois, les meubles en plastique et aggloméré choisis par son père, sans oublier un très bruyant vide-ordures sur lequel un professionnel est passé un mois plus tôt déposer deux points de produit destiné à faire fuir les cafards. Il est difficile à Lise de vanter les charmes de sa studette à quelqu'un qui habite un hôtel particulier XIXe, mais elle sait gré à ses parents d'avoir économisé de quoi lui offrir un logement à Paris – la plupart des étudiants n'ont pas sa chance – et trouverait honteux d'en avoir honte. Elle y reçoit donc Louis sans gêne particulière et il l'aime pour cela aussi, veut-elle croire : pour cette loyauté vis-à-vis des siens.

À cette époque, du reste, le moindre des mots, le moindre des gestes de Lise est prétexte pour Louis à l'aimer davantage. Passant la réalité au filtre de ses sentiments, il ne voit que ce qui peut les renforcer, et non seulement mémorise une infinité de détails anodins concernant Lise, mais en fait le support d'une admiration qu'il n'hésite pas à exprimer à haute voix. Il "adore" qu'elle ne se maquille pas, ou à peine. Qu'elle ne regarde jamais le sol mais le ciel quand elle marche. Qu'elle ait un parfum pour l'été et un parfum pour l'hiver. Qu'elle joue du piano. Qu'elle ne s'attende pas à être invitée lorsqu'ils vont au restaurant. Qu'elle épluche le programme des expositions avec une prédilection pour des artistes de la deuxième moitié du XXe siècle dont il n'a jamais entendu parler. Qu'elle mentionne des films en noir et blanc dont il n'a pas davantage entendu parler, qu'elle lui montre et qu'il finit par apprécier, moins pour eux que parce que leur visionnage est entrecoupé de baisers qu'il ne cesse de lui voler, tandis qu'elle se partage entre attendrissement et agacement, elle qui sent monter des envies de meurtre chaque fois qu'elle entend des gens faire bruire leurs sacs en plastique dans les salles de cinéma.

D'*Indiscrétions*, qui met en scène une jeune femme de la haute société face à trois hommes, il retiendra la scène où Katharine Hepburn, vêtue d'un élégant maillot une pièce rayé, plonge dans la piscine, puis pousse sur l'eau une maquette de bateau. Soit la réplique miniature de *The True Love*, un yacht que son ex-mari avait dessiné pour elle et qu'elle qualifie de "yar". Le mot, qui n'appartient pas au dictionnaire, a été inventé par eux pour désigner quelque chose de vif, juste et racé – une forme de perfection. "Mais c'est toi ! déclare Louis à Lise, qui détourne les yeux de l'écran pour les plonger dans ceux de son compagnon. C'est ce que tu es : une fille "yar". Une fille comme il n'y en a pas une sur un million. Une fille parfaite. Et qui ne le sait même pas", ajoute-t-il avec un sérieux qui la déconcerte. Lise se retient de répondre qu'elle sait très bien, au contraire. Elle sait très bien qu'il se trompe, elle sait très bien aussi *pourquoi* il se trompe. Il se raconte des histoires pour justifier ses sentiments pour elle, expliquer en quoi il a raison de l'aimer, alors qu'elle l'aime, elle, sans se raconter d'histoires.

Louis est beau, intelligent, déterminé ; il manque aussi d'imagination, de patience et de bienveillance. Il est très attentionné avec Lise, à l'évidence, mais a tendance à diviser le monde en deux catégories, ceux qui méritent qu'il s'intéresse à eux, et les autres. Certains existent parce qu'il faut compter avec eux, qu'ils appartiennent aux mêmes cercles que Louis, et qu'il y a entre eux, ce dont Lise ne s'était pas clairement rendu compte jusque-là, une vraie solidarité de classe. D'autres existent parce qu'ils tranchent sur le commun par leur esprit, leur talent, ou leur beauté. Le reste n'existe pas, c'est aussi simple que cela, et constitue la lie des nécessiteux, des médiocres, des laids, des ennuyeux avec lesquels on n'a pas de temps à perdre. Louis a de la curiosité, beaucoup plus, d'ailleurs, que la plupart de ses amis, mais il a aussi le jugement facile, peu de pitié et aucune compassion. Tout à son ambition de devenir un grand de ce monde, il est prêt à écraser quiconque se met en travers de son chemin, se demande en permanence en quoi l'autre peut lui être utile, et ne s'intéressera à ce que cet autre pense que si cela peut le servir lui. Lise a une conscience aiguë des défauts de Louis et les accepte, quand lui s'aveugle absolument sur elle. C'est la différence entre eux, une différence qui finira par leur coûter cher… Mais bien sûr, Lise garde ces pensées pour elle, s'efforce de les chasser de son esprit, de même qu'elle a enfoui dans les profondeurs de son inconscient la vieille plaisanterie selon laquelle les divorces viennent de ce que les femmes épousent les hommes en espérant les changer tandis que les hommes épousent les femmes en espérant qu'elles ne changeront pas. Elle se contente de tourner en dérision l'affirmation de Louis.

Il y a quelque chose de fou, d'irrépressible dans ce qu'il ressent à cette époque pour Lise, dans son besoin de clamer son amour à la face du monde. Lorsque quelques jours plus tard, longeant le boulevard Saint-Germain, ils croisent d'autres élèves de leur école, Louis répond avec simplicité à leur proposition d'aller prendre un pot que c'est à Lise qu'il faut s'adresser, que tout dépend d'elle, que lui se contente de la suivre où qu'elle aille et n'a, en lui-même, aucune importance. Il laisse ses camarades stupéfaits de cette déclaration – ils n'en demandaient pas tant – tandis que Lise affiche un air gêné mais heureux, son bonheur transcendant manifestement son embarras, sans qu'elle ne craigne plus, à présent, de le dissimuler. La fougue de Louis est contagieuse et bien qu'elle ne l'exprime pas de la même façon, son tempérament s'accordant peu avec les annonces publiques, elle qui s'était promis de garder la tête froide se surprend à baisser la garde au fur et à mesure qu'une sorte de routine du bonheur s'installe.

Bientôt, en effet, elle et Louis ont des lieux, des films, des restaurants à eux. Des promenades favorites, des rituels, des projets de vacances communes pour l'été et l'hiver. Après qu'il a observé, d'un air faussement indifférent, qu'elle gagnerait du temps en entreposant davantage d'affaires chez lui, étant donné qu'ils passent toutes leurs nuits ensemble, elle a cessé de promener sa trousse de toilette d'un appartement à l'autre, sorti brosse à dents, brosse à cheveux, crème hydratante et autres accessoires pour les disposer dans la salle de bains. Aux dessous se sont ajoutés des robes, des jupes, des jeans, des sandales, des ballerines, des talons, des bottines. Louis n'a même pas eu à lui faire de la place dans son placard ou sa penderie : ceux de la chambre d'amis n'attendaient qu'elle. Les vêtements s'empilent sur les cintres et les étagères tandis que Lise guette désormais les "Bonne nuit, mon cœur" que Louis prononce chaque soir juste après avoir éteint. C'est cette formule qui clôt sa journée et lui permet de plonger dans le sommeil, certaine qu'il la chérit toujours et que se réveiller demain en vaudra la peine.

Plus tard, Lise aura oublié la première fois où ils ont fait l'amour ou la première fois où ils se sont dit qu'ils s'aimaient, mais rassemblant ses souvenirs comme on passe en revue des polaroïds, elle reverra *Indiscrétions*, les camarades croisés sur le boulevard, les affaires rapportées une à une de la studette, entendra à nouveau la voix de Louis dans la pénombre de la chambre, l'accent qu'il mettait sur le mot "cœur", comme s'il lui donnait le sien. Elle se rappellera ses compliments et ses mots tendres, baume passé sur toutes les blessures reçues, pluie sous laquelle il lui semblait s'ouvrir comme une fleur, peu à peu lavée de toute angoisse et de toute crainte. Elle se rappellera la façon dont ses préventions ont été vaincues, dont elle s'est laissé aller à y croire, tant Louis semblait sûr de lui – et sans doute l'était-il. Devenue dépendante de ces preuves d'amour renouvelées, Lise s'est engluée dans leur relation comme dans du miel. Elle ne sera nullement étonnée d'apprendre par la suite qu'une expérience scientifique a montré que des rats ayant le choix entre une dose de sucre et une dose de cocaïne, préfèrent systématiquement la première.

Lise

17.

Bà m'aura enseigné de la façon la plus délicate qui soit une histoire et une géographie, ainsi qu'une façon de raisonner, et même un imaginaire, étrangement familiers. Ainsi lorsqu'elle m'a décrit les aventures de la douce Tâm, qui après la mort de son père s'était vue réduite à l'état de servante par sa méchante belle-mère et sa demi-sœur Càm, avant de réussir à conquérir un roi grâce à une pantoufle qui n'était pas de vair (ni de verre), mais de soie brochée. Dans cette version de Cendrillon, toutefois, c'était à Bouddha et non à une marraine fée que l'héroïne devait la tenue et la pantoufle qui éblouissaient son prince. Et les persécutions de la marâtre et de sa fille ne s'arrêtaient pas avec les noces. Toutes deux parvenaient par la ruse à noyer Tâm alors qu'elle leur rendait visite, et Càm était envoyée pour la remplacer auprès du roi. Cependant, Tâm, conformément aux préceptes de la réincarnation, ne mourait que pour mieux revenir auprès de l'homme qu'elle aimait, sous la forme d'un loriot, d'un flamboyant, d'un métier à tisser, ou encore d'un kaki doré. Dévorée par la jalousie, Càm de son côté étouffait l'oiseau, faisait abattre le flamboyant et brûlait le métier à tisser qui chaque fois qu'elle tentait de l'utiliser, soufflait avec sauvagerie : "Tu prends le mari de ta sœur, ta sœur t'arrachera les yeux !"

Après bien des aventures, Tâm retrouvait forme humaine et, découverte par son époux, s'en revenait prendre sa place au palais. Càm faisait grise mine, mais n'en laissait rien voir, et frappée par la beauté de sa sœur, demeurée intacte en dépit des épreuves, lui demandait le secret de son teint si pur. Avec le plus serein des sourires, Tâm lui conseillait alors de faire verser une grande jarre d'eau bouillante sur elle lorsqu'elle prendrait son bain. Càm appliquait sans réfléchir la recette et périssait dans d'atroces souffrances. Aussitôt, Tâm ordonnait que le cadavre fût découpé et ses morceaux marinés et assaisonnés, puis déposés dans une hotte qu'elle faisait porter à sa belle-mère. Cette dernière goûtait la viande qu'elle trouvait délicieuse, et se mettait à en grignoter un peu chaque jour – jusqu'à apercevoir une masse sombre gisant au fond du récipient. Plongeant le bras, elle ramenait alors à elle la tête de sa fille et, hurlant d'horreur, tombait raide morte…

Le sang n'était pas l'apanage de cette seule Cendrillon : à en croire les frères Grimm, les méchantes demi-sœurs (puisqu'elles étaient deux, dans leur version) se coupaient le gros doigt de pied pour l'une et le talon pour l'autre afin de réussir à enfiler la fameuse pantoufle, après que leur mère leur avait dit, en leur tendant le couteau, que quand elles seraient reines, elles n'auraient plus besoin de marcher. Dénoncées l'une après l'autre par des colombes qui révélaient leur imposture – le prince soulevait leurs jupes pour dévoiler leurs chaussures rougies et les ramenait chez elles sans plus de cérémonie – elles n'assistaient ensuite aux épousailles que pour se faire crever les yeux à coups de bec. L'innocence, la vertu et la beauté ne suffisaient pas toujours à gagner l'amour, et encore moins à le perpétuer. Il lui fallait parfois plus que des promesses et des serments. Il lui fallait des actes ; il lui fallait des morts. En dépit de sa prétendue soumission, Cendrillon finissait par prendre des airs de Médée quand ce n'étaient pas les dieux qui décidaient, par la voix de petits oiseaux, ou d'un hasard ressemblant fort à la fatalité, de trancher des têtes. La méchante reine de Blanche-Neige exigeait du chasseur qu'il lui ramenât le cœur de sa bru et la Belle au bois dormant, dans le récit qu'en livrait Perrault, manquait, une fois mariée, se faire dévorer avec ses deux enfants par sa belle-mère, une ogresse avide de chair fraîche. La haine et l'esprit de vengeance sourdaient de toutes ces légendes comme l'eau des parois d'une grotte.

Blottie dans le lit contre ma grand-mère, je rêvais comme toutes les petites filles du jour où je rencontrerais mon prince, non tant pour sa qualité de prince que parce qu'il révélerait la princesse en moi, le cygne dissimulé sous les apparences d'une enfant sans attrait ni mérite à en croire sa mère, qui lui préférait sa sœur. C'était dans l'ordre des choses, me racontais-je alors pour me consoler : je vivais le temps des épreuves, où il faut serrer les dents et s'armer de courage pour affronter le quotidien, mais comme toutes les Cendrillon du monde, l'ingrate gamine que j'étais, en qui nul ne croyait à part sa grand-mère fée, finirait par grandir et avoir sa revanche. Un jour, mon prince viendrait et je serais délivrée. Il prendrait ma main et me désignerait comme la véritable héroïne, tandis que ma sœur, qui était pour l'heure l'objet de toutes les attentions, serait ravalée au rang de personnage secondaire, de simple péripétie. Obnubilée par cette idée, je ne songeais pas que l'amour, loin de se résumer à des regards tendres, des pique-niques dans l'herbe et des baisers échangés sous un ciel radieux, était parfois indissociable de la douleur, qu'elle soit subie ou infligée, et ne resplendissait jamais autant que lorsqu'il donnait la main à la mort. Chacun de ces contes me l'a répété à sa manière, encore et encore, mais je n'ai pas voulu écouter et il m'aura fallu le vivre pour le comprendre : voir s'éloigner du lac et de ses profondeurs qui engloutiront, du moins l'espère-t-il, les horreurs de la nuit, celui qui m'aura tout donné, puis tout repris. Celui qui m'a tant fait souffrir et que j'ai tant fait souffrir, le seul dont je puisse dire que nous nous serons aimés à en mourir.

L'Autre

18.

C'est sur le chemin d'une de leurs escapades en Normandie que Lise demande à Louis si cela ne le dérangerait pas de faire un détour. Ils passent chaque fois devant un panneau indiquant la direction du bourg où elle a passé toute son enfance, avant de déménager avec sa famille dans une commune des Hauts-de-Seine, à la lisière de Paris, il y a dix ans de cela. Elle est curieuse de voir si les choses ont changé et Louis acquiesce, curieux pour sa part de découvrir le cadre dans lequel Lise a grandi. La Golf prend la sortie pour, après quelques kilomètres et deux embranchements, faire son entrée dans le bourg qui, Lise en avertit Louis, n'a rien de glamour. Ce serait même tout l'opposé. Le pavillon de ses parents appartenait à un lotissement nouvellement bâti qui devait être rejoint par d'autres, et si à l'époque la construction avait été bloquée par la faillite du promoteur, offrant à Lise la chance de grandir au sein d'une ville encore entourée de campagne, le programme pouvait avoir repris et anéanti tout ce qui restait encore de charme aux lieux.

C'est évidemment à Étambel que pense Lise. Si le domaine n'existe plus, ils en seront quittes pour repartir après un passage éclair. S'il est encore là, elle pourra le montrer à Louis, lui confier à quel point il a compté pour elle. Faire d'une certaine manière don du château de son enfance à celui qui lui a ouvert les portes d'autres châteaux, de territoires qu'elle croyait inaccessibles. Et il ne s'agit pas que de l'hôtel particulier du XIXe siècle ou de la maison avec piscine perchée sur les hauteurs normandes, mais également des châteaux en Espagne que Lise bâtissait à une époque où être écoutée, comprise et chérie lui semblait un rêve inatteignable… Oui, peut-être pourrait-elle lui dire un mot des songes et des chagrins d'autrefois, qui sait. Dévoiler une part d'elle qu'elle n'a encore révélée à personne – évoquer celle qu'elle a été il y a longtemps, la noiraude dépourvue d'attraits, la gamine maladroite et malheureuse dont elle a eu terriblement honte, une honte si cuisante qu'elle a essayé de l'abandonner sur le bord de la route, de l'effacer de sa mémoire, de nier qu'elle avait existé.

Elle n'aurait jamais eu l'idée de ramener au jour cette fille rejetée de tous si Louis ne l'aimait pas avec une telle force aujourd'hui ; et s'il n'était pas, en outre, si enclin aux préjugés à l'égard des faibles, des perdants, des victimes. À ses yeux, ils sont d'une façon ou d'une autre responsables de leur situation – de même que c'est de la faute des pauvres s'ils sont pauvres, a envie d'ajouter avec méchanceté la petite voix. Louis ignore tout de la fillette persécutée que Lise a enterrée au fond d'elle, et elle se demande si révéler son existence ne reviendrait pas autant à le mettre à l'épreuve, lui, qu'à se mettre à l'épreuve elle-même, à voir si elle peut assumer non seulement de venir d'un milieu infiniment moins privilégié que celui de Louis, mais aussi d'avoir été cette enfant et cette adolescente impuissantes et abîmées.

Étambel est encore là et Lise est vivement émue lorsqu'elle l'aperçoit, pareil à son souvenir. Elle descend de la voiture et ce n'est pas exactement comme si elle était revenue en arrière ; plutôt comme si elle avait glissé dans une dimension parallèle. Les pavillons bâtis sur le même modèle, alignés les uns contre les autres avec leurs garages et leurs jardinets, la clôture vermoulue fermant l'accès à Étambel, au bout du chemin bordé de bruyère, sont toujours là. Mais certains propriétaires ont repeint leur garage ou changé les fenêtres, le pommier a été remplacé par un massif d'hortensias, la boîte aux lettres blanche est devenue rouge, un carillon japonais est désormais accroché au-dessus du porche de l'ancien logis de ses parents, bref certains détails ne collent pas et son impression d'irréalité en est renforcée.

Seul Étambel semble intact – le comble, s'agissant de ruines – et ce n'est qu'à cet instant, tandis qu'elle s'avance vers le domaine, que Lise a le sentiment de remonter les années. Elle marche vers le château comme on va à la rencontre de ses fantômes. Elle ne sait pas vraiment ce qu'elle attend de ces retrouvailles avec un passé auquel elle pensait avoir tourné le dos, mais elle a pris la main de Louis et l'entraîne, Louis qui ne comprend pas – il la croyait curieuse de son ancienne maison et voilà qu'elle y a à peine jeté un regard – mais qui la suit comme elle l'a suivie dans le parc au petit banc de pierre il y a trois mois, se baisse pour passer sous la barrière, franchit les limites du domaine et s'enfonce avec elle dans la forêt sans savoir où elle le mène, et peu lui importe du moment que Lise est là.

Ils se fraient comme ils peuvent un chemin entre les arbres et les buissons épineux qui enserrent les ruines à la manière d'un gigantesque serpent végétal, et ce n'est qu'au plus profond de cette masse de feuillages et de branches entremêlés que Louis voit apparaître, au détour d'un étroit sentier dont le temps a presque gommé la trace, un long escalier blanc qui semble suspendu dans l'air. Lise s'y engage sans hésitation, du pas de ceux qui sont familiers des lieux. Du pas, songe Louis, de ceux qui rentrent chez eux… L'escalier aboutissait autrefois à la chambre de la châtelaine, lui explique Lise, la "Chambre des Larmes", comme on l'appelait à l'époque. Il mène à présent à ce qu'il en reste, c'est-à-dire quasiment rien à part le sol de marbre, mais on a une très belle vue tout en haut, et elle et sa sœur aimaient autrefois monter les marches pour en profiter. Lise se penche pour balayer de la main l'une d'entre elles, et révéler, sous la couche de terre et de poussière, des motifs presque effacés, ciselés à même la pierre. "Une colombe… C'était l'emblème de la châtelaine, Agnès d'Étambel, celle qui a tout fait construire."

Petite, raconte Lise une fois qu'ils ont achevé leur ascension, elle adorait cet endroit, les eaux moirées du lac, les méandres du labyrinthe de buis, le château de pierre blonde et ses tours écroulées. Enveloppées dans un drap arraché à leur lit, une couronne de carton sur la tête, elle et sa sœur se promenaient sur les allées de gravier envahies d'herbes folles, balayant du regard les tapis de nénuphars et les murailles veinées de lierre. Elles grimpaient l'escalier, parvenaient à cette chambre où le ciel leur tenait lieu de murs et de toit, puis l'une s'allongeait là pour tenir le rôle de la Belle au bois dormant tandis que l'autre, jouant le prince, une nappe brodée nouée autour des épaules en guise de cape, brandissait son épée – enfin, une branche d'arbre grossièrement taillée – pour affronter et bientôt terrasser le noir dragon qui surgissait en crachant des flammes plus hautes que la plus haute des tours du château…

C'est ce moment du récit que choisit Louis pour embrasser Lise : "Si je me souviens bien, le prince éveille ensuite la princesse d'un baiser, non ?" Elle éclate de rire. "Pas dans la version originelle, où le prince n'a d'ailleurs à vaincre aucun dragon : les arbres, ronces et épines qui entourent le château s'écartent d'eux-mêmes et il se contente de mettre un pied devant l'autre. Tant mieux pour lui, me diras-tu, mais ce n'était pas du goût de Disney, qui devait avoir besoin d'un peu plus de spectacle pour attirer les foules… Le dessin animé a donc mis un dragon en travers de la route du prince, et ajouté la scène du baiser. En fait, si l'on en croit Perrault, le prince s'agenouille en tremblant près de la princesse et elle se réveille d'elle-même, simplement parce que le moment est venu. L'enchantement a pris fin, alors elle ouvre les yeux, aperçoit ce beau jeune homme penché sur elle, et a cette réplique merveilleuse : « Est-ce vous, mon prince ? Vous vous êtes bien fait attendre… »"

Lise

19.

Faut-il conclure que si les histoires de ma mère m'ont blessée, celles de ma grand-mère m'ont sauvée ? Ce serait trop simple. Ma mère n'avait pas la bienveillance ou l'altruisme de ma grand-mère, mais elle m'aimait. Liane avait sa préférence, mais ma mère me voulait du bien. Elle désirait me voir briller non seulement dans mes études, mais aussi dans des domaines qu'elle m'avait ouverts alors qu'ils lui avaient été fermés, comme la danse ou la musique. Sans doute cela flattait-il sa vanité. Sans doute attachait-elle plus d'importance à ma réussite qu'à mon bonheur, et plus d'importance à la réussite et au bonheur de ma sœur qu'aux miens. Sans doute enfin les ambitions qu'elle cultivait pour moi avaient-elles pour envers une exigence qui ajoutée à ses cruautés, m'aurait broyée si Bà n'avait pas été là. Seulement Bà était là. J'avais un abri, un refuge, un ancrage. J'ai trouvé des parades à la dureté de ma mère, développé des stratégies pour tenter tour à tour de la conquérir et de lui échapper. Minant ma confiance en moi, ma mère a aussi renforcé ma persévérance. Parce qu'elle exploitait mes faiblesses, elle m'a amenée à les cacher, à serrer les poings plutôt que de laisser voir ma peine – elle m'a imposé, pour le meilleur et pour le pire, de ne jamais laisser deviner à quel point je pouvais tenir à quelqu'un.

Quand elle m'a annoncé que je ferais finalement du violon, je ne lui ai pas rappelé que je désirais faire du piano depuis que j'avais par hasard entendu à la radio un morceau qui m'avait ravie par sa malice et sa mélancolie, *Golliwog's Cake-Walk* de Debussy (ou plutôt "Golivox Kekwok" dans mon esprit, car j'ignorais alors tout de Debussy comme de l'anglais). Ma mère m'avait vue m'asseoir à maintes reprises devant l'avancée en briques de notre cheminée, pareille à un clavier de pierre, pour faire mine d'y jouer cette "Marche de la poupée de chiffon". J'avais hâte de m'y mettre pour de vrai, pour de bon, et j'étudiais le solfège depuis un an en prévision. Je connaissais toutefois trop bien ma mère pour protester lorsqu'elle m'a déclaré qu'on mettrait Liane au piano quand elle aurait un peu grandi. J'ai attendu. Étudié sagement un instrument pour lequel je n'avais aucun goût. Puis, sitôt qu'on a installé pour ma sœur un piano droit dans le salon, j'ai appris à jouer seule. Je connaissais le solfège et j'avais les partitions de Liane, je n'avais pas besoin de plus. Bientôt, j'ai maîtrisé ses morceaux quand elle en était encore à les déchiffrer, et comme je lui en faisais trop souvent la démonstration, ma mère a fini par m'inscrire moi aussi au piano. Le professeur m'a placée dans une classe plus avancée, j'ai suivi un programme différent et cessé de jouer les morceaux de Liane – sauf au moment de ses examens, pour le plaisir divinement mesquin de lui prouver que je possédais un don qui lui manquait.

Je n'aurais jamais pratiqué la musique avec une telle ferveur sans ma mère, je n'aurais pas été une élève aussi assidue si elle n'avait pas été aussi impatiente. Les moyens opposés dont ont usé elle et Bà pour atteindre leur objectif commun – me faire faire les meilleures études possible – se sont complétés. Le sens du sacrifice et la bonté grand-maternels ont matelassé l'absence d'égards maternels. Entrant à l'école, j'ai accumulé les bons points dans l'espoir naïf de gagner sinon l'amour, du moins l'approbation de ma mère. Je rêvais d'entendre des "Continue comme ça, ma chérie", des "Bravo, ma petite fille", des "Je suis fière de toi" – ces compliments tout simples, tout bêtes, dont elle était si avare avec moi et si prodigue avec Liane. C'était impossible, bien sûr. Ma mère considérait mes A et mes vingt sur vingt comme allant de soi et ne s'y attardait donc pas. Elle ne commentait que mes autres notes, les imparfaites. Pourquoi n'avais-je obtenu que dix-huit ou dix-neuf ? Quelle erreur avais-je commise, quelle faute d'étourderie qui montrait, une fois de plus, que je n'avais pas de tête ? Elle ne s'attachait qu'à ce que j'avais oublié, manqué, raté ; à mes lacunes et mes échecs.

Quand la pression devenait insupportable, je me réfugiais dans le giron de ma grand-mère. Je ne pouvais lui confier des tourments que du reste je ne me formulais pas. Aurais-je eu les mots pour les dire – non seulement dans ma langue mais dans celle de ma grand-mère – que ces souffrances psychologiques auraient paru dérisoires à Bà, qui avait eu à affronter l'exil, la guerre et la perte de son foyer et de ses proches. Je n'attendais pas d'elle de la compréhension, mais du réconfort. Je trouvais une consolation physique dans ses caresses et morale dans ses talents de conteuse. Quand elle me plongeait dans la légende de la Cité de l'escargot, où une princesse après avoir trahi son père par amour pour son mari, se voyait décapitée pour son crime ; où le prince, découvrant le corps de sa bien-aimée abandonné sur la grève, se suicidait en se jetant dans un puits ; où le sang de la belle assassinée, bu par les huîtres du rivage, donnait naissance à des perles qui, une fois nettoyées avec l'eau du puits, brillaient d'un éclat incomparable… Plus rien n'existait, alors, que l'amour et la violence enclos dans ce récit qui m'emportait loin, effaçant les frontières entre la réalité et l'imaginaire.

Des histoires que me déroulait ma grand-mère, je suis bientôt passée aux histoires en général. J'ai d'abord lu pour oublier, pour accéder à la quiétude, pour ne plus être seule. Pour échapper aux manipulations maternelles et à la passivité paternelle, à l'ennui long et lent de l'enfance et de l'adolescence, ces temps où l'on ne fait qu'attendre que quelque chose arrive enfin. Et j'ai découvert une autre vie, cette vie éclaircie dont parle Proust, unifiée, enrichie, sublimée – la vie pleine, la vie vraie. J'ai lu pour m'écarter, puis pour mieux revenir à moi-même et aux autres, m'approprier un monde qui m'était étranger et souvent hostile. Les livres m'ont protégée autant qu'armée pour me situer au sein d'un univers incertain et m'offrir une forme d'équilibre au milieu du chaos. Mes parents et ma grand-mère ne pouvaient me donner des clefs qu'eux-mêmes ne possédaient pas, mais les romans étaient là, qui ont été mon fil d'Ariane. Car pourquoi lire, sinon pour déchiffrer ce et ceux qui vous entourent, décrypter les sentiments de votre famille, vos amis, vos ennemis, les mécanismes de la société comme ceux de la personne aimée, appréhender d'où vous venez et ce qui vous porte, en somme rendre moins impénétrables les questionnements dont nous sommes tramés ?

Ces lectures auxquelles je m'adonnais comme au plus délicieux des vices ont eu bien des vertus. Elles ont affiné ma langue et mon raisonnement, amélioré ma concentration et achevé de faire de moi une excellente élève. Comme de juste, mon impopularité auprès de mes camarades de collège a augmenté à proportion des louanges de mes maîtres. J'ai aussi été détestée parce que mes parents m'avaient appris à respecter les professeurs, détenteurs du savoir doués d'un prestige bien supérieur à celui des hommes riches ou puissants. Ma grand-mère me chargeait de leur apporter des bibelots en fin d'année en guise de présents, et je m'adressais à eux avec une politesse contrastant vivement avec les manières de mes camarades, qui balançaient entre provocation (pour quelques-uns) et apathie (pour la plupart). Et puis, un peu forcée par le régime d'économie de mes parents (moins sévère pour Liane, est-il besoin de le préciser), je ne me souciais guère des marques des vêtements, baskets et autres accessoires. Pire, je ne savais rien des groupes à la mode, observant sans mot dire les manifestations d'hystérie que suscitaient alors les New Kids on the Block chez l'ensemble de la population féminine du collège, prête sitôt qu'elle entendait un de leurs tubes à s'immoler par le feu en scandant leurs prénoms. Je faisais semblant de m'intéresser à ce qui intéressait les autres dans l'espoir de me fondre dans la masse mais ne trompais personne, et surtout pas moi-même. Non contente d'être une première de la classe, j'avais la tête de l'emploi, le regard à demi masqué par une frange de petite fille modèle, la voix inaudible et l'air en permanence angoissée, comme si j'étais coupable d'être ce que j'étais, une gamine timide, désireuse de bien faire et désolée d'être l'objet du mépris de ses semblables – ou plutôt de ses dissemblables.

Le plaisir qu'ils prenaient à me tourmenter égalait la cruauté de leurs réflexions sur ma façon de me tenir, de parler, de m'habiller (l'absence de jeans dans ma garde-robe constituant une preuve d'anormalité manifeste). Je différais d'eux par mes origines, mon caractère et mes goûts, mais parce que la différence était mon lot quotidien depuis toujours, j'ai mis du temps à comprendre que c'était de là, surtout, que venait leur hostilité. Du temps à comprendre que les choses étaient ce qu'elles étaient et qu'aucune de mes actions, aucun de mes efforts, n'y pourrait rien changer. Ma mère avait beau m'avoir donné de l'endurance dans ce domaine, je ne pouvais m'empêcher de souffrir tant aucun film d'horreur, pas même *Carrie*, ne saurait rendre compte de l'inventivité des adolescents en matière de méchanceté, du vol de devoirs qu'on retrouve ensuite souillés de terre et de crachats dans son sac, à l'établissement d'un classement des filles les plus jolies de la classe au terme duquel on vous annonce joyeusement que vous êtes bonne dernière.

Quand mon impopularité était trop flagrante, quand la douleur d'être jugée par ma mère et rejetée par mes pairs, se faisait trop aiguë, je pouvais toujours trouver refuge dans les romans, communier avec des êtres de fiction, partager leurs joies et leurs peines, les faire résonner avec les miennes sans jamais m'exposer à aucune rebuffade. Eux seuls me rendaient le sourire, et la joie que je retirais de leur compagnie m'apparaissait plus précieuse encore que le bonheur que j'aurais éprouvé si ma mère avait révisé l'idée qu'elle avait de moi et finalement décidé que je comblais ses attentes. Plus enviable, même, que le soulagement qui m'aurait envahie si mes camarades avaient vu en moi non pas une fille exceptionnelle comme ma mère m'exhortait à l'être, mais banale au contraire, lisse, insignifiante. Une fille comme il y en avait tant, sans rien de remarquable, si bien qu'il ne serait venu à l'idée de personne de la remarquer – et donc de la harceler.

20.

Lise regarde Louis, ses yeux limpides, son sourire, sa tranquille assurance. Elle passe la main dans l'or léger de ses boucles, presque étonnée de ne pas le voir s'effriter sous ses doigts, et appuie brièvement son front contre le sien. Lui reviennent les propos de Tonio Kröger, le héros de la nouvelle de Thomas Mann, sur les "êtres clairs et vivants", les hommes et les femmes aimables, "habituels", que rien ni personne n'avait jamais tourmentés, et auxquels il voue, lui qui n'a rien de commun avec eux, son amour le plus profond et le plus secret. Mélancolique et torturé, écartelé entre des origines bourgeoises et une vocation d'écrivain qu'il ressent comme une condamnation autant qu'une élection, Tonio envie et rêve d'être leur semblable – un homme droit, joyeux, simple, normal. Fils d'un père qui est la respectabilité même – le consul Kröger ! – et d'une mère méridionale, bohème, au prénom sombre et ardent – Consuelo – il rêve d'être aimé des insouciants et des heureux, de ceux qui semblent à l'aise et d'accord avec chacun, et il a bien raison : rien n'est plus merveilleux.

Lise se serre contre Louis et renonce à parler plus longtemps de la gamine qui venait se réfugier dans ces ruines et s'inventait des aventures au terme desquelles des monstres réputés invincibles se voyaient écrasés ; de celle qui rêvait tour à tour de sauver ou d'être sauvée. Elle renonce à évoquer la toute jeune fille qui depuis sa chambre contemplait la tour est d'Étambel, dont la silhouette traçait un trait blanc sur l'azur, antithèse du pavillon à un étage où elle vivait, acheté par un couple désuni, ayant manifestement trop souffert pour pouvoir soulager leur enfant, trop souffert pour même prendre conscience qu'elle souffrait, et ne pas la faire souffrir davantage.

Balayant ces souvenirs, Lise se détourne et entreprend de raconter à Louis l'histoire peu commune du château, bâti cinq siècles plus tôt par un couple, Agnès et Adrien d'Étambel. Chose rare, ils ne s'étaient pas mariés par devoir, mais par amour, et à dire vrai, ils n'auraient jamais dû se marier s'ils avaient obéi aux usages, car on ignorait les véritables origines d'Agnès, abandonnée bébé devant une église avant d'être recueillie par un couple de nobliaux ruinés et sans descendance, Jean et Aliénor d'Ambazac. Parents éloignés des Étambel, ils s'étaient installés chez ces derniers lorsque les puissants cousins, qui considéraient Jean comme un homme fiable, lui avaient proposé de devenir leur intendant.

Agnès et Adrien grandirent ainsi sous le même toit. S'habituèrent l'un à l'autre et devinrent des compagnons de jeu, des amis, des confidents. Les années ne firent que les rapprocher ; à l'adolescence, chacun devinait l'autre dans ses pensées, ses inclinations, ses désirs, et l'y rejoignait. Ils s'accordaient si parfaitement que les parents d'Adrien, qui avaient songé à des alliances bien plus prestigieuses, cédèrent aux demandes de leur fils et consentirent aux épousailles. Ils n'eurent pas à s'en plaindre. Tous deux étaient beaux, jeunes, riches, doués d'intelligence et de goût ; on leur prédisait un futur sans nuages, chantant dans toute la région la noblesse et le courage d'Adrien, son adresse à cheval, à la lance, au tir à l'arc, la chevelure d'or brun et le port de tête d'Agnès, sa joie de vivre et son regard changeant comme le ciel, vert l'été, bleu-gris les jours de pluie, améthyste en hiver.

Un an s'écoula. Agnès et Adrien restaient très amoureux, cultivant une relation fusionnelle, et jamais ils ne se seraient séparés si les guerres d'Italie n'en avaient décidé autrement. Sommé de rejoindre son roi, Adrien, devenu comte à la mort de son père, donna toute latitude à celle qu'il considérait comme son âme sœur pour édifier leur demeure – car ils en voulaient une qui fût à eux et rien qu'à eux. Qui dirait leur bonheur à être ensemble et leur foi dans l'avenir. Durant son absence, Agnès entreprit ainsi de transformer les restes de la forteresse médiévale située presque au centre de leurs terres en un château voulant rassembler tous les charmes et les raffinements de la Renaissance. Ses quatre ailes, décida-t-elle, seraient taillées dans la pierre dorée de Carennac, et flanquées de tours et de tourelles aux toits en poivrière, revêtus d'ardoise bleue. Austère en apparence, il révélerait sa splendeur dès l'entrée dans la cour d'honneur : les façades seraient recouvertes de panneaux sculptés où s'entremêleraient colombes, licornes, dragons, sirènes, phénix et salamandres, tout un bestiaire modelé d'après les dessins de la châtelaine elle-même, qui avait prévu de faire ciseler jusqu'aux marches des escaliers – on les sèmerait de guirlandes de fleurs et de feuillages, de motifs d'inspiration byzantine, d'armoiries entrelaçant les chiffres des deux époux. Des toiles de grands maîtres italiens seraient accrochées aux murs intérieurs, des tapis d'Orient jetés sur les sols, les cheminées ornées de frises et de bustes de marbre, les fenêtres drapées de rideaux de velours rebrodé d'or. Agnès ne désirait rien de moins qu'un palais de conte de fées pour son mari et leur descendance – car elle avait conçu, lorsque le comte était brièvement retourné auprès d'elle, le Noël précédent – et dans l'attente de sa délivrance prochaine, elle se consacra tout entière à son rêve de pierre.

Trois des quatre ailes étaient achevées lorsque lui parvint la nouvelle de la mort d'Adrien d'Étambel, tué lors d'une bataille suicidaire ordonnée par le roi, et dont le corps était, disait-on, en si mauvais état, qu'on avait préféré ne rapporter à sa veuve que son épée, et une boucle de ses cheveux… Le choc l'obligea à s'aliter et dans la nuit qui suivit, en proie à une fièvre aiguë, elle perdit le bébé à naître. Pendant plusieurs jours, on craignit pour sa santé physique et mentale. Lorsqu'elle finit par retrouver ses esprits, elle était plus faible qu'un chaton. Les décès de son époux et de son enfant avaient aspiré toute son énergie. Pâle et amaigrie, elle trouva cependant la force d'arrêter les travaux, renvoyant d'un geste les ouvriers, charpentiers, menuisiers et tapissiers qu'on avait fait venir à grands frais de tout le pays. Dès qu'elle put tenir debout, elle se rendit en haut de la tour est, dans la dernière pièce bâtie, encore toute nue. Elle y passa plusieurs heures, arpentant les lieux en long et en large avant de mander trois artisans qu'elle connaissait depuis l'enfance, fidèles serviteurs à qui elle demanda d'exécuter une dernière commande. Le premier eut pour charge de graver sur le fronton de chaque tour de l'édifice sa devise – "Vrai amour ne se change". Le deuxième de draper de noir tous les murs de la chambre, d'accrocher l'épée d'Adrien sur l'un d'eux, et au-dessus de la cheminée, un tableau les représentant, elle et Adrien, que ce dernier lui avait offert pour leurs noces. Elle pria enfin le troisième artisan de rassembler toutes les fioles de cristal qu'il avait dans sa boutique et de les lui porter dans un panier tapissé de velours. L'homme était en effet renommé dans tout le royaume pour la finesse de ses verres soufflés, qu'il gravait de fins motifs végétaux – lys et violettes, lierre et vigne vierge, tiges d'asphodèles, brins de bruyère, chèvrefeuille et noisetier.

Elle fit ensuite transporter son lit et ses affaires dans la pièce, revêtit une robe d'une blancheur immaculée et s'enferma. Ses gens avaient ordre de déposer ses repas derrière la porte et de repartir aussitôt. Les servantes qui s'attardaient, risquant parfois un œil par le trou de la serrure, racontèrent bientôt à qui voulait l'entendre l'étrange cérémonial auquel s'adonnait leur maîtresse : agenouillée sur le sol, Agnès passait ses journées à pleurer, sans un mot, sans un bruit, la main serrée sur la boucle de cheveux d'Adrien, le regard fixé tantôt sur l'épée, tantôt sur la toile représentant les époux du temps de leur bonheur. Placée sur le sol de marbre, une bassine recueillait toutes les larmes versées, qu'à la fin de la journée la jeune femme reversait dans les fioles comme s'il s'agissait d'un philtre ou élixir si inestimable que la moindre goutte devait en être préservée.

Les semaines passant, des parents, alarmés par la rumeur, s'aventurèrent jusqu'au domaine dans l'espoir de raisonner la châtelaine, exigeant qu'on force sa porte pour la libérer et de sa prison, et de sa folie. Or, lorsque le verrou finit par céder, on ne découvrit nulle trace d'Agnès d'Étambel. Le lit n'était même pas défait. Pas une robe, pas un bijou ne manquait. L'épée était là, de même que les fioles, toutes remplies et disposées avec soin juste en dessous du tableau des époux. Agnès, en revanche, s'était évaporée. Toutes les recherches qu'on entreprit – battant les forêts, draguant le lac, parcourant en tous sens les routes et champs alentour – se révélèrent vaines. La comtesse demeura introuvable et son sort inconnu. Et parce qu'une nuit d'orage, une paysanne déclara avoir vu de la lumière et une forme voilée tout en haut de la tour est, dans la pièce qui avait pris le nom de Chambre des Larmes, le bruit se répandit que ses murs avaient pris possession de l'âme de la jeune femme. À force de pleurer, chuchotaient les uns et les autres lors des veillées, elle s'était dissoute et incorporée à la pierre. Certains soirs, lorsque la frontière entre les mondes se faisait plus poreuse, elle s'en retournait et redevenait pour quelques heures la Dame du Château Inachevé, qui ne s'était pas consolée, ni ne se consolerait jamais, de la mort de son aimé… La rumeur s'amplifiant, on déserta craintivement les lieux, qui ne tardèrent pas à tomber en désuétude.

Plusieurs dizaines d'années s'écoulèrent. Réduit à un terrible état de délabrement, le domaine passa d'un propriétaire à l'autre. Saisi sous la Révolution pour servir de ferme, il échoua ensuite entre les mains d'un marchand de biens qui le fractionna pour vendre à qui une lucarne, à qui une cheminée, à qui une frise de la cour d'honneur, à qui un morceau de la Chambre des Larmes. Sa mort brutale, juste après qu'il eut fini de démembrer la fameuse pièce et de la disperser aux quatre coins de la France et au-delà, ressuscita les légendes qu'on croyait oubliées. Dans les campagnes, l'on se reprit à parler d'Agnès d'Étambel, de l'offense que lui avait faite le marchand sacrilège, qui y avait laissé la vie, et des pouvoirs de la Chambre des Larmes : quiconque parviendrait à récupérer une des fioles contenant les pleurs versés par Agnès, et en viderait le contenu dans le foyer de la cheminée, avant de murmurer par trois fois sa devise, "Vrai amour ne se change", pourrait invoquer la Dame et se voir offrir le privilège de circuler à sa guise entre le monde des vivants et celui des morts, et retrouver tous les êtres chéris, et perdus.

Lise

21.

Pendant mes années de collège et de lycée, je me suis régulièrement rendue au CDI et à la bibliothèque municipale pour emprunter non seulement des romans mais encore et toujours des contes, qu'il s'agît de légendes régionales ou nationales, des imposants volumes que Gründ consacrait aux contes médiévaux, aux contes aztèques, aux contes esquimaux, ou des élégants fascicules dans lesquels Babel rassemblait ceux du Viêtnam, de la Palestine, de l'Asie mineure. Une part de moi voulait continuer à croire en Cendrillon, Peau d'Âne, et les autres. Peut-être moins, à présent, en un prince qui surgirait de nulle part pour me choisir, moi, au lieu de ma sœur, qu'en une marraine capable de métamorphoser les haillons en robe de bal et les sabots en pantoufles de vair. C'est-à-dire en la possibilité de devenir quelqu'un d'autre, de prendre une nouvelle identité aux yeux du monde extérieur, et aux yeux du monde extérieur uniquement, d'ailleurs, puisque Cendrillon ou Peau d'Âne ne changent pas en tant que telles. Ce ne sont que leurs parures – ou leurs oripeaux – qui leur valent un traitement différent. Leur être n'est en rien modifié ; seul l'est le regard qu'on pose sur elles.

Oui, j'aimais ces histoires parce qu'elles me permettaient de me raconter qu'on finirait par s'apercevoir que ma physionomie ordinaire dissimulait un être extraordinaire. Mon père ne m'avait-il pas confié, un matin où il m'avait vue plongée dans un de ces recueils, que ma grand-mère fermière descendait d'une dynastie impériale ? J'avais posé mon livre en me demandant si j'avais mal entendu, levé les yeux vers lui, puis, constatant qu'il ne plaisantait nullement, l'avais interrogé durant le trajet en voiture vers le lycée où il me déposait chaque matin. Son affirmation ahurissante était vraie, ou en tout cas, il la croyait telle ; simplement il ne s'en était jamais préoccupé, car il ne nourrissait pour sa part aucune passion pour les contes. Bà avait bel et bien du sang royal dans les veines. Des siècles plus tôt, ses ancêtres avaient gouverné leur pays, même si leur accession au trône n'avait rien eu de glorieux : ils servaient le souverain de l'époque, rêvaient tel Iznogoud de le remplacer, et à l'inverse du célèbre vizir, y avaient réussi après avoir fomenté un complot au terme duquel ils avaient tout bonnement assassiné leur maître. Leur règne fut cependant éphémère : les partisans de l'ancien empereur étaient revenus en force deux générations plus tard pour à leur tour leur couper la tête. Ceux qui échappèrent au massacre trouvèrent refuge dans les campagnes et s'allièrent aux familles paysannes locales en se faisant aussi discrets que possibles. Ils transmirent le secret de leur naissance à leurs seuls enfants, qui le transmirent aux leurs, mon père bouclant la boucle en cette fin de XXe siècle, alors que plus de quinze mille kilomètres le séparaient désormais de sa terre natale… Moi seule aurai échoué à donner une suite à l'histoire, à confier à qui que ce soit la révélation de ces origines égarées dans l'espace et le temps, si lointaines que j'ai d'abord écouté le récit de mon père avec un scepticisme voisin de celui que j'affichais désormais devant les affabulations de ma mère.

Ces dernières n'avaient pas diminué avec les ans, seulement évolué au fur et à mesure que Liane et moi grandissions, de même que ses brimades à mon égard, d'une inventivité presque comique (peut-on concevoir torture plus subtile, pour une adolescente que le regard des autres met au supplice, une adolescente déjà honnie du fait, entre autres, de son apparence physique, que de refuser de lui acheter du déodorant en arguant qu'elle n'en a pas besoin ?). Les menaces de divorce, demandes de conseils sur les locations de garçonnières et autres annonces fracassantes selon lesquelles je n'étais pas sa fille, avaient perdu, à force de répétition, de leur puissance, et cédé la place à de véritables accès de fureur motivés par divers prétextes, accès qui se faisaient toujours plus spectaculaires, plus irrationnels aussi.

Je me souviens d'un de ces éclats qui se produisit lors d'un séjour dans une station balnéaire, alors que j'avais seize ans. Mes parents avaient loué un appartement dans une résidence de béton au nom caricaturalement passe-partout ("Les Ancres") dont les volets de bois étaient tous peints d'un jaune criard, seule et unique différence avec la résidence voisine, bâtie sur le même modèle et arborant un nom tout aussi passe-partout ("Les Embruns"), mais aux volets verts, tandis que la suivante arborait des volets rouges, celle d'après des volets orange, et ainsi de suite. J'avais jeté aux lieux un regard dubitatif et poussé un soupir à l'idée de devoir passer une semaine coincée ici avec toute ma famille, ce que ma mère m'avait aussitôt reproché. Elle m'avait envoyée faire quelques courses, je m'étais exécutée de mauvaise grâce, et le drame s'était produit à mon retour.

Le point de départ des colères de ma mère était toujours minuscule, si anodin que nul n'y prêtait attention, et c'est cette imprévisibilité découlant de la disproportion entre la cause de la crise et la crise elle-même, qui créait, comme dans une guerre, un effet de surprise tel que nous en restions désemparés, incapables de comprendre et donc de répondre comme il convenait aux attaques maternelles. En l'occurrence, je m'étais trompée de marque de pâtes et elle avait aussitôt interprété cette erreur comme un acte de défi. Je l'avais fait exprès, affirma-t-elle, avant de développer une théorie suivant laquelle mon acte s'inscrivait dans une entreprise plus vaste de contestation de son autorité au sein de notre famille. Je lui voulais du mal, je lui avais toujours voulu du mal et mon acte ne faisait que confirmer ce qu'elle soupçonnait depuis longtemps : elle avait eu tort de m'élever, tort de se sacrifier pour moi, mon bien-être, mon éducation, je n'étais qu'une vipère et elle aurait mieux fait de m'abandonner à la naissance, de ne pas s'occuper de moi car elle n'aurait pas eu à affronter mon ingratitude et ma vilenie, dont je lui fournissais une nouvelle fois la preuve aujourd'hui.

Devant ce torrent d'accusations, ma sœur avait alors observé que je m'étais simplement trompée de marque de pâtes… Son intervention n'avait pas calmé ma mère, bien au contraire, qui avait vu dans cette timide protestation la preuve que j'avais entraîné le reste de ma famille dans la conspiration que j'ourdissais contre elle. Elle avait poursuivi sa diatribe avec une hystérie croissante, son débit s'accélérant tandis que sa voix approchait dangereusement du suraigu. Elle en était venue à pointer un couteau de cuisine posé sur la table en me disant : "Vas-y, frappe-moi ! Frappe-moi ! Je sais que c'est ce que tu veux !" tandis que je demeurais paralysée, quand mon père qui avait jusque-là, comme à son habitude, fait mine de lire le journal comme on se cache derrière un rideau, s'est résolu à intervenir. Il n'était pas allé au-delà d'un "Chérie…" que ma mère se tournait vers lui pour lui jeter à la figure de nouvelles accusations – il ne l'aimait pas davantage que je ne l'aimais, aurait voulu en épouser une autre, désirait secrètement sa perte, etc. Dans sa hargne, elle frappa la table avec une telle force qu'elle se blessa – une entorse au poignet qui lui fit pousser des hauts cris et dont elle nous rendit évidemment responsables.

Ma grand-mère s'était prudemment retirée dans sa chambre et je m'étais pour ma part réfugiée avec ma sœur sur le balcon tandis que mon père laissait ma mère hurler en tâchant de penser à autre chose. Liane et moi fixions en silence l'horizon. Je me demandais si ma vie enfermée dans ma peau, ma vie soumise aux caprices et aux égarements de ma mère comme au refus de mon père de s'y confronter autrement qu'en se taisant, prendrait jamais fin. Si je sortirais de ma cage autrement que par les livres et les films, ou si une malédiction quelconque m'avait condamnée à passer mon existence dans la vaine attente d'un coup de baguette magique relevant en définitive d'un délire exactement symétrique à celui de ma mère, qui avait obtenu ce qu'elle désirait – l'homme qu'elle aimait, une famille, une carrière, une existence confortable – mais se croyait persécutée, tandis que j'étais persécutée mais voulais voir dans ces persécutions un préalable à l'obtention de ce que je désirais.

"Au fond, tu fais un complexe de Cendrillon", a murmuré à mon oreille une voix sarcastique que je connaissais bien. Cela faisait déjà un moment, en vérité, que je ne partageais plus la foi, commune à tant de petites filles, en un événement qui fait tout basculer pour vous présenter sur un plateau la belle robe, le prince et le château. Que je ne considérais plus les contes comme des oracles mais des fantaisies destinées à m'aider à supporter un quotidien sans issue. Et quoi de plus naturel, au fond ? Il fallait bien grandir, devenir adulte, et renoncer aux chimères au profit de la réalité ; c'était le processus normal, logique, attendu. Ma lucidité ne me consolait guère : je n'en étais pas moins désespérée, prisonnière d'un quotidien seulement rythmé par les accès de folie de ma mère comme une mouche dans une toile d'araignée. Si désespérée que je ne voyais pas que mon fantasme si longtemps caressé était en passe de s'accomplir. Il prenait corps alors même que je prétendais l'avoir abandonné, et je n'en avais aucune idée.

22.

Debout près de Lise, Louis contemple avec elle les ruines du parc depuis la tour qui abritait autrefois la Chambre des Larmes. Il est tombé sous le charme de la légende d'Étambel parce que c'est Lise qui la lui a racontée mais la légende lui confère à elle aussi une beauté, la rend plus précieuse. Ce n'est pas une fille ordinaire qui se tient à ses côtés, mais bien la "fille comme il n'y en a pas une sur un million", comme il le lui a dit en usant de ce vocabulaire comptable qu'il affecte parfois, peut-être justement parce qu'il contraste avec ses allures de jeune homme bien élevé, qui appartient à un milieu où l'on ne parle pas d'argent puisqu'on en a, et qu'on en a *"more than enough"*, comme dirait l'ex-mari de l'héroïne d'*Indiscrétions*.

La légende dote Étambel d'une aura ; le château qui dans l'air bleuté du soir ressemble à une gravure illustrant un roman d'Ann Radcliffe ou une nouvelle d'Edgar Poe, n'est plus seulement pittoresque, mais poétique, et cette poésie rejaillit sur Lise et donc sur leur histoire. Étambel est désormais indissociable de celle qui l'a fait découvrir à Louis. Le détour sur le chemin de la maison de Normandie a fait entrer la jeune femme dans un espace peuplé de fables qu'il visitait quotidiennement enfant avant de le sacrifier à des ambitions plus concrètes et plus immédiates de carrière, de satisfaction matérielle et de réussite sociale. Peut-être n'est-ce pas incompatible, pense alors Louis. Peut-être est-il possible de tout avoir, la fortune, le pouvoir, le prestige, mais aussi les songes et la beauté, avec auprès de lui une femme comme aucun de ses amis et associés n'en aura, une femme qui l'entraînera sur d'autres chemins et saura dans le même temps se tenir dans son monde à lui sans pour autant en être issue, sans avoir été corrompue par les pesanteurs et les lassitudes de l'entre-soi, les sourires forcés et la politesse de commande des gens qu'on a vus et revus tant de fois qu'on peut prévoir chacune de leurs réactions, chacun de leurs propos, chacune de leurs idées, si bien que les uns et les autres en paraîtraient presque interchangeables…

Quelques jours après, Louis est heureux et même fier de présenter Lise à ses parents. Tous les quatre prennent le thé sur la terrasse, près de la fontaine, entourés des plantes et arbustes dont Lise apprend enfin les noms. "Dasylire, cordyline, eucalyptus, bananier d'Abyssinie, oreille d'éléphant", énonce comme on le ferait d'une recette de sorcière la mère de Louis tout en saisissant la théière d'argent pour leur verser une tasse de sencha. Vêtue d'une robe de lin blanc, sans autre bijou que des perles aux oreilles et un fin jonc d'or au poignet, Éliane Vanel mène la conversation après que son mari a accueilli Lise en souriant :

— Alors, c'est à vous que Louis doit cette subite passion pour Lubitsch ? Il n'arrête pas de nous parler de *To Be or Not to Be* !

— C'est un de mes films préférés…

— En tout cas, Louis a accepté de visionner un film en noir et blanc, ce qui est en soi un exploit…

— Maman, tu exagères…

— Comme toutes les mères, mon chéri. Comme toutes les mères…

Éliane Vanel incite Lise à goûter un financier à la pistache ("Ils sont merveilleux, vous verrez…") et ne tarde pas à l'interroger sur ses études ("Alors il paraît que vous êtes une littéraire ? Louis m'a dit qu'il n'avait jamais rencontré de personne qui ait autant lu que vous…") et ses centres d'intérêt ("Bach, c'est sublime, bien sûr… Ah, vous avez remarqué la petite lithographie ? Ravissante, n'est-ce pas ? Oui, nous en sommes très contents… Vous aimez l'art ?"). Lise s'efforce de faire bonne impression tout en songeant qu'Éliane et Guy Vanel forment un tableau d'une parfaite harmonie, tous deux grands, blonds et athlétiques, le front haut et le nez droit, avec des yeux clairs et des traits réguliers, des gestes assurés. Deux êtres issus de quelque légende nordique qui se ressemblent étrangement : on croirait moins un couple que des cousins, presque des frère et sœur, se dit-elle tout en grignotant son financier, délicieux en effet. Elle les verrait bien poser au bord de la piscine de leur propriété normande, assis sur leurs fauteuils d'osier, abrités par l'immense parasol de toile crème, les bleus du ciel, de l'eau et de leurs yeux formant un camaïeu qui ferait s'écrier "Fantastique !" au styliste dépêché par *Marie-Claire Maison*. Louis se fondrait parfaitement dans cette image, contrairement à elle avec son teint cuivré et ses yeux en amande, aux paupières un peu lourdes, à l'expression pensive – toutes choses qui l'excluraient d'emblée de la photo, à moins que le styliste n'y trouve un contraste bienvenu, de quoi "twister", comme disent les conseillers en image, toute cette blondeur, cette blancheur, cette limpidité ?

"Fantastique", c'est aussi l'adjectif que le père de Louis a employé à propos de Lise, lui rapporte Louis dès le lendemain. Sa mère, elle, a insisté sur son "extraordinaire" élégance. Tu as passé l'examen haut la main, conclut-il, expression dont se souvient Lise lors du dîner qu'ils font chez ses parents à elle quelques jours plus tard. Les pâtés impériaux, les beignets de crevette et le saumon au caramel cuisinés par la grand-mère de Lise valent bien un déplacement en banlieue – en Golf et non en RER, cela va de soi – pour rejoindre la maison de pierre meulière où vit depuis bientôt dix ans la famille de Lise. Ses murs sont recouverts de papier peint bon marché et son sol de moquette synthétique mais elle dispose d'un grand jardin et de ce que les agents immobiliers appellent un "séjour cathédrale" qui en a tellement imposé à la mère de Lise lorsqu'elle l'a vu, qu'elle continue encore aujourd'hui à guetter les réactions des invités la première fois qu'ils entrent chez elle et s'arrange presque systématiquement pour placer le terme de "séjour cathédrale" dans la conversation, à croire qu'elle a acheté l'expression avec la maison.

Elle s'en abstient heureusement avec Louis, tandis que le père de Lise, toujours distrait, a à peine l'air de remarquer le garçon blond qui accompagne sa fille. Il omet de lui poser la moindre question personnelle mais réussit à discuter de la dernière une du *Monde* – qui lui aura une fois de plus sauvé la mise – et de l'héritage de Mai 68. Trônant en bout de table et n'ayant pas adressé d'autre mot à Louis qu'un "Bonjour" prononcé avec un fort accent, accompagné d'un sourire, la grand-mère de Lise reste quant à elle dans son rôle. Elle ne voit de toute façon en ce jeune Français qu'un camarade de classe de sa petite-fille, incapable comme elle l'est d'appréhender le concept de "petit ami". Pour elle, l'on passe directement du statut de jeune fille à celui de femme mariée, la fiancée demeure vierge jusqu'aux noces et n'a pas eu l'heur de lever les yeux sur le fiancé avant puisque le mariage s'est négocié entre parents et beaux-parents avec à la clef un nombre précis de *tans* d'or, de bijoux et autres mètres de soie et de brocart à fournir par le promis. Bà ne sait rien des mœurs françaises et n'a jamais modernisé des vues que ni ses quelques relations, ni aucun membre de sa famille n'ont du reste cherché à remettre en question.

Elle assiste donc sans rien comprendre à la présentation de Louis aux parents de Lise, bien qu'elle ait concocté, comme toujours, l'intégralité du repas, étant en charge au sein du foyer de tout ce qui touche à la sphère domestique. À la grande surprise de Lise, toutefois, sa mère a elle aussi participé aux préparatifs du dîner : elle a mis la table et choisi une vaisselle que sa fille ne connaissait pas – des baguettes d'ébène incrustées de nacre avec des sous-verres assortis, des assiettes et des bols de bois laqué, d'un travail remarquable, qu'on croirait fraîchement dépouillés de leur papier de soie mais dont la mère de Lise raconte à Louis qu'ils viennent en réalité des grands-parents de Lise. Non de son côté à elle, bien sûr, explique-t-elle dans un sourire crispé, mais du côté paternel : ils ont échappé de justesse à un incendie ayant détruit la demeure de cette branche de la famille à l'époque où celle-ci existait encore, de l'autre côté de l'océan.

Lise conçoit aussitôt des doutes sur l'authenticité de cette histoire dont elle n'a jamais entendu parler jusqu'ici, doutes confirmés par le regard fermé de son père, qui s'est soudain mis à fixer avec une intense concentration son verre d'eau à l'écoute de cette anecdote, tandis que son épouse se lance dans un véritable roman dont il ressort que le grand-père paternel de Lise est un héros de saga : un humble ouvrier agricole, illettré mais doué d'une force hors du commun, devenu riche propriétaire terrien après avoir travaillé comme un damné et économisé sou à sou de quoi acquérir des terres à défricher qu'il a rendues cultivables en les confiant dans un premier temps aux minorités ethniques locales.

Il s'est d'abord concentré sur le cocotier, poursuit la mère de Lise, facile et peu cher à faire pousser alors qu'il se prête à des utilisations multiples, entre son bois, son feuillage – transformable en chaume – et bien sûr l'eau, la chair et l'huile de noix de coco. Après quelques années de dur labeur, le grand-père de Lise a diversifié ses cultures pour créer une gigantesque plantation divisée en parcelles dédiées aux arbres fruitiers ainsi qu'à la canne à sucre, aux théiers, aux cotonniers et aux arbres à laque, en hommage à son propre père, maître laqueur mort trop jeune, malheureusement, pour lui avoir transmis son art. Rassemblant autour de lui des dizaines de familles de paysans et d'artisans, il a fait de son domaine un véritable petit bourg fonctionnant de manière quasi autarcique et, parvenu au sommet, édifié une maison magnifique, une vaste demeure de style colonial dont il avait lui-même tracé les plans, et qui portait au flanc une inscription sculptée dans la pierre : 1936, date de son achèvement.

La maison était un rêve en soi, avec ses jardins de bambous et de cocotiers, et son étang bordé de roseaux et de jacinthes d'eau, tapissé de nénuphars entre lesquels filaient des carpes koï aux reflets irisés. Mais elle devait avant tout sa célébrité, dans toute la région et au-delà, à la fabuleuse collection d'objets laqués que le grand-père de Lise y avait accumulée – tableaux, plateaux, vases, bols, assiettes, coffrets mais aussi tables, chaises, paravents, armoires, bibelots choisis pour leur rareté et leur unique éclat, né des subtils jeux de lumière entre les différentes couches de laque superposées. Le grand-père de Lise aimait que dans ces laques auxquels son propre père avait consacré son existence, l'ombre fût indissociable de la clarté, et leur vouait une forme de culte. Il aimait à leur raconter que la laque, en plus de donner de la beauté aux choses, les protégeait des insectes, des acides, de la chaleur et des méfaits du temps… Le feu avait hélas dévoré la majeure partie de sa collection lors de ces guerres qui avaient porté un coup fatal à la prospérité du grand-père de Lise. La Maison des Laques avait été brûlée jusqu'aux fondations et la réforme agraire du nouveau régime avait achevé de ruiner le vieil homme. Il avait été forcé de faire don de la totalité de ses terres à l'État, avant de se replier dans une petite ferme avec sa famille. C'était de là qu'il avait regardé, impuissant et amer, ses arbres à laque dépérir et ses champs retourner à l'état de friches sous l'administration toujours plus incompétente des cadres du Parti qui s'étaient succédé aux commandes de la région. Lorsque la mort finit par l'emporter, il ne restait plus rien de ce qu'il avait patiemment construit. Ne subsistaient que quelques traces de la splendeur passée, dont les baguettes, les bols et les assiettes dans lesquels ils mangeaient à présent…

Lorsqu'ils sont tous deux remontés dans la Golf pour revenir à Paris, Louis est revenu sur ce récit et a demandé des précisions à Lise, qui s'est mordu la langue pour ne pas lui avouer qu'elle se demandait s'il y avait la moindre vérité dans les propos de sa mère ou si celle-ci, non contente de s'approprier ce glorieux passé qui était *a priori* celui de sa belle-mère et de son mari, ne l'avait pas tout bonnement inventé pour impressionner Louis. Car c'est bien de cela qu'il s'agit : la table dressée avec un soin inédit, la belle vaisselle surgie de nulle part, ce discours aux allures de légende, ressemblent fort à des tentatives malheureuses *d'être à la hauteur* dont Louis n'a bien sûr – quelle ironie ! – aucune conscience. Il ignore que la mère de Lise a littéralement mis les petits plats dans les grands pour le recevoir et il n'a pas prêté attention au fait qu'elle ne lui a pas davantage posé de questions sur lui que le père de Lise. Qu'elle n'a pas cherché, comme on aurait pu s'y attendre, à savoir s'il était un jeune homme convenable, fréquentable, digne de sa fille, etc., mais à prouver que la famille de Lise était convenable et fréquentable, et qu'elle n'avait pas à rougir d'eux. Elle a aussi évité de dévoiler quoi que ce soit de son passé à elle, comme si avoir été une orpheline qui n'avait pas toujours mangé à sa faim, élevée sans amour dans une ferme du Cotentin, avait quelque chose de honteux.

La vraie différence entre les parents de Louis et ceux de Lise, entre ces deux présentations qui ont eu lieu à quelques jours d'intervalle, est là : non dans le décor, la culture, les plats servis, les sujets de conversation ou même l'argent des uns et des autres, mais dans l'attitude. Les parents de Louis ont reçu Lise avec une urbanité allant de pair avec l'aplomb, la décontraction de ceux qui n'ont jamais rien craint et jamais rien eu à craindre, convaincus de posséder le monde sans doute parce qu'ils le possèdent effectivement. La mère de Lise s'est d'emblée placée en situation d'infériorité, traitant Louis en hôte de marque, se comportant comme si c'était elle, et non lui, qui devait passer une forme d'examen, justifier sa présence, convaincue que les biens qu'elle et son mari ont réussi à acquérir au prix de beaucoup de sacrifices, n'étaient, malgré tout, pas tout à fait les leurs, qu'ils pouvaient leur être retirés d'un claquement de doigts, comme les terres du grand-père de Lise lui avaient été retirées, ou comme elle-même avait perdu, en une poignée de secondes, ses parents et son foyer – il avait suffi d'une plaque de verglas et tout avait été anéanti dans un crissement de pneus et de tôle froissée : c'était aussi bête que cela.

Oui, quelque chose chez les parents de Lise ne cessait de leur souffler que tout pouvait disparaître, tout ce qu'ils avaient bâti, et eux avec, en dépit de leurs diplômes, de leurs postes obtenus de haute lutte et de leurs comptes en banque désormais très correctement garnis. Ils ne se sentiraient jamais légitimes et rien, ni personne ne pouvait les convaincre du contraire. Tandis que si les parents de Louis s'étaient retrouvés ruinés, s'ils en avaient été réduits à loger, disons, dans un modeste pavillon au sein d'un lotissement nouvellement bâti avec pour voisins des ouvriers, des femmes de ménage et des immigrés, ils n'en auraient pas moins continué de penser qu'ils valaient, avaient valu et vaudraient toujours mieux qu'eux.

Lise

23.

Il n'y a pas eu de coup de baguette magique, mais mon vœu a été exaucé. Ce fut bien une affaire d'atours – d'apparences – mais aussi de prise de conscience. À cet égard, tout a commencé peu après nos vacances en Vendée. Une camarade de lycée qui avait croisé ma sœur et à qui j'avais fait une remarque quelconque sur la beauté de Liane, m'a répondu, l'air surpris, que Liane avait "du chien" mais que j'étais bien plus jolie qu'elle. Je ne l'ai pas crue. Ou plutôt, voyant qu'elle ne disait pas cela pour me faire plaisir, qu'elle en parlait comme d'un fait, j'ai songé qu'elle avait des goûts étranges, très personnels. Dans mon esprit, Liane serait toujours la plus belle, c'était une vérité aussi intangible qu'une loi physique – les éclairs naissent du frottement des nuages, l'eau bout à cent degrés, la glace fond au soleil – et j'ai vu dans l'observation de ma camarade une de ces anomalies que les sondeurs rangent dans la fameuse "marge d'erreur". Elle se trompait, voilà tout.

Non, il n'y a pas eu de coup de baguette, mais une évolution si lente que personne, et surtout pas moi, ne s'est d'abord aperçu de quoi que ce soit. J'ai commencé, tout bêtement, par sortir du tunnel de l'adolescence : après avoir été tout au long du collège une première de la classe petite, plate et maigre, affligée de boutons d'acné et d'un appareil dentaire, j'ai perdu l'appareil et l'acné et gagné des formes et des centimètres pendant les trois années de lycée. Puis avec l'entrée en classe préparatoire, je ne me suis pas seulement consacrée aux versions d'allemand, d'anglais et de latin ou aux dissertations de lettres, d'histoire et de philosophie : j'ai observé les filles de mon âge et poli mon allure. Mes parents, toujours aussi généreux lorsqu'il s'agissait d'étudier, m'avaient installée à Paris et m'allouaient désormais une somme mensuelle qui, ajoutée à mon éloignement géographique, m'offrait une liberté dont je n'avais jamais disposé jusque-là. J'ai fait un tour chez le coiffeur, supprimé ma frange, et commencé à renouveler ma garde-robe, un vêtement après l'autre. Ce n'était du reste pas très important au sein d'un établissement comme Henri-IV, où la marque de vos baskets comptait moins que de briller en philosophie, suivant un retournement des valeurs qui fut pour moi un soulagement. Ici, aimer lire, être touchée par un morceau de Ravel ou avoir envie de se rendre à une exposition de Rothko était chose banale. Nul n'allait m'en faire grief : je n'étais qu'une parmi d'autres. Je pouvais enfin passer inaperçue, et ne cherchais pas autre chose.

Sans doute les élèves étaient-ils soumis à une pression considérable, avec en ligne de mire ce fameux concours d'entrée à l'École normale supérieure à laquelle tous attachaient une importance démesurée, comme si les notes que nous recevions ne jugeaient pas seulement nos performances dans telle ou telle matière, mais nous-mêmes, ce que nous valions, nous, en tant qu'êtres humains. Les professeurs ne vous incitaient guère à voir les choses autrement, qui vous demandaient dès le premier jour de classe de préciser sur votre fiche de présentation les résultats obtenus au bac français ainsi que les prix remportés. Quand j'ai vu ma voisine indiquer qu'elle avait obtenu le premier prix au concours général de français ainsi qu'un bac S mention très bien avec les félicitations du jury alors que je n'avais été présentée à aucun concours, ignorais même de quoi il s'agissait, je me suis d'abord sentie déplacée, à nouveau, mais là encore pour des raisons exactement opposées à celles du collège…

La suite l'a confirmé : l'hypokhâgne tenait de la lessiveuse. Le rythme était soutenu, la quantité de travail gigantesque, le tri impitoyable : il y avait de quoi faire un ulcère ou tomber dans l'anorexie pour les natures sensibles, et j'ai mis du temps à trouver mes marques quand d'autres élèves, mieux informés et préparés, généralement parce que leurs parents étaient déjà passés par là, ont encaissé le choc sans rien laisser paraître. Recevoir des huit sur vingt au lieu des seize auxquels j'étais accoutumée a mis mon ego à l'épreuve, tout en étant bien moins douloureux que de subir les humiliations et commentaires qui m'avaient cinglée précédemment. Je me suis ainsi curieusement épanouie au sein de ce cloître qui pouvait faire figure d'enfer pour d'autres. Car le complexe de supériorité propre à toute élite ne s'exerçait pas à l'intérieur de ces murs. Ma présence ici faisait de moi un membre honoraire du club, de même que les camarades de l'école, tout aussi sélective, où j'ai rencontré Louis, et Louis lui-même, m'ont traitée comme l'une des leurs bien que le droit de cité en ces lieux ne m'eût été accordé qu'à titre dérogatoire. Le leur était inné, le mien avait été acquis grâce à mes notes et ma capacité à me fondre dans le moule, et non seulement les premières n'auraient jamais suffi sans la seconde, mais la seconde m'a aidé à obtenir les premières : il ne s'agissait pas seulement de savoir, mais de savoir mettre en scène et de comprendre comment et à qui s'adresser.

Or justement, si ma confiance en mes capacités intellectuelles a été ébranlée durant ces années, ma foi en la possibilité d'établir des liens avec les autres, de trouver auprès d'eux ce que ni mes parents, ni ma grand-mère, n'avaient pu me donner, fut en revanche vivifiée. Jamais je ne me suis sentie aussi acceptée qu'en ces lieux supposés accueillir une classe qu'on imagine volontiers arrogante et refermée sur elle-même. J'ai d'abord fait en sorte que rien chez moi ne dépasse ou ne dérange ; quand j'ai vu qu'on m'accueillait avec gentillesse et même curiosité, je me suis risquée à affirmer davantage mes opinions et mes goûts. J'ai pris un peu d'assurance ; eu moins peur de rire, de parler, de m'habiller comme j'en avais envie, moi, et non comme je croyais qu'il fallait s'habiller. De dire ce que je pensais au lieu de me faire l'écho de ce que les autres disaient. On m'écoutait et on m'a, enfin, regardée.

J'avais un ami qui, lors du voyage linguistique où je l'avais rencontré, avait fini par me considérer comme un substitut de petite sœur. Son instinct protecteur avait suscité chez moi des élans sentimentaux, évidemment non réciproques ; j'avais dû les étouffer et ils me paraissaient lointains désormais. Je le revoyais de temps à autre, nous prenions un pot au Rostand et nous nous promenions dans le parc du Luxembourg, profitant du Quartier latin avec un sentiment mitigé pour lui tandis qu'il continuait de m'enchanter même après plusieurs mois passés là. Ce gosse de banlieue populaire ne se sentait pas à l'aise dans ce cadre pour lui réservé aux "richards" et aux "bourges" ; je ne m'y sentais pas davantage chez moi, mais je ne m'étais de toute façon jamais sentie chez moi nulle part, sauf dans les livres et les films. Ces lieux étaient bien plus raffinés que ceux que j'avais fréquentés jusqu'alors et c'était là tout ce qui comptait à mes yeux.

Mon ami m'enviait et me reprochait à la fois de vivre ici, mais ni lui ni moi n'en étions conscients, et notre entente s'en ressentait. Nos relations se dégradaient malgré nous. Jusqu'au soir où il a parié qu'il réussirait à m'embrasser avant minuit, et où il a effectivement tenté à trois reprises, alors que nous nous étions assis sur le bord de la fontaine de la place de la Sorbonne, de me prendre dans ses bras. J'ai cru que c'était une mauvaise plaisanterie dont je n'avais pas réussi à saisir l'humour et lorsqu'il m'a appelée le lendemain pour me présenter ses excuses, je les ai acceptées en songeant qu'il avait dû trop fumer, voilà tout... Je n'ai pas fait le lien, par la suite, avec les prétextes qu'il a trouvés pour ne plus me revoir, ou plutôt j'ai pensé, avec tristesse, qu'il s'était lassé de ma compagnie et préférait désormais réserver son temps à d'autres que moi.

Quelques semaines après, j'ai croisé à la bibliothèque Sainte-Geneviève une autre ancienne connaissance, fils d'amis de mes parents. Serge, ma sœur et moi avions joué ensemble, petits, et avions été proches : nous nous voyions tous les trois pendant les vacances, chez lui ou chez nous. Nous parlions de tout et de rien, échangions des timbres et des BD, nous perdions dans l'écoute de CD de Chopin – Serge jouait merveilleusement du piano, son professeur avait envisagé pour lui une carrière de concertiste à laquelle ses parents l'avaient fait renoncer. À l'adolescence, j'avais développé pour lui un béguin qui avait grandi au fur et à mesure que nos rencontres s'espaçaient, d'abord sous l'influence de ma sœur, qui pour une raison que j'ignorais, avait cessé de l'apprécier et m'avait demandé de ne plus l'inviter à la maison, puis d'une distance somme toute naturelle. Musicien virtuose, drôle, joli garçon, Serge avait trois ans de plus que moi et lorsqu'il est entré au lycée, j'étais encore au collège ; un continent aurait aussi bien pu nous séparer. Nous ne nous étions pas recroisés depuis si longtemps lorsque je l'ai aperçu au détour d'une allée de la bibliothèque, qu'il a d'abord eu un regard interrogatif lorsque je suis allée le saluer.

Une fois qu'il m'a reconnue, il a paru ravi de me revoir. Nous nous sommes donné quelques nouvelles ; il était en Math sup, la filière que mes scientifiques de parents auraient voulu me voir intégrer et n'avait plus beaucoup de temps pour le piano, ce qu'il regrettait. Nous nous sommes promis de nous revoir bientôt, à présent que nous faisions tous deux nos études dans le même quartier, et Serge a pris cette promesse très au sérieux puisqu'il m'a téléphoné ce soir-là pour me proposer de dîner le lendemain. Touchée de cet appel, je nous ai imaginés renouer autour de nouveaux CD et de morceaux de piano à quatre mains. L'idée d'une romance ne m'avait même pas effleurée et je suis arrivée au rendez-vous en jean et pull, mes cheveux noués en queue de cheval. Serge n'avait pas changé. Il était toujours aussi séduisant – il aurait pu poser au beau brun ténébreux, si son regard et son sourire n'avaient été aussi francs, ses manières aussi chaleureuses. Nous nous sommes installés dans un restaurant italien et après avoir partagé un tiramisu, il m'a proposé de prolonger la soirée par une promenade en bord de Seine. J'ai accepté, toujours aussi persuadée qu'il ne voyait en moi que la camarade de jeu d'autrefois, et lorsque nous nous sommes assis pour admirer en silence les eaux du fleuve, noire étendue d'obsidienne que les réverbères émaillaient çà et là de lueurs argentées, pareilles à des éclats de miroir brisé, j'ai été si surprise de sentir son bras sur mon épaule que j'en suis restée tétanisée, avant d'être saisie d'un fou rire nerveux lorsqu'il s'est penché sur moi. Il m'a raccompagnée en silence et en a lui aussi été réduit à m'appeler le lendemain en me disant qu'il était désolé. J'étais si honteuse à l'idée de lui avouer que personne ne m'avait embrassée avant lui, que j'ai préféré lui laisser croire qu'il ne me plaisait pas et qu'il valait mieux en rester là, alors que je pensais exactement le contraire.

24.

Lise a peu de points communs avec les amis de Louis. Les familles de ces derniers pourraient figurer dans le *Who's Who* des riches et des puissants : Éric est le fils d'un ancien ministre de l'Économie que la rumeur donne favori pour la course à la présidence de son parti, Gaspard celui d'un haut fonctionnaire et homme d'affaires qui a un temps présidé le Medef, Annabelle la fille d'un capitaine d'industrie qui s'est bâti un empire médiatique. Ces ascendances, bien plus proches de celles de Louis que de celles de Lise, ne posent pas problème en elles-mêmes. Durant son passage au lycée Henri-IV, Lise a entretenu des relations amicales avec le descendant d'une famille de la noblesse d'Empire vivant dans un château du XVIIe siècle classé monument historique, ceint d'un parc de 40 hectares (ce qu'elle avait découvert avec effarement lorsqu'ils avaient décidé d'organiser ensemble une soirée du Nouvel An). Alec de Malvoisie était curieux des lectures de Lise, qui contrairement aux autres élèves de khâgne s'intéressaient aussi aux auteurs contemporains. Il s'était plongé sur ses conseils dans *Séfarade* d'Antonio Muñoz Molina, *Changement de décor* de David Lodge, *Seule la mer* d'Amos Oz,

Être sans destin d'Imre Kertész, *La Servante écarlate* de Margaret Atwood, et avait partagé avec elle, à défaut de secrets de famille ou de confidences sur leur enfance, les émotions ressenties devant *Hiroshima mon amour* d'Alain Resnais, *Vertigo* d'Hitchcock ou encore *Persona* d'Ingmar Bergman, qu'ils étaient allés voir avec d'autres camarades dans les cinémas d'art et d'essai du Quartier latin.

Les conversations avec Alec avaient renforcé chez Lise cette idée plus ou moins consciente selon laquelle les classes supérieures le sont non seulement par leurs possessions matérielles ou leur influence, mais aussi par leur culture et leur esprit, ainsi qu'elles le clament, le croient et ont réussi à le faire croire. Or ce n'est pas le cas des Vanel. Ils habitent des lieux plus grands, plus beaux et plus confortables, avec à leur service bonne et cuisinière, dégustent des plats plus élaborés accompagnés de vins fins, et se rendent à New York ou Hong Kong comme on traverse la rue, mais le CD de *La Passion selon saint Matthieu* de Bach que Lise leur a offert n'a pas plus été dépouillé de son emballage plastique que l'ouvrage d'histoire de l'art de Daniel Arasse sur le détail en peinture qu'elle leur a ensuite apporté.

Elle croyait sincèrement leur faire plaisir. Lorsqu'elle a contemplé la lithographie de Paul Klee chez Louis, quelque chose l'a intriguée dans le subtil accord de cercles rouges, de traits droits et de carrés dorés qui se découpaient sur un fond noir. Elle l'a fixée, encore et encore, jusqu'à lever le voile : les différents éléments du tableau étaient agencés de manière à former soit un visage, soit, si l'on était un peu attentif, une silhouette funambule, en équilibre instable, qui ne se révélait que si l'on décalait la perspective. Ce trompe-l'œil délicat l'a enchantée, et son enchantement lui a aussitôt donné une opinion favorable de ceux qui l'avaient choisi. Elle n'a pas tout à fait tort, du reste : les parents de Louis s'intéressent à l'art. Seulement ils s'y intéressent à partir du moment où ils peuvent l'acheter, l'exposer dans leur salon, l'intégrer à leur intérieur en veillant à ce qu'il ne *dépare* pas, renforcer leur réputation de mécènes au goût très sûr. Un tableau n'est pas fait pour qu'ils s'y plongent, mais pour être un élément du décor, et un élément qui pourrait faire impression sur les autres plutôt que sur eux. Tous deux ont vu le visage, mais non la silhouette, et il en est de même pour Louis.

La mention de Lubitsch a pareillement donné le sentiment à Lise que les Vanel connaissaient ses films alors que ce n'était pas le cas et qu'ils n'ambitionnaient pas le moins du monde de combler cette lacune qui n'en était pas une, à leurs yeux : ils se sont montrés polis envers Lise, c'est tout, et elle a été bien bête d'extrapoler. Ils préfèrent consacrer leur temps et leur argent à d'autres occupations – ce qui est après tout leur droit – tout comme Éric, Gaspard ou Annabelle, qui n'apprécient ni la littérature, ni la musique classique, n'ont pas tellement envie d'aller au théâtre ou de courir les musées, et choisissent à la place de se retrouver entre eux pour fumer, jouer au poker, discuter business et politique, resserrer leurs liens et en tisser de nouveaux qui pourront s'avérer profitables, élargir leurs réseaux tout en savourant cognac et cigarillos dans un hôtel particulier parisien, une villa des Bermudes, le riad de Gaspard à Marrakech. Soit des lieux clos et luxueux dont ils ne sortent, lorsqu'ils sont en vacances, que pour s'installer dans des voitures closes et luxueuses qui les mènent dans des restaurants tout aussi clos et luxueux.

Sortant de la bouche de métro Saint-Germain-des-Prés pour rejoindre Louis et Annabelle, précisément, Lise pense qu'elle a commis une erreur d'appréciation voisine de celle de Martin Eden, le héros du roman de Jack London qu'elle a tant aimé adolescente. Martin, le matelot né dans les bas-fonds d'Oakland, intelligent mais sans instruction, qui tombe amoureux de la belle Ruth, créature éthérée, pareille à une "fleur d'or pâle", qui suit des cours de littérature à l'université. Décidé à s'élever au-dessus de sa condition pour pouvoir rejoindre cette jeune fille de bonne famille devenue son idole, Martin abandonne sa vie d'errance et de rixes pour se consacrer à l'étude et à l'écriture. Il se tue à la tâche, couche sur le papier nouvelles, essais, romans, engage jusqu'à son dernier sou pour pouvoir envoyer des manuscrits qui sont presque systématiquement rejetés par les magazines et les maisons d'édition, tout en cumulant les petits boulots. Lassée d'attendre, scandalisée, aussi, par les éclats et prises de position politiques de Martin, Ruth le quitte et c'est alors qu'il a cessé d'y croire qu'il réussit soudain. Un de ses livres est publié et il devient du jour au lendemain, un auteur riche et célèbre qui pourrait, dès lors, épouser Ruth avec la bénédiction de sa famille. Au lieu de quoi, il s'enfonce dans la dépression. Il a été, s'aperçoit-il, amoureux d'un mirage et l'entreprise dans laquelle il avait mis toute son âme et son énergie n'était qu'une coquille vide : Ruth, malgré ses sentiments pour lui, ne tenait pas, pas plus que ses parents d'ailleurs, à ce qu'il se cultivât réellement. Elle n'avait besoin que d'un vernis de culture qui pût se plaquer sur quelque chose de bien plus essentiel : une situation stable – une place d'employé de banque ! – que son père était tout prêt à offrir à Martin pour le faire enfin accéder à la respectabilité. D'abord attirée par la virilité et la puissance animale de Martin, elle a tenté ensuite de le modeler pour en faire un époux convenable à ses yeux et à ceux de sa famille et de ses amis, et parce qu'elle a échoué, et qu'elle n'avait de surcroît aucune foi en son talent, s'est résolue à rompre, avant de tenter de le reconquérir plus tard, lorsqu'il a triomphé, attirée cette fois par les signes de sa consécration – statut et compte en banque. Sa beauté délicate allait de pair avec une cervelle étroite, bornée, soumise aux conventions et aux préjugés bourgeois, la haute société comprenant son lot de béotiens comme partout ailleurs…

Non, les classes supérieures ne sont pas forcément dotées d'une âme, d'une intelligence et d'un goût supérieurs comme Martin l'avait d'abord pensé. Fallait-il se tuer pour autant ? se demande Lise en ce soir d'été tout en cherchant des yeux l'établissement tout en carrelage noir et blanc que Louis lui a décrit au téléphone, renommé, paraît-il, pour ses spaghettis aux oursins et ses poulpes farcis. *Martin Eden* avait été incompris à sa parution : dans le pays des self-made-men, on avait voulu voir dans la trajectoire du héros de Jack London un hymne à la réussite individuelle – ses efforts pour s'en sortir avaient été couronnés de succès et il avait somme toute accompli le rêve américain. À cet égard, le roman avait ravi. Mais le suicide de Martin avait déconcerté ; il avait semblé illogique aux lecteurs, comme il avait semblé illogique à la petite collégienne qu'était Lise la première fois qu'elle l'avait lu. Pourquoi choisir de fuir au bout du monde, et finalement se noyer, alors qu'il avait obtenu tout ce qu'il pouvait désirer ? Il a fallu quelques années à Lise pour comprendre – et compatir – et à présent que quelques années supplémentaires se sont écoulées, elle s'interroge à nouveau. Elle n'a pas été moins éblouie par la beauté de Louis et son hôtel particulier que Martin par la beauté de Ruth et la demeure des Morse ; elle est seulement beaucoup moins pauvre, infiniment moins politisée et définitivement moins radicale que ne l'est Martin. Prête à faire, pour l'amour de Louis, les compromis qui répugnent tant au personnage de London malgré son amour pour Ruth, et leur auraient permis de rester ensemble, qui sait ?

Peu lui importe d'avoir des conversations anodines et lisses comme elle peut en avoir avec Éric et Gaspard, ou même heurtées comme avec Annabelle. Le premier avec ses airs matois et ses ambitions politiques non dissimulées, le deuxième et son côté bonne pâte sur qui l'on est sûr de pouvoir compter, toujours prêt à accueillir ses amis dans l'une ou l'autre de ses villas, la troisième avec son orgueil et ses certitudes sur ce que le monde lui doit, vivent pour autre chose que l'art, et alors ? Si Lise n'éprouve pas de sympathie particulière à leur égard, ils ne lui inspirent pas non plus de haine ou d'aversion. Ce n'est donc pas un problème, d'autant que ce sont les amis de Louis, non les siens… Elle et Louis s'aiment plus qu'ils n'auraient jamais cru possible, l'un et l'autre, d'aimer quelqu'un. N'est-ce pas suffisant ?

N'est-ce pas en soi miraculeux ? se demande Lise tandis qu'elle aperçoit, au fond du restaurant, assis à l'une des meilleures tables comme toujours, Louis et Annabelle.

Lise

25.

Le décalage entre la façon dont on me percevait et la perception que j'avais de moi-même m'a valu encore d'autres expériences tout aussi embarrassantes, au terme desquelles j'ai conclu que toutes ces "erreurs" n'en étaient pas. Simplement j'évoluais désormais, à ce qu'il semblait, dans un monde où je pouvais être considérée, pour des raisons que je ne m'expliquais pas bien, comme quelqu'un d'agréable et même de séduisant, dont certains désiraient être l'ami, ou le petit copain. Cette révélation en a entraîné d'autres : en y réfléchissant, cela faisait un moment que ma mère, sans aller jusqu'à dire que j'étais jolie, avait cessé de me critiquer à ce propos ; un moment, à dire vrai, que je ne me voyais pas rabaissée à tout propos et comparée à ma sœur de façon systématiquement défavorable.

Le temps avait fini par apaiser ma jalousie à l'égard de Liane, à laquelle je portais désormais une affection cimentée par des mercredis après-midi entiers passés devant les mangas du Club Dorothée, une passion commune pour la littérature, le cinéma, les téléfilms mélodramatiques et les séries américaines, et une entraide devant les accès de fureur de ma mère, qui n'avaient pas diminué avec l'âge.

Liane qui passait son temps à amuser la galerie avec ses remarques incisives, ses plaisanteries trash et ses sketchs dignes d'une star de one woman show. Liane, son rire de tête, son sens de la repartie et ses tenues graphiques de couleurs vives – rouge sang, bleu franc, vert paon – quand je préférais les teintes pastel et parlais d'une voix si douce que mes interlocuteurs devaient souvent me demander de répéter. Liane qui avait du chien, en effet, et n'avait plus grand-chose à voir avec la délicate petite fée qu'elle était dans l'enfance, tandis que je m'étais allongée – je faisais désormais quinze centimètres de plus qu'elle – et affinée.

Alors que nous n'étions plus des enfants, j'avais continué à jouer le rôle qu'on m'avait autrefois assigné, celui de la gamine mal-aimée, toujours éclipsée par sa sœur, et il me faudrait encore du temps avant d'en sortir et de m'ajuster à une réalité jusque-là inconcevable : non seulement je n'évoluais plus dans l'ombre de Liane, mais c'était désormais Liane qui évoluait dans la mienne. Elle finirait d'ailleurs par me révéler qu'elle avait toujours eu, pour sa part, l'impression de vivre dans mon ombre. Quand elle était petite, devait-elle me confier bien plus tard, j'étais la personne qu'elle admirait le plus. C'était logique : j'étais sa grande sœur, et elle avait donc lu tout ce que je lui conseillais de lire, vu tous les films et expositions que je lui avais conseillé de voir, et pris exemple sur moi dans à peu près tous les domaines. Elle avait fait de la danse classique et de la musique avec les mêmes professeurs et suivi le même cursus scolaire, passant par les mêmes classes et établissements avant d'intégrer l'école où j'avais rencontré Louis, et d'afficher des ambitions professionnelles presque identiques. Avoir été la deuxième en tout, m'a-t-elle déclaré, avait été éprouvant. "Pendant les cours, la prof de piano passait plus de temps à se lamenter sur la grande interprète que tu aurais pu être, si tu l'avais voulu, qu'à m'enseigner quoi que ce soit. Et je ne te parle pas de celle de danse, qui m'a carrément prise à part pour me demander si je pouvais essayer de te convaincre de poursuivre parce que tu étais tellement douée que c'était vraiment trop bête d'en rester là. Sans compter tout ce que tu m'as fait subir quand on était enfants – tu te souviens des stratégies que tu mettais au point pour récupérer chacun des cadeaux que me faisait maman ? Ou des persécutions que tu inventais, quand tu cachais mes affaires en faisant croire que je les avais perdues, ou bien les abîmais carrément, si bien que je me retrouvais toujours avec des trucs cassés ou salis ? Et ce jour de Saint-Valentin où tu m'as fait parvenir des faux billets d'amour signés du garçon le plus populaire de ma classe ? Non, franchement, ç'a été dur d'être ta sœur. Mais je ne t'apprends rien…"

Or Liane avait une personnalité si forte, si excentrique, que je n'aurais jamais pensé qu'elle garderait, encore à présent, la mémoire des brimades que je lui avais infligées. Il ne m'était pas non plus venu à l'esprit que je pouvais exercer la moindre influence sur elle. J'avais constaté, bien sûr, que nos parcours convergeaient, mais jamais songé que cela pouvait venir d'une volonté de mettre ses pas dans les miens. Le combat que je lui avais longtemps livré, m'efforçant d'être toujours la meilleure en tout afin de gagner la tendresse de notre mère et d'obtenir une prééminence qui m'était refusée jusque dans les contes – où les héros sont toujours des cadets – ne rimait à rien. Non seulement Liane elle-même me considérait déjà et m'avait toujours considérée comme celle que je désespérais de devenir, mais l'idée qu'elle avait de moi comptait bien plus, en définitive, que les manifestations de fierté de notre mère, qui après avoir plu sans interruption sur ma sœur pendant plus de quinze ans, s'en étaient à présent détournées à mon profit.

Non parce que j'avais objectivement fait mieux que Liane à l'école, au piano ou en danse ; ce n'était pas une question de mérite, cela ne l'avait jamais été, on ne conquiert pas l'amour de sa mère, ou de quiconque, d'ailleurs, au mérite, et il fallait la naïveté d'une petite fille, et d'une petite fille qui veut absolument s'en persuader, pour l'avoir un jour pensé. Courir après le cœur de ma mère, qui m'aimait, mais aimait davantage encore vérifier son pouvoir sur moi, n'avait été qu'un miroir aux alouettes. Ses flatteries et caresses n'étaient pas motivées par autre chose que notre apparence, l'impression que nous produisions auprès de ses amis, notre capacité à lui attirer, à elle, des compliments. Ce n'était que parce que j'étais désormais la mieux placée en ce domaine, bien que je n'eusse rien fait pour, qu'elle me donnait la préférence.

C'est donc au moment où j'ai cessé de les rechercher que j'ai reçu l'attention, la gentillesse et le respect de ma mère. Je n'ai eu aucun plaisir à la voir ôter à ma sœur ce privilège que je lui avais tant envié, alors même que je l'avais espéré pendant des années, et que cet espoir avait déterminé toute ma conduite. Au contraire, voir ma sœur en souffrir comme j'en avais autrefois souffert m'a causé du chagrin, et mon animosité envers Liane a laissé place à une colère rentrée vis-à-vis de notre mère. J'ai repoussé ses démonstrations d'affection qui m'apparaissaient désormais pour ce qu'elles étaient : non une marque de tendresse mais de narcissisme. Je lui en voulais de n'avoir pas conscience du mal qu'elle m'avait fait et du mal qu'elle faisait à Liane, de son égocentrisme forcené qui rendait cela possible.

Lors de cette conversation, toujours, où Liane m'a avoué avoir vu en moi un modèle autant qu'un objet de jalousie, nous sommes revenues sur cette curieuse inversion des rôles. Ma sœur, prenant un ton philosophe, a affirmé que nous en étions quittes. "Tu as eu une enfance et une adolescence pourries tandis qu'on chantait mes louanges sur tous les tons, puis ç'a été le contraire. Je pense que ça se vaut, non ?" Je n'ai rien répondu, songeant que ma sœur s'était construite avec l'idée qu'elle était aimée de notre mère, moi avec l'idée que je ne l'étais pas et ne le serais peut-être jamais. Qu'elle avait profité de fondations solides pour établir son existence, tandis que j'en avais été privée. Et cela, à ce qu'il me semblait, changeait tout. Nos situations s'étaient interverties, mais elles ne se "valaient" pas, contrairement à ce que ma sœur prétendait. Ma sœur qui partageait mon avis, en réalité, avec cette différence qu'elle considérait que la partie lésée n'était pas moi, mais elle.

26.

Annabelle n'est pas jolie mais il y a dans son allure quelque chose de net et de soigné qui peut tenir lieu de charme, dans son carré de cheveux blonds dont pas une mèche ne rebique, ses yeux gris qui prennent, les jours de pluie, une nuance d'acier, sa silhouette sanglée dans des tenues si bien coupées qu'on a toujours l'air fagotée à côté d'elle. Lise se penche pour lui faire la bise, respire les effluves de Miss Dior qui imprègnent son foulard, et s'assied entre elle et Louis qu'elle embrasse brièvement tout en s'excusant de son retard. Non, Annabelle n'est pas jolie, même si Louis l'avait décrite comme telle à Lise au moment de la lui présenter, en ajoutant qu'il lui trouvait de l'humour, de l'intelligence, de la personnalité, qu'il la connaissait depuis l'enfance et espérait qu'elle et Lise deviendraient amies – ce qu'il n'avait pas dit d'Éric ou de Gaspard. Et bien sûr Lise avait songé, lorsqu'elle l'avait rencontrée, qu'elles ne le seraient jamais.

Il manque à Annabelle la délicatesse, la sensibilité et l'imagination dont Lise dispose en excès. Elle peut être drôle, c'est vrai, mais toujours au détriment de gens qu'elle juge laids, bêtes ou maladroits. Elle est sûre d'elle, sûre de ce qu'il faut dire ou faire, sûre de sa famille, de ses relations, de ses privilèges, prête à laminer son prochain alors qu'elle l'écrase déjà par sa seule présence : les serveurs qui viennent à leur table soit rentrent les épaules comme s'ils voulaient mieux lui témoigner qu'ils sont à son service, soit les redressent de façon presque militaire, comme pour mieux recevoir et exécuter les ordres. "Pour moi, la seiche à la plancha et un vouvray. – Et pour moi des spaghettis aux oursins, s'il vous plaît. Non, pas de vin, je vous remercie, je ne bois pas… Une carafe d'eau ira très bien." Lise a toujours l'air de s'excuser à côté d'Annabelle et de sa sécheresse de commande.

L'amie de Louis n'a pas besoin d'afficher son argent puisqu'elle le porte en elle : il imprègne son ton, son port de tête, son impatience, ses gestes pleins d'autorité. Elle l'affiche pourtant, tel un mafioso qui sortirait des liasses de billets de sa poche, en usant d'un sac, d'un foulard, de chaussures, de bijoux, d'un portefeuille siglés Dior. Un *total look* qui pourrait apparaître comme vulgaire, ou du moins ostentatoire. Sauf qu'il est arboré avec l'assurance non d'une parvenue exhibant des signes extérieurs d'une richesse toute juste acquise, mais d'une fille de la haute société désireuse de se distinguer des siens en s'arrogeant le droit de décider ce qui relève, ou non, de la faute de goût…

Annabelle a des avis tranchés, comme Louis peut en avoir, et sa présence fait ressortir chez lui des aspects de son caractère que Lise accepte avec difficulté. De même les contrastes entre Annabelle et Lise s'exacerbent-ils quand elles sont ensemble : la première semble plus blonde, plus arrogante, et la seconde plus brune et plus falote, comme si elle réintégrait l'enveloppe de la petite souris paralysée par la timidité qu'elle était au collège. C'est l'effet que produit Annabelle, dont le glacial rayonnement soumet jusqu'à Louis qui à son contact montre une rigidité singulière. Sa voix se fait plus acérée, son regard plus aiguisé, sans qu'il ose pour autant contredire son amie, pliant chaque fois qu'elle émet une objection, comme si ses proclamations à l'emporte-pièce et son aplomb l'impressionnaient lui aussi.

Les égards de Louis pour Annabelle ont intrigué et presque inquiété Lise, au point qu'un soir où ils admiraient le soleil couchant au bord de la piscine de Normandie, elle a posé carrément la question : "Excuse-moi, mais… Tu trouves Annabelle jolie, tu l'apprécies, vous avez énormément de points communs… Comment se fait-il que tu sois avec moi et non avec elle ?" Louis a éclaté de rire à cette idée. "J'aime beaucoup Annabelle, mais c'est le genre de fille qui sera bien trop occupée à gérer sa carrière pour prêter attention à qui ou quoi que ce soit d'autre. Tu la vois avec un mari et des enfants ? Tu l'imagines se consacrer à autre chose que l'objectif qu'elle a en ligne de mire ? Je suis content d'être son ami, mais il lui faut quelqu'un qui voit les choses comme elle, quelqu'un pour qui les sentiments sont secondaires par rapport aux ambitions, ou bien les servent. Pas quelqu'un qui l'aime. Ça, elle n'en a rien à fiche… Ce qui n'est pas mon cas. Et c'est tant mieux, tu ne crois pas ?", a ajouté Louis en attirant Lise à lui.

Il est certain qu'on n'imagine pas Annabelle fondre de tendresse en combinaison rose bonbon dans les bras d'un homme qui lui murmurerait des niaiseries.

Elle serait plus crédible, à la limite, avec un corset de cuir clouté et un fouet, en train d'écraser du talon de sa botte un type qui ne demanderait que ça, pense Lise tout en adressant un grand sourire à son interlocutrice avec qui elle entame une conversation autour des options qu'elles ont prises pour leur dernier semestre. Rassurée par la réaction de Louis, Lise s'est efforcée de passer les défenses d'Annabelle et a fini par réussir : c'est fou comme l'habitude peut forger des liens. Comme à force de se voir, de prendre des pots, de se retrouver dans les soirées, de dîner ensemble, l'on finit par se confier. À cet égard, Lise a été surprise des qualités d'écoute d'Annabelle, qui sous ses airs de Robocop mondain, s'est révélée quelqu'un d'attentif. Elle a posé des questions sur la famille et les origines de Lise, ou encore sur sa rencontre avec Louis, s'est souvenue de chacune des réponses qui lui ont été faites, et peu à peu Lise s'est surprise à se livrer tandis qu'Annabelle hochait la tête tout en portant à ses lèvres une Vogue mentholée, relançait Lise en lui demandant des précisions sur telle anecdote ou circonstance, ou en lâchant des commentaires qui l'appelaient à poursuivre. "Le parcours de tes parents est dingue. Mais dingue !" "Ça ne m'étonne pas : au fond Louis est un romantique qui ne veut pas l'admettre, c'est tout." "Vous voudriez partir où, du coup ? Le Japon ? Tiens, j'aurais plutôt parié sur l'Italie, Louis est du genre à aimer paresser sous le soleil de Toscane. Vous auriez pu y roucouler tout en vous gavant de risotto…"

Annabelle n'est pas aussi égocentrique qu'on pourrait le penser : elle parle beaucoup, mais pas beaucoup d'elle. Elle assène ses opinions concernant la politique, la mode ou les finances du pays, mais reste discrète sur ses émotions, ses désirs, ses espoirs. Ce qui a gêné Lise avant qu'un lien ne finisse par se tisser entre elles. Bien des compromis ont été nécessaires ; toutes deux voulaient faire plaisir à Louis et ont donc fait un effort. Puis elles ont trouvé un mode de fonctionnement et en sont venues à s'apprécier. Le malaise de Lise, si intense la première fois où elle a rencontré Annabelle qu'elle a été saisie de l'envie de se lever et de prétexter un exposé à rendre d'urgence juste pour couper court à leurs échanges, a peu à peu fondu. La raideur d'Annabelle, son refus de mâcher ses mots, son exigence, sont aussi une façon de s'affirmer : elle ne veut pas être réduite à son nom, à sa qualité d'héritière, à son père et à tout ce qu'il a accompli. Si sa cage est en or massif, elle ne s'en sent pas moins prisonnière et cherche, comme Lise et comme tant d'autres, à exister par elle-même. Ses grands airs sont son armure quand Lise aurait tenté de se protéger en se réfugiant dans sa bulle et en se déconnectant du monde. Leurs tempéraments diffèrent ; non leurs aspirations.

D'abord irritée par l'allure fragile et sans défense de la nouvelle petite amie de Louis, Annabelle lui a de son côté découvert, en la fréquentant, une ténacité que sa douceur première ne laissait pas présager. Lise offre aussi l'avantage de ne pas savoir qui est qui, qui doit quoi, qui prévoit quoi, de tout ignorer de la constellation d'ambitions, d'intérêts, d'alliances et de contre-alliances qui gouvernent le monde de leurs parents, et par contrecoup le leur – c'est reposant. Plus étonnant, elle ne cherche nullement à se renseigner à ce propos, n'essaie de s'insérer nulle part lors des soirées où Louis l'amène. Elle est là sans être là, jolie, charmante, dépaysante, du genre à sortir sur le balcon au moment où la fête bat son plein parce qu'elle préfère être seule.

Pour un peu, elles seraient bel et bien amies. Si Annabelle pouvait avoir des amies qui ne fussent pas des rivales, et si quelque chose ne retenait Lise, et la retient encore ce soir, dont Annabelle n'a aucune idée parce qu'il ne s'agit pas de quelque chose qu'elle a dit ou fait. Elle n'en est pas responsable, mais chaque fois que Lise voit Annabelle, elle songe à une fille dont Louis lui a parlé, une fille qu'il n'a pas nommée et qu'elle appelle "la fille au pull bleu". Lise a appris son existence ce même soir où elle avait interrogé Louis à propos de ses sentiments pour Annabelle. La nuit était tombée sur les hauteurs normandes et elle commençait à frissonner. Il faisait grand soleil quand ils étaient partis et elle n'avait emporté qu'une veste légère. Louis était monté à l'étage pour voir s'il pouvait lui trouver un châle ou un gilet. Il en était redescendu avec un pull bleu. Un pull de fille. Lise avait levé des yeux étonnés et Louis haussé les épaules.

— Il n'y a rien d'autre à ta taille.

— À qui est-il ?

— Quelqu'un que je ne vois plus.

— Une ex ?

— Pas vraiment. Enfin, il nous est arrivé de passer la nuit ensemble mais je la considérais plutôt comme un copain.

— …

— Écoute, ça n'a pas d'importance. C'est quelqu'un que j'ai rencontré par hasard. Dans un train. Je l'ai aidée à porter sa valise, on a commencé à discuter, elle m'a dit qu'elle passait son temps entre Paris, où elle faisait des études d'anglais, et la Normandie, où ses parents habitaient. Je l'ai trouvée sympa, on a bavardé pendant deux heures et à l'arrivée on a échangé nos numéros en se disant qu'on s'appellerait à l'occasion, que si l'autre était dans le coin, on pourrait prendre un café… De fil en aiguille, on a fini par se voir assez souvent. Et il est arrivé qu'on passe la nuit ensemble.

— Donc c'est une ex ?

— Non. Ni mes parents ni mes amis ne l'ont jamais rencontrée. Ce n'était pas ma copine, juste quelqu'un avec qui j'aimais passer un moment de temps à autre, et qui aimait passer un moment de temps à autre avec moi. Nous n'avions pas d'histoire, pas de projet, rien. Je l'aimais bien, mais il était évident que c'était sans lendemain, pour moi comme pour elle. Enfin, c'est ce que je croyais. Je me suis rendu compte qu'elle n'était pas forcément dans les environs chaque fois que je l'appelais, mais qu'il lui était arrivé de prendre la route juste pour me voir, et puis j'ai appris qu'elle s'était fait engager comme baby-sitter pour la petite sœur de Gaspard. Qu'elle posait des questions sur moi en disant qu'elle me connaissait un peu. Elle essayait de savoir où j'étais, ce que je faisais… Bref. Quand j'ai su ça, je lui ai laissé un message pour lui dire que je ne voulais plus jamais la recroiser et qu'elle pouvait effacer mon numéro de son portable. Je ne lui ai même pas rendu ce pull qu'elle a oublié je ne sais quand.

La voix de Louis a cette nuance de mépris, presque de dégoût, qui a toujours choqué Lise. Elle contemple le vêtement en silence. Il sent encore le parfum – une odeur de rose éventée. Lise l'enfile. Elle se demande si elle est si différente que ça de cette fille que Louis n'a même pas nommée. Est-ce qu'elle n'aurait pas fini par être obsédée par lui, elle aussi, si on l'avait soumise à ce régime ? Supposons qu'elle ait par fierté, par orgueil, refusé d'avouer à quel point elle tenait à Louis, tout en ne pouvant s'empêcher de le rejoindre chaque fois qu'il le désirait, puisque c'était la seule façon d'avoir accès à lui… Est-ce qu'elle ne se serait pas un peu égarée, elle aussi ? Est-ce qu'elle n'aurait pas essayé de se rapprocher de lui de toutes les façons possibles ? Tenté de faire partie de sa vie ? Oui, très certainement. Lise aurait pu être la fille au pull bleu, assoiffée d'attention, désespérée jusqu'à se jeter sur la moindre possibilité d'apercevoir Louis ou d'en entendre parler… La seule différence, c'est que Lise a rencontré Louis dans un autre cadre et qu'il a décidé qu'elle valait mieux que cette pauvre gamine tombée amoureuse de lui et coincée dans une liaison sur laquelle elle n'avait aucune prise.

Lise a compris la réaction de Louis – personne n'a envie d'être Michael Douglas dans *Liaison fatale* – mais elle a été heurtée par son ton, sa façon de parler de cette malheureuse qui n'a pas plus compté pour lui que les insectes rabattus par le vent sur son pare-brise, écrasés en passant, sans même en avoir conscience, quand Louis prend l'autoroute avec sa Golf. La sympathie de Lise est allée d'emblée, d'instinct, à celle que Louis a rayée de son existence d'un haussement d'épaules. Elle ne sera jamais amie avec Annabelle parce qu'elle a la conviction qu'elle aurait pu, en d'autres circonstances, se retrouver à la place de la fille au pull bleu, celle qu'on ne considère pas digne d'une vraie relation et qu'on jette d'un coup de fil parce qu'elle s'est maladroitement aventurée à vouloir plus que le peu que Louis a daigné lui accorder. Tandis qu'elle n'aurait jamais, au grand jamais, pu se retrouver dans la position d'Annabelle, la blonde Annabelle Baron qui toise ceux qu'elle juge au-dessous d'elle, et qui quoi qu'elle dise ou fasse, bénéficiera toujours de la déférence des serveurs de restaurant et de l'estime de Louis.

Lise

27.

Il a bien fallu faire comme Louis et partir à mon tour d'Étambel. Quitter les lieux tandis que ma sœur allait voir la police pour signaler ma disparition. Nous devions déjeuner ensemble, a-t-elle raconté au policier chargé de prendre sa déposition, mais je n'étais pas venue au rendez-vous. J'étais souvent en retard et elle ne s'était pas inquiétée d'abord ; elle avait commandé un premier verre de vin tout en m'envoyant un texto agacé. Un deuxième verre lui avait bientôt succédé, suivi d'un troisième et d'un quatrième. Son ton s'était fait rageur, furieux, puis inquiet tandis que ses appels se heurtaient obstinément à ma boîte vocale. "Bon, t'es encore loin ? Ça fait vingt minutes, là..." "C'est toujours pareil avec toi... Jamais à l'heure et jamais d'excuses." "Et en plus t'es sur messagerie !! Tu fais chier, sérieux." "Qu'est-ce que tu crois, que le monde tourne autour de toi ? Remarque, je suis sûre que c'est ce que tu penses, au fond." "Il y a un problème avec Serge, c'est ça ?" "Je suis partie. Rappelle-moi, d'accord ? Je ne te crierai pas dessus, rappelle-moi juste." "Lise ??" Liane a montré à son interlocuteur une quarantaine de SMS sur fond vert s'étalant sur son smartphone, couvrant l'après-midi, le soir, la nuit, à un rythme frénétique sur la première heure, puis de plus en plus espacés. Les derniers textos étaient purement rhétoriques. Ils n'appelaient pas davantage de réponse que les coups de fil passés après minuit, bouteilles à la mer jetées sans conviction, parce qu'il n'y avait rien d'autre à faire.

Chancelant sous l'alcool absorbé, Liane avait fini par quitter la table sans avoir rien mangé à part un morceau de pain, et renoncé à rejoindre son bureau. Je pouvais arriver quarante minutes après l'heure fixée, mais il n'était pas dans mon habitude de poser des lapins et je n'étais pas non plus du genre à la laisser mariner en connaissance de cause. "Ce n'est pas normal", a-t-elle insisté. Elle avait tenté de joindre mon mari mais il était au Texas pour son travail – il était consultant pour une boîte informatique – et n'avait pas décroché. Mes parents n'avaient aucune idée d'où je pouvais être, de même que les amis qu'elle et moi avions en commun ; elle n'avait réussi qu'à donner du souci à tout le monde. Elle s'était déplacée jusque chez moi en espérant m'y trouver : je travaillais pour l'essentiel de là-bas, communiquant par mail avec le journal qui m'employait – peu de chances là aussi d'en tirer quoi que ce soit. Je n'avais ni horaires de bureau ni collègues avec qui discuter devant la machine à café et menais à bien des égards une vie d'ermite. "C'est la caricature de la fille sans histoire : elle ne fume pas, ne boit pas, ne se drogue pas, ne sort pas en boîte, déteste le bruit, la foule et les problèmes. Aucune chance pour qu'elle ait passé la nuit dans un bar et se soit réveillée je ne sais où avec la barre après avoir vomi ses tripes."

Quand Liane était arrivée devant mon immeuble, a-t-elle déclaré, je n'étais pas là et il n'y avait pas de lumière. Elle avait ouvert – je lui avais confié un double – et trouvé un appartement parfaitement en ordre. Pas de serrure forcée ou de chaîne hi-fi volée, de vaisselle brisée ou de flaque de sang par terre. Pas de cadavre dans le placard. Juste l'appartement qu'elle connaissait, tout en gris et jaune moutarde, avec le papier peint à motifs géométriques noir et blanc et les peaux de mouton sur les fauteuils scandinaves, les laques abstraits aux murs et les bouquets de fleurs séchées – pivoines, eucalyptus et graminées, rodanthe, hélichrysum et pavot – perchés sur le piano et le bureau des années 1950 chiné sur Leboncoin. Mon ordinateur portable manquait. Je l'emportais souvent avec moi pour aller travailler – rester seule enfermée à la maison tendant à devenir étouffant, il arrivait toujours un moment où je partais m'installer dans un café, un salon de thé, une bibliothèque, pour achever mes articles. Je revenais toujours, bien sûr, tous les soirs un peu avant l'heure du dîner – il n'y avait pas plus casanière que moi. Or là, Liane avait passé toute la soirée sur le canapé, toute la nuit dans mon lit, et je n'avais pas refait surface. Elle n'avait pas fermé l'œil. Oui, elle avait vérifié du côté des hôpitaux : pas trace d'une femme non identifiée correspondant à mon signalement. Non, je ne suivais pas de traitement médical particulier, je n'étais pas sujette à la dépression, je n'étais pas suicidaire, et il était très improbable que je fusse impliquée dans des activités illégales – à part le streaming de séries. Non, je n'avais à la connaissance de Liane aucune raison de sauter du jour au lendemain dans une voiture avec deux valises pour aller refaire ma vie dans un village ardéchois ou un quelconque paradis fiscal, d'autant que je ne conduisais pas. Je menais une existence paisible auprès d'un époux aimant, dans un environnement agréable, avec un job qui me convenait. Je n'avais aucune raison de disparaître. Seulement j'avais disparu.

Liane a quitté le commissariat en ayant obtenu qu'une enquête fût ouverte, dont le policier lui avait tracé les grandes lignes d'un ton qui se voulait à la fois rassurant et méthodique. Il avait eu besoin des informations d'usage – une description physique détaillée assortie de photos, les lieux où j'avais mes habitudes, mon numéro ainsi que ceux de mes proches, de mes amis, de mes employeurs, tous ceux avec qui j'étais susceptible d'être entrée en contact. On les interrogerait comme on interrogerait mes voisins, qui étaient autant de témoins potentiels. On tâcherait de déterminer quand, où et avec qui j'avais été vue pour la dernière fois. Tenterait de me géolocaliser. Accéderait à mes factures de téléphone, mes relevés bancaires, ma boîte mail, suivrait toutes les traces que je pouvais avoir laissées sur la toile et ailleurs. On rappellerait les hôpitaux et on m'inscrirait dans le fichier des personnes recherchées, ce qui permettrait, en cas de contrôle de la police ou des gendarmes, de leur faire savoir que j'étais portée disparue.

Liane n'avait pas mentionné Louis. Je lui avais confié que nous nous étions recroisés mais devant son froncement de sourcil, j'en étais restée là. Elle avait toujours clamé qu'elle le méprisait. Elle concédait qu'il était très séduisant, doué de manières élégantes et d'un charme indéniable, mais affirmait que ces apparences aimables dissimulaient un ambitieux comme il y en avait tant dans les allées de notre école. Moins un Rastignac, d'ailleurs, que quelqu'un qui réussirait parce qu'il était programmé pour et parce qu'il lui était impossible de ne pas réussir, entouré comme il l'était : il n'avait pas besoin d'avoir la rage de vaincre, car il y aurait toujours quelqu'un pour lui tendre la main. Il étudierait le droit des affaires à Londres ou aux États-Unis, avant qu'une bonne âme – c'est-à-dire une âme qui y avait intérêt – lui ouvrît les portes de Lazard ou de Goldman Sachs, qui verrait en lui un élément "brillant", et le ferait passer en un tournemain de la salle des marchés aux fusions et acquisitions. Naturellement il poserait en parallèle les jalons de sa carrière politique – ne siégeait-il pas déjà au conseil municipal de la commune dont dépendait sa résidence secondaire ? – où il serait jugé tout aussi "brillant" et ferait rapidement figure de jeune espoir du parti (et peu importait quel parti).

Louis réussirait aussi, théorisait Liane, parce qu'il ne se posait pas de questions. Il considérait qu'il avait raison et que les autres avaient tort, raisonnait de façon bêtement binaire dans à peu près toutes les situations, faisait mine de jouer à quitte ou double alors qu'il savait très bien qu'au vu de sa position, de la puissance de sa famille et de ses amis, ce serait forcément double. Il croyait être en droit de tout avoir et dans le monde d'où il venait – ce monde où l'on naissait avec des cuillères en or massif dans la bouche, nouait non des amours mais des alliances, montait des partenariats consolidés par les souvenirs de vacances communes dans des villas de Capri ou de retrouvailles dans les carrés VIP de soirées pour lesquelles on avait privatisé le palais Brongniart – il n'y avait pas besoin de plus pour tracer son chemin. Louis, arguait Liane, était un garçon terriblement terre à terre dans son absence de nuances et terriblement banal dans son rôle de jeune loup. Au fond, avait-elle ajouté avec perfidie, il était aussi prévisible qu'un avocat fiscaliste : chaque étape de son existence avait été planifiée pour participer à son ascension, après examen de la moindre faille du contrat par papa-maman. J'étais sa seule fantaisie ; ou plus exactement, sa seule anomalie.

Liane ne manquait pas une occasion de critiquer Louis qui, ironiquement, l'appréciait. Il avait pour son humour incisif un respect qui n'était pas très éloigné de celui qu'il vouait à la morgue d'Annabelle. Ma petite sœur ne semblait impressionnée par rien, ni personne, et disait tout haut, sans se soucier de qui ou de quoi que ce soit, ce que d'autres pensaient tout bas. Elle avait une malice, une combativité, une brutalité, même, que je lui enviais, moi qui étais trop souvent lestée par un fond de naïveté et de romantisme, de demoiselle en détresse attendant qu'un homme surgît pour la sauver, dont je ne parvenais pas, à ma grande honte, à me défaire. Si nos tempéraments et nos allures nous opposaient, nous étions conscientes que le même sang coulait dans nos veines et nos cœurs, et que nous étions nécessaires l'une à l'autre comme le Soleil et la Lune, l'eau et le feu, l'ombre et la lumière… C'était ce que je me répétais, ce que je voulais croire, ce que j'en étais venue à croire, alors que ce n'était qu'une idée faussement poétique, un de ces fantasmes un peu niais dont j'aimais à me bercer et dont Liane se serait aussitôt moquée, si je m'étais risquée à le lui exposer.

La vérité est que j'avais une confiance si aveugle en Liane que je n'exerçais jamais de censure sur mes propos en sa présence, alors que la réciproque n'était pas vraie : il lui avait fallu atteindre l'âge adulte pour m'avouer, par exemple, que contrairement à ce qu'elle avait clamé, Serge, notre ami d'enfance, n'avait jamais suscité en elle ni énervement, ni ennui. Bien au contraire : elle avait elle aussi le béguin pour lui. "Ça t'étonne ? Un garçon plus âgé, mignon et plein de fantaisie, qui joue du piano comme un dieu ? Évidemment que j'étais folle de lui !" Seulement elle voyait bien qu'elle n'avait pas la moindre chance. Il ne s'intéressait pas à elle, qui n'était à ses yeux que ma petite sœur, une gamine à laquelle il prêtait à peine attention, même pas son amie, mais une figure qui se tenait à l'arrière-plan de son amitié avec moi. C'était trop pour Liane, trop dur, trop blessant, trop frustrant, et elle avait donc décidé de briser cette relation qui n'en était de toute façon pas vraiment une. De s'arranger pour que Serge ne mît plus les pieds à la maison plutôt que de continuer de le voir et de souffrir en rêvant à l'inaccessible – option que j'aurais pour ma part choisie, cela va de soi. Et tant pis si la relation que j'entretenais, moi, avec Serge, devait en faire les frais…

28.

Annabelle avait raison : l'Italie tentait davantage Louis que le Japon et Lise s'est rangée à son avis. Avec les examens, ils n'ont pas eu le temps d'organiser quoi que ce soit et leurs amours leur ont à ce point tourné la tête que c'est déjà un miracle qu'ils aient obtenu lesdits examens. L'heure est donc à l'improvisation : ils font leurs bagages en deux temps, trois mouvements, passent chez Gibert acheter un guide des hôtels de charme italiens, chez Gérard Mulot faire une razzia de sandwiches et de macarons, et s'en vont. La Golf métallisée file tel un feu follet sur l'autoroute en direction du lac de Côme, qu'ils atteignent au terme d'une unique journée de voyage, Louis s'étant mis en tête de pousser le moteur de la voiture pour voir s'il pourrait y parvenir. Il est ravi d'avoir atteint cet objectif sans intérêt car dès qu'il s'agit, en quelque matière que ce soit, d'être le meilleur – ou de bénéficier du meilleur – Louis répond systématiquement présent. Il peut bien se moquer des cours où on lui enseigne d'un air pénétré que le monde est constitué de "leaders" et de "followers", ou singer en riant les techniques de management qui permettent soi-disant de rentrer dans la première catégorie plutôt que la deuxième, il demeure qu'il est un adepte – voire un zélote – du culte de la performance. Les princes charmants peuvent avoir des côtés beaufs, parfois, se dit Lise avec philosophie.

Elle se le répète le surlendemain, avec moins de philosophie, alors que Louis s'est installé avec son journal, un café et un croissant au bord de la piscine de l'hôtel où ils ont fait halte, un quatre-étoiles bâti sur une colline à quelques kilomètres de Florence dont le prix de la nuitée a fait se dresser les cheveux sur la tête de Lise tandis que Louis s'en réjouissait au contraire. Par la suite, quand elle l'entendra se vanter auprès d'un ami d'avoir passé les vacances "les moins chères de sa vie", la petite voix aura un rire sardonique et Lise se retiendra à grand-peine d'objecter que cela a été l'inverse pour elle – elle a comme toujours insisté pour payer sa part, n'acceptant d'être invitée qu'une fois à dîner, dans un restaurant gastronomique choisi par Louis où on lui a tendu avec obséquiosité une carte dépourvue de prix.

Les yeux toujours fixés sur Louis qui fume son cigarillo, Lise s'efforce de se maîtriser. Elle pensait, bêtement, qu'ils venaient à Florence pour *voir* Florence, qu'elle ne connaît pas, et arpenter en particulier les allées du musée des Offices où elle avait dans l'idée de découvrir la *Naissance de Vénus* ou *Le Printemps* de Botticelli autrement qu'en reproduction sur des posters. Or Louis a d'autres préconisations : ne rien faire. Si Lise y tient tant que ça, on ira au musée demain ou plutôt après-demain : il préfère pour l'heure paresser au soleil au bord de la piscine (où il ne se baignera de surcroît pas plus que dans celle de sa maison de Normandie, devine

Lise). Ne sachant pas conduire, elle n'a pas d'autre choix que de rester se promener dans le parc de l'hôtel et de profiter de la vue en attendant le bon vouloir de monsieur. Il y a pire programme, mais elle n'a pas fait plus de mille kilomètres en voiture juste pour assister à une scène jumelle de celles auxquelles elle a droit en France : Louis qui prend place au bord de la piscine pour passer en revue les affaires du monde, Louis dans le rôle du "fils de" appelé à de grandes choses, Ray-Ban sur le nez, chemise blanche ouverte et cheveux étincelant dans la lumière du jour tandis que les volutes du cigarillo se dissolvent dans le ciel azur.

Louis trouve quant à lui que Lise exagère. Les vacances sont faites pour se reposer, et il a bien le droit de paresser ici s'il en a envie. Pourquoi devoir aller voir tout ce que tout le monde est supposé aller voir ? À quoi bon se retrouver pris dans un flot de touristes en shorts et bermudas, armés d'appareils photo, traînant derrière eux des gamins pleurnichards, le tout par quarante degrés à l'ombre, pour contempler des toiles peintes il y a des siècles, quand au fond il se fiche de Botticelli comme de Raphaël ? Plus tard, peut-être, lorsqu'il se constituera une collection à lui… Et encore, il ira plutôt chercher du côté de l'art moderne, voire contemporain, qui lui paraît plus stimulant, d'un point de vue esthétique comme financier. Il sera bien temps, alors, de s'instruire ou plus exactement de trouver quelqu'un pour le conseiller dans ses achats – ses investissements.

Comme Lise n'en démord pas, il s'irrite et perd de ses bonnes manières. Il n'apprécie pas le regard désappointé qu'elle pose sur lui – ce regard qu'il n'a jamais connu qu'admiratif, enthousiaste, passionné, ce regard qui lui donnait envie d'être à la hauteur de cet enthousiasme et de cette passion – et sa contrariété est telle que lorsqu'ils visitent enfin le musée, il passe d'une salle à l'autre comme on emprunte un couloir de métro. Se comportant en ado grognon, il affecte un air d'ennui, et se fait volontairement plus bête qu'il n'est : il demande à Lise chaque fois qu'elle s'arrête devant tel ou tel tableau s'il présente vraiment un intérêt, lequel, si elle veut bien l'expliquer à l'idiot qu'il est. Lise a le sentiment d'être un guide à son service, et un guide manifestement peu convaincant puisqu'elle échoue à lui faire apprécier, par exemple, les jeux de perspective chez Paolo Uccello. Décontenancée par son attitude, elle a tenté d'attirer son attention sur les lances des cavaliers, les lignes qu'elles dessinaient, l'usage de la géométrie qui donnait à la scène quelque chose d'étrange, presque fantastique. Uccello a introduit une manière de voir qui ne te paraît pas révolutionnaire mais qui l'était à l'époque… Ah bon. Et c'est tout ? a demandé Louis en toisant Lise d'un air sceptique. Ben oui, c'est tout. Lise n'est ni historienne, ni critique d'art, elle n'est pas à même de donner une conférence sur Uccello qui de toute façon assommerait Louis, et s'il n'est pas satisfait de ses commentaires, si elle le déçoit comme il la déçoit, elle n'y peut rien. Désolée si ça ne lui suffit pas.

L'épisode est à l'origine de leur première dispute, et de leur première réconciliation. Car quand on a vingt ans, qu'on s'aime, qu'on est en Italie, on finit forcément par se réconcilier. Louis se dit navré d'avoir été de mauvaise humeur et de mauvaise foi ;

Lise lui pardonne volontiers et admet qu'elle peut se montrer agaçante quand elle joue les "Petites Sœurs de la culture". Il a raison, les vacances sont faites pour qu'on en profite, et qu'on en profite comme on l'entend. Tous deux s'étreignent, échangent un baiser qui se prolonge et bientôt basculent sur le lit de leur chambre pour faire l'amour dans la plage lumineuse que trace le soleil sur leurs draps. D'un coup, le monde reprend des couleurs aux yeux de Lise, qui se morigène en silence – pourquoi faire la tête, pourquoi gâcher son bonheur avec Louis juste parce qu'elle a envie de voir des peintures qu'il n'a pas envie de voir ? Pourquoi vouloir le changer, l'amener à partager ses goûts et ses désirs à elle ? Si le droit, le business et la politique l'attirent à ce point, si le pouvoir et l'argent sont bel et bien les deux mamelles de son ambition, qui est-elle pour s'y opposer et lui rétorquer qu'il a tort, qu'il vaut mieux se retirer du monde pour lire des romans ou écouter de la musique ? Est-ce que toute jouissance esthétique, n'exige pas du temps et de la liberté, donc des moyens ? Les Grecs et les Romains auraient-ils pu s'adonner à leur *otium*, ce "loisir studieux" qui constituait leur idéal, s'ils n'avaient eu à leur service des esclaves qui les délivraient des contingences matérielles, des esclaves acquis grâce à une richesse et une position elles-mêmes acquises à la guerre, que celle-ci se fût déroulée sur les champs de bataille, au Sénat ou dans l'alcôve de l'Empereur ?

La nuit venue, pourtant, Lise, prise d'angoisse, s'éveille dans les bras de Louis qui continue de dormir paisiblement. La petite voix s'élève, qui l'interroge en ricanant sur les raisons pour lesquelles elle aime Louis au-delà de tout ce qui fait de lui un bon candidat pour le “Bachelor”, et d’elle une midinette qui attendrait de recevoir sa rose au milieu de dizaines d’autres auxquelles les coiffeurs et maquilleurs d’M6 ont donné des allures d’escort-girls. Leur dispute ne confirme-t-elle pas qu’ils n’ont pas grand-chose en commun ? Que ce n’est qu’une question de temps avant que Louis ne parle d’elle comme il parle de la fille au pull bleu, ou comme il parle de ses amis lorsqu’ils ne sont pas là, fustigeant la sournoiserie d’Éric et la mollesse de Gaspard alors qu’il commente avec fascination les faits et gestes de leurs pères, le mélange de hargne et de sang-froid de l’un lorsqu’il a mené campagne pour sa réélection, la paranoïa de l’autre, enfermé dans une tour depuis laquelle il menait des OPA en passant des ordres sur minitel ? N’est-ce pas à cause de ces pères qu’il s’est lié avec Éric et Gaspard, voire avec Annabelle ? Qu’en sera-t-il de Lise, qui ne peut rien lui apporter en matière de relations ?

Entendre, même en imagination, la voix de Louis prendre des inflexions hautaines pour ridiculiser sa naïveté, sa propension à s’autoflageller, ses difficultés à affronter le conflit, tout ce qui fait d’elle une proie, ou du moins quelqu’un qui ne peut que perdre dans la course à la réussite qu’est la vie selon Louis, fait si mal que Lise ferme les yeux en se récitant à la manière d’un mantra toutes les raisons pour lesquelles elle peut et veut y croire. Elle aime Louis parce que son pragmatisme et son matérialisme, bien qu’ils la heurtent, l’aident aussi à être une fille moins tourmentée, moins extrême et moins complaisante avec elle-même. Elle l’aime parce que quand elle est auprès de lui, elle ne se sent plus ni exclue, ni étrangère ; parce que ses bras lui donnent le sentiment d'être à sa juste place, et ses baisers d'avoir un foyer. Elle l'aime parce qu'il lui a montré qu'il l'aimait comme personne ne le lui avait jamais montré ; parce qu'il est capable de petitesse, mais aussi de grands gestes…

Après trois mois de relation où ils se sont vus tous les jours et ont passé ensemble toutes les nuits, l'idée d'être séparés plus d'une semaine leur était à l'un et à l'autre si intolérable que Louis a décidé qu'il traverserait l'océan avec elle et toute sa famille pour se rendre dans le pays de la grand-mère de Lise, ce pays dont elle connaît la langue, la nourriture, la géographie, l'histoire et les contes, mais dont elle n'a encore jamais foulé le sol. Dans dix jours, ils iront ensemble là-bas et ensemble découvriront ce qui reste de la Maison des Laques, de la plantation de son grand-père, de la vie que son père a abandonnée derrière lui. Peut-être n'y aura-t-il pas grand-chose à voir à part des ruines – ou pire, des bâtiments neufs élevés sur ces ruines, qui auront effacé toute trace de ce qui précédait. Peut-être son père restera-t-il silencieux et le séjour se résumera-t-il à faire du tourisme comme dans n'importe quel autre endroit du monde. Peut-être sa mère se donnera-t-elle en spectacle à un moment ou un autre, si bien que Lise ne pourra plus jamais regarder Louis en face. Peut-être Louis se révélera incapable de s'adapter aux conditions modestes dans lesquelles les parents de Lise prévoient de faire le voyage, si bien que Lise ne pourra plus jamais regarder ces derniers en face. Mais en attendant, Louis lui a signifié qu'il tenait à elle au point de décider de passer quinze jours avec sa famille à elle plutôt qu'avec sa bande de copains, pour arpenter une contrée dont il ignore tout et où il n'aurait jamais eu l'idée de se rendre si Lise n'en avait été originaire…

La main posée sur celle de Louis qui dans un demi-sommeil se met sur le côté pour mieux la serrer contre lui, Lise sent son souffle et son cœur se calmer. Elle ne peut toutefois s'empêcher de se remémorer ce que la petite voix lui a susurré au début de leur histoire. “Passé le moment où le moindre de tes mots et la moindre de tes moues seront prétexte à t'encenser ; passée l'attirance irrésistible des premières semaines ou des premiers mois ; passée cette phase de cristallisation où l'amour transfigure l'autre, embellit et recrée celui qu'il est dans la réalité, qu'adviendra-t-il ? Je vais te le dire : le voile qui nimbe chacun de tes actes, chacune de tes paroles, se déchirera. Louis verra alors que tu n'es que toi. Seulement toi…” Il ne lui était pas venu à l'esprit que la réciproque serait, d'évidence, tout aussi vraie. Louis n'est, en dépit de sa chevelure d'or et de ses yeux clairs comme l'eau, de son charme et de son panache, que Louis. Seulement Louis. Un garçon rieur et chevaleresque, mais aussi bourré de préjugés, cynique et impitoyable. Un jeune homme pressé, si occupé à aller de l'avant qu'il ne saurait accorder le moindre regard aux accidentés du bas-côté. Un homme qui l'aime et qu'elle aime mais qui n'est pas plus fait pour elle qu'elle n'est faite pour lui.

Lise

29.

Mon mari a fini par rappeler Liane, et après une brève conversation, lui a annoncé qu'il prenait le premier avion pour Paris. Elle a promis d'être là à l'atterrissage pour l'accueillir et lui donner les dernières nouvelles, s'il y en avait. Puis elle a raccroché et joint mes parents pour leur dire qu'elle arrivait. Liane avait toujours été notre liant. Celle qui se rappelait des dates d'anniversaire, organisait les Noël et les galettes des Rois, apportait un poinsettia pour les déjeuners dominicaux et un dessert à la crème de coco fait maison pour les *cung* dédiés aux ancêtres. J'étais l'enfant prodigue, qui débarquait les mains vides, appelait en retard en s'excusant d'avoir oublié que c'était la fête des mères, des pères ou des grands-mères, et parce qu'elle se sentait coupable, s'irritait d'un rien tandis que ma sœur montrait une patience à toute épreuve et travaillait à nous rapprocher avec une obstination devant laquelle je ne pouvais que m'incliner.

Les accès de colère de ma mère, après avoir connu un pic à mon adolescence, ont subi une décrue radicale à partir du moment où j'ai quitté la maison. Dès lors que je suis devenue suffisamment forte, suffisamment adulte, pour opposer à ses explosions une indifférence à peine simulée, ma mère a commencé d'espacer ses crises comme on renonce à utiliser un couteau émoussé. Prendre de la distance au sens strict comme au sens figuré a permis de polir les cahots et de lisser les peines. Il n'était pourtant pas question de pardon. D'abord parce qu'il n'y avait officiellement rien à pardonner : ma mère prétendrait toujours n'avoir aucun souvenir des scènes dont j'avais été l'une des cibles principales – ce qui était sans doute vrai – et s'était figée dans le rôle opposé, celui de la femme persécutée, victime du manque d'égards de sa fille après avoir été victime de celui de son mari. Ensuite parce que même quand je voulais lui pardonner, m'adressant à elle avec gentillesse et faisant mine de lui demander conseil sur tel ou tel sujet, la traitant comme la mère que je n'avais pas eue plutôt que la mère qu'elle était, elle se sentait réinvestie d'un pouvoir, créditée d'une forme d'influence, et retrouvait ses réflexes anciens.

Elle profitait en effet de cette fenêtre pour glisser une observation blessante ou un jugement désobligeant, avec des arguments qui me laissaient parfois sans voix : une diseuse de bonne aventure qu'elle avait consultée lui ayant affirmé que sa fille aînée avait un caractère impossible, une nature insolente et emportée que ma mère avait su affronter avec courage et sagesse, elle n'avait rien trouvé de mieux que de me le répéter, comme si les propos d'une femme qui ne savait de moi que ce que ma mère avait bien voulu lui dire – une personne que ma mère avait littéralement payée pour qu'elle déversât dans son oreille ce qu'elle avait envie d'entendre – pouvaient avoir valeur de preuve et d'une manière ou d'une autre faire autorité.

Et pourtant elle m'aimait. Je le voyais à sa tristesse quand j'avais pour elle des mots durs, à tout ce qu'elle et mon père avaient mis en place pour nous mettre à l'abri du besoin, à la fierté et aux compliments excessifs, voire totalement injustifiés, que lui inspirait mon parcours professionnel, compliments qui me déroutaient d'autant plus qu'ils s'inséraient en général entre deux remarques vexantes, si bien que je ne savais plus sur quel pied danser, tandis que ma mère ne semblait pas se rendre compte de ses incohérences et des difficultés d'interprétation qu'elles engendraient. Oui, ma mère tenait à moi mais elle le manifestait de façon si étrange, si paradoxale, que pour le bien de l'une comme de l'autre, il valait mieux la voir de loin en loin et ne jamais baisser la garde, même s'il était bien difficile de reconnaître dans la vieille dame un peu craintive, au souffle court et aux cheveux gris qui a ouvert la porte à ma sœur, arrivée au seuil de notre ancienne demeure après trois quarts d'heure de RER, la créature défigurée par la fureur qui m'accusait de souhaiter secrètement sa perte, voire de la comploter, ou la tragédienne qui annonçait d'une voix entrecoupée de soupirs que ma vraie mère était morte et fixait mes larmes avec une avidité telle qu'on se demandait si elle ne désirait pas secrètement les recueillir pour les boire…

Mes parents se tenaient côte à côte, le visage pareillement pâle et tendu. Ils ont serré Liane contre eux avant de s'écarter l'un de l'autre pour la laisser passer. Elle a pénétré dans cette maison désormais trop grande et trop difficile à entretenir pour eux, mais qu'ils ne pouvaient se résoudre à quitter, et s'est assise sur le canapé de cuir brun, le même depuis vingt ans, aux accoudoirs craquelés. Ma mère a proposé à Liane un café – elle a acquiescé – et posé pour la forme la question à mon père, sans attendre sa réponse pour se diriger vers la cuisine et lui en préparer un à lui aussi. Mon père que le temps avait à peine touché puisqu'il vivait déjà en dehors lorsqu'il avait emménagé ici, et qui était resté aussi distrait que par le passé. Peu disert à l'époque où il travaillait pour son entreprise informatique, il se consacrait depuis sa retraite au footing et à la peinture : deux activités qui se passaient de mots et ne nécessitaient aucune compagnie, ce qui lui convenait à merveille, comme cela convenait à ma mère à présent qu'elle avait cessé d'espérer obtenir de lui ce qu'il ne pouvait lui donner.

J'aimerais dire que leur inquiétude pour moi les a rapprochés de telle sorte que ma disparition aura au moins eu cette utilité : réconcilier deux êtres qui en trente-cinq ans de vie commune, n'avaient jamais réussi à se parler. La vérité est qu'ils n'avaient pas eu besoin de moi pour cela : le temps les avait amenés à composer avec leurs blessures et leurs chagrins. Ils dormaient ensemble, se réveillaient ensemble, mangeaient ensemble, jardinaient ensemble, voyageaient ensemble, suivaient ensemble des cours de taï-chi et de qi gong. Ils échangeaient peu non parce qu'ils s'en voulaient mais parce que c'était inutile : chacun connaissait les souhaits et les habitudes de l'autre mieux que qui que ce fût sur cette terre. S'acceptant tels qu'ils étaient, ils étaient devenus des compagnons, et ce rôle leur allait bien mieux que celui des orageux amants qu'ils n'avaient jamais vraiment été, ainsi que je l'ai appris à l'époque de ma relation, qui commençait, pour le coup, à devenir orageuse, avec Louis.

Le hasard m'a permis de pénétrer les arcanes de leur histoire, restée un secret comme en comptent tant de familles. Je devais rejoindre Louis, Annabelle et Gaspard pour aller voir un film, mais j'étais en avance. La bibliothèque où je devais faire des recherches pour mon cours de sociologie des médias avait fermé plus tôt que prévu, et plutôt que de repasser par chez moi, j'avais décidé de me rendre au cinéma en flânant sur les quais de Seine. Il était un peu plus de dix-sept heures et je m'apprêtais à prendre le pont des Arts quand j'ai aperçu mon père. J'ai d'abord cru m'être trompée : l'homme était de dos et marchait trente mètres devant moi. Sans doute n'était-ce que quelqu'un qui lui ressemblait. Puis nous étions un jeudi, mon père était supposé être au travail à Issy-les-Moulineaux. Même si ç'avait été le week-end, il ne se serait jamais promené dans le quartier – ou ailleurs – sans ma mère. Elle ne le laissait jamais seul. S'arrangeait pour ne pas le lâcher d'une semelle dès qu'il quittait le bureau.

Et pourtant. L'homme avait la même allure, la même veste, la même coiffure, le même pas. J'ai regardé l'heure : j'avais encore vingt minutes devant moi. J'ai accéléré pour en avoir le cœur net. L'homme a traversé la rue et pris à gauche. Il a tourné la tête ; c'était bien mon père. J'ai saisi mon portable. Une sonnerie. Deux sonneries. Trois sonneries. Mon père a glissé la main dans la poche de sa veste, en a sorti le téléphone, a jeté un œil sur l'écran… et a renvoyé mon appel sur la messagerie. Désarçonnée, j'ai pensé le héler, quand me sont revenues en mémoire les confidences grotesques que ma mère me faisait lorsque j'étais petite à propos de ces appartements qu'elle visitait dans l'idée d'en louer un afin d'y retrouver un hypothétique amant, tant mon père la rendait malheureuse par son indifférence, sa négligence, sa maladresse, bref, son incapacité fondamentale à être celui qu'elle aurait voulu qu'il fût. Se pouvait-il que la situation fût inverse ? Cela aurait expliqué l'air absent qu'il affichait en permanence et la rancœur non moins permanente de son épouse, le choix qu'elle avait fait de prendre ses propres filles à témoin, la façon dont mon père fuyait ma mère et dont ma mère cherchait, dans tous les sens du terme, mon père, guettant ses réactions comme un chat devant un trou de souris, ne manquant pas une occasion de le provoquer, chicanant, médisant, ergotant, se rendant insupportable sans qu'il eût l'air d'y prendre garde. Une liaison ancienne entretenue par mon père, une liaison à laquelle il aurait refusé de mettre fin sans pour autant quitter ma mère – puisqu'ils avaient deux filles et qu'il restait, malgré tout, un homme de devoir, qui n'aurait pas voulu voir son foyer détruit – pouvait très bien être la cause de la sourde mésentente dans laquelle ils vivaient, de ces non-dits entre eux, pareils à des bulles d'air crevant la surface d'une eau égale et lisse en apparence, quand des combats meurtriers se livrent dans ses profondeurs.

Mon père s'est engagé dans une impasse aboutissant à un immeuble haussmannien dont la façade avait été récemment rénovée. Il semblait y avoir des travaux dans la cour et la porte cochère était ouverte, sans doute pour faciliter la circulation des ouvriers. Mon père est entré du pas d'un familier des lieux. J'ai eu quelques secondes d'hésitation avant de le suivre.

30.

Lise a toujours parlé de ces vacances comme d'un moment unique et merveilleux. Elle ne mentait pas. Ces trois semaines qui voient émerger les tensions entre elle et Louis constituent également l'acmé de leur bonheur. C'est la première fois qu'elle part quelque part avec quelqu'un dont elle est profondément éprise et la patine de cette première fois se déposera sur chacune des images qu'elle gardera de ces séjours avec lui, conférant à ses souvenirs une beauté et une mélancolie que leur séparation ne fera qu'exalter ; tous les voyages en amoureux qu'elle fera par la suite se mesureront à l'aune des trois semaines avec Louis. L'Italie figurera toujours parmi ses destinations favorites, et lorsqu'elle y retournera avec son mari quelques années plus tard, elle ne pourra s'empêcher de repasser par plusieurs des endroits visités avec Louis – et d'en être déçue, de même qu'on est toujours déçu lorsqu'on revient arpenter adulte les lieux où l'on a vécu enfant, tellement plus grands, plus colorés, plus impressionnants dans votre mémoire, qu'ils ne le sont dans la plate lumière du présent.

Son époux aura beau former avec elle un couple mieux assorti et plus heureux, Lise ne pourra s'empêcher de penser à Louis, puisque c'est avec lui qu'elle a découvert Ferrare, savouré les raviolis au bœuf et au potiron servis dans des casseroles de cuivre dans un des restaurants de la vieille ville, admiré le château d'Este, ses douves et ses remparts de briques, le Palazzo dei Diamanti et ses façades revêtues de blocs de marbre rose et blanc taillés en pointe. C'est à Louis qu'elle a d'abord parlé du *Jardin des Finzi-Contini* de Giorgio Bassani, qui conte l'amour malheureux du narrateur pour la blonde et aristocratique Micol, issue d'une des plus anciennes familles juives de Ferrare, et disparue avec tous les siens dans un camp d'extermination. Lise a évoqué le jardin splendide et clos, précaire paradis dans lequel le narrateur ne pénètre que parce que les parents de Micol décident de l'ouvrir à tous ceux qui, comme eux, ont été exclus, du fait des lois raciales promulguées par Mussolini, des courts de tennis municipaux, désormais réservés aux Aryens. Ils offrent l'accès aux courts privés au sein de leur propriété de même que le père de Micol ouvre sa bibliothèque au narrateur lorsque ce dernier se voit refuser la possibilité de poursuivre ses recherches universitaires. Et tandis que l'étau du fascisme se resserre peu à peu autour d'eux, les Finzi-Contini ne cherchent nullement à fuir ; ils demeurent là, dans leur propriété avec en son cœur la labyrinthique *magna domus* – une folie du XVIe siècle qu'ils ont rachetée et restaurée – comme si les hauts murs pouvaient les abriter des horreurs de la guerre et de la mort à venir…

Les thèmes de Giorgio Bassani laissent Louis indifférent, ce qui étonne Lise, à tort : malgré sa blondeur et son statut d'héritier, il est tout l'opposé de Micol, qui abhorre l'avenir et lui préfère de beaucoup “le vierge, le vivace et le bel aujourd’hui” et plus encore le passé, “le cher, le doux, le charitable passé”. Louis n’est pas sensible aux charmes du passé, qui ne l’intéresse que dans la mesure où il peut en tirer des leçons, mettre à profit les erreurs précédemment commises pour mieux préparer un avenir qu’il désire non pas accueillir, mais plier à ses ambitions. Lise raconte à Louis ce roman construit autour d’un jardin mythique qui dans la réalité n’existe pas, mais le tempérament impatient de Louis ne peut goûter les grâces de la nostalgie auxquelles Lise s’abandonne si volontiers – trop volontiers.

La beauté donne sens à l’existence, pour Lise, elle change son regard sur le monde et sur elle-même et l’aide à mieux se figurer l’un et l’autre. Louis en a une conception utilitaire ; elle a pour lui une valeur décorative, ornementale, elle peut être un symbole de puissance ou une preuve de richesse, mais il ne l’apprécie pas pour elle-même, et n’en fera jamais le support d’une réflexion existentielle. Les romans dans lesquels Lise aime à se plonger s’apparentent au fond pour lui, et quoi qu’il en dise – puisqu’il a les usages du monde – à une perte de temps. À toutes les activités culturelles auxquelles elle s’adonne, il préfère la décharge d’adrénaline que peuvent lui apporter la conclusion d’une affaire ou la découverte d’une faille dans un contrat de fusion-acquisition qui lui permettrait de retourner la situation en cas de contestation devant les tribunaux. Il peut s’imaginer en prince, ou plutôt en roi, d’ailleurs, mais en roi guerrier, et non poète. Quitte à protéger les poètes et les génies de son temps, surtout si leurs œuvres ajoutent à sa gloire, tel François Ier honorant de son amitié Léonard de Vinci.

“Tu lui apparaîtras bientôt comme un être non pas contemplatif et délicat, mais passif. Quelqu’un de mou, de craintif et d’atone, incapable de se prendre en main, incapable de se battre quand c’est nécessaire, tout juste bon à se cacher dans les salles obscures, les livres et les musées, avertit avec froideur la petite voix. Quelqu’un qui n’a pas sa place dans le camp des gagnants, donc pas sa place auprès de lui…” Louis n’a pas menti à Lise : il a eu le coup de foudre pour elle comme elle a eu le coup de foudre pour lui, désire prendre soin d’elle et découvrir avec elle tout ce qu’il peut y avoir à découvrir, mais leurs natures diffèrent trop pour qu’il puisse exister entre eux autre chose qu’une passion sans issue, qui rendra leur séparation terriblement douloureuse puisque c’est la première fois, la première fois qu’ils aiment et la première fois qu’il leur faudra y renoncer – mettre fin à un amour comme ils n’en ont jamais connu et qu’ils n’imaginent pas, dans leur innocence, pouvoir connaître à nouveau.

Lise est pensive et introvertie, Louis essentiellement possédé par le désir de triompher de tout et de tous. Elle est faite pour s’allonger dans l’herbe et scruter les nuages quand il n’a pas d’autre objectif que d’aller toujours plus vite et plus loin. Parfois au sens littéral du terme : lors de leur retour d’Italie, il tient à passer par trois villes qu’ils n’ont pas eu le temps de visiter – San Gimignano, Sienne, Pise – pour pouvoir affirmer qu’ils s’y sont effectivement rendus, quand bien même ils n’ont fait que les traverser en voiture sans même y poser le pied. Comme s’il pouvait ajouter leurs noms à un palmarès, cocher des cases supplémentaires dans sa liste des lieux à voir et des choses à faire avant trente ans. Et alors que Lise devrait en être consternée, elle se contente, à nouveau, de hausser les épaules. On verra bien, se dit-elle. On verra bien.

"Allons bon, ne manque pas de rétorquer la petite voix. Les défauts de Louis crèvent les yeux et tu aurais dû balancer aux orties son costume de prince charmant depuis longtemps. Tu le sais très bien, seulement tu refuses de l'admettre. Tu refuses de laisser ces considérations désagréables obscurcir le ciel bleu de ta romance parce que tu tiens trop à être la jolie princesse partie avec son prince aux cheveux d'or et aux poches bien remplies profiter des charmes de l'Italie, ses paysages, son soleil éclatant, ses vins et ses pâtes dégustées dans la vieille ville aux reflets roses… Tu veux ajouter ces clichés à ton album parce que ton album est vide, voilà tout ! Tu n'es qu'une lâche doublée d'une narcissique, ma pauvre fille ! Ton attitude est minable. Minable et pitoyable…" Et loin de se révolter contre la petite voix, contre son acrimonie et son aigreur, Lise lui donne raison. C'est vrai. Elle veut aller au bout de cette histoire, quitte à se mentir, quitte à nier l'évidence. S'il faut être sourde et aveugle à la réalité pour pouvoir se dire qu'on aime et qu'on est aimée, eh bien elle le sera. Elle sait très bien comment faire, depuis toujours. Elle ne sait même que cela : prétendre et inventer. Elle a été à bonne école. Et si c'est là le prix pour bénéficier de la tendresse et de l'affection de Louis, le jeu en vaut la chandelle.

Lise

31.

J'avais les mains moites et les oreilles bourdonnantes quand j'ai franchi le seuil de l'immeuble. Comme si c'était moi qui étais coupable : pister mon père à la façon d'un détective de pacotille sans savoir exactement ce qu'il était venu faire ici me mettait mal à l'aise et pendant quelques instants, je suis restée debout dans la cour en me demandant si je n'allais pas faire demi-tour. À supposer, disons, que la blonde élégante qui venait de me dépasser, enveloppée dans un manteau noir qui moulait sa silhouette, fût la maîtresse de mon père, qu'arriverait-il ? Allais-je grimper les escaliers derrière elle en lui laissant juste ce qu'il fallait d'avance pour ne pas la perdre de vue, vérifier qu'elle avait bien rendez-vous avec mon père et surgir sur le palier au moment où celui-ci lui ouvrirait ? Attendre qu'ils s'embrassent et les prendre en flagrant délit comme on le faisait au XIXe siècle pour confondre les épouses infidèles et obtenir le divorce ? Et que dirais-je alors à mon père et accessoirement à l'inconnue ? Me voyais-je vraiment m'exclamer “Mais comment as-tu pu faire ça à maman ?!” mains sur les joues et sourcils haussés, comme dans un vaudeville ?

Je me tenais toujours au milieu de la cour quand un des ouvriers m'a demandé si je cherchais quelqu'un ou quelque chose. Je lui ai répondu que j'avais rendez-vous avec une personne qui habitait ici mais que je ne me souvenais plus des indications qu'elle m'avait données et que mon portable passait mal. "Allez voir le panneau dans le hall à côté des boîtes aux lettres, le bâtiment et l'étage sont indiqués pour tout le monde…" Je l'ai remercié et me suis dirigée vers le hall. J'ai machinalement cherché le nom de mon père. Il n'y était pas. En revanche un autre patronyme que je connaissais figurait sur le tableau : le nom de jeune fille de ma mère… Mon père avait-il poussé la perversité jusqu'à s'aménager une garçonnière au nom de sa femme ? S'agissait-il plutôt d'un logement loué par ma mère, ce que mon père aurait découvert par hasard et qui l'aurait poussé à quitter discrètement son travail pour savoir de quoi il retournait ? Était-ce pour cela qu'il n'avait pas répondu à mon appel ?

Il n'y avait qu'une façon d'être sûre. Je suis ressortie du hall pour retraverser la cour et m'engouffrer dans le bâtiment B. J'ai tourné à droite, suivi un long couloir et me suis arrêtée devant une porte sans signe particulier. J'ai pris une grande inspiration et j'ai sonné. J'ai entendu un bruit de chaise qu'on repousse et quelques pas avant de voir apparaître dans l'embrasure le visage de mon père. Il a eu un mouvement de recul en me voyant, tandis que s'élevait une odeur d'essence de térébenthine et de peinture.

— Lise ? Mais qu'est-ce que tu fais là ?

— J'ai cru t'apercevoir dans la rue. Je me suis demandé si c'était bien toi…

Je me sentais stupide. Mon père a enchaîné sur un ton mi-vexé, mi-amusé :

— Alors tu m'as suivi ? Comme dans un roman policier ?

— Je n'ai pas réfléchi… Je t'ai appelé mais comme tu ne répondais pas, j'ai été intriguée…

— Je vois. Bon…

Mon père s'est effacé pour me laisser passer. J'ai pénétré dans la pièce. Ce n'était pas une garçonnière. Il y avait bien un lit dans un coin, mais le local rectangulaire, pourvu de hauts plafonds, dans lequel nous nous trouvions, tenait plutôt de l'atelier. Un chevalet en occupait le centre, avec une huile sur laquelle mon père était d'évidence occupé à travailler, qui représentait une ravissante jeune fille devant une vaste demeure coloniale baignée de soleil – j'ai reconnu, d'après la description qu'en avait faite ma mère, la Maison des Laques avec ses jardins et son étang aux carpes.

Aux murs étaient suspendus une quinzaine de laques d'un genre bien différent. Non pas les paysages un peu kitsch qu'affectionnait ma grand-mère, représentant de fines demoiselles en tunique traditionnelle ou des faons s'ébattant devant une forêt, mais des tableaux abstraits comme je n'en avais jamais vu. Leur surface n'avait pas l'unité et le velouté habituels. Ils semblaient avoir été d'abord vernis et revernis avec soin, puis frottés, grattés pour être incrustés non de détails de nacre ou de poudre d'or, mais de sable, de terre brûlée, de feuilles tressées, d'éclats de bambou, de pierre et de verre qui dessinaient des formes étranges de début ou de fin de monde, soulignées de grands à-plats de peinture tantôt mate, tantôt brillante. Les unes étaient organisées autour d'une couleur – un camaïeu de bleus, de jaunes, de rouges, mais aussi de noirs, avec des jeux de reflets rappelant les outrenoirs de Soulages – les autres autour d'un motif infiniment démultiplié – ronds, rectangles, losanges, pointillés. Ici et là surgissait un élément figuratif : une ligne de barbelés, une chevelure en arabesques, une cage… J'ai pensé tout ensemble à Kandinsky, à Klee, à Rothko, à Miró, à Pollock. Mais bien sûr aucun n'avait jamais employé la laque.

— Ça te plaît ?

Mon père avait une voix anxieuse, comme s'il craignait d'entendre mon avis.

— Beaucoup. C'est toi qui as fait tout ça ?

Il a souri.

— Les laques ? Non. Je m'en tiens à l'huile et à l'aquarelle, c'est déjà bien assez compliqué pour moi. Mais j'ai bien connu l'artiste, c'était une amie d'enfance. Son père était artisan laqueur, comme mon grand-père à moi, et il lui a enseigné les techniques de base : comment on laque un sous-verre, un plateau, un bol… Elle était douée et, très vite, elle est passée à autre chose. Tiens, celui-ci est mon préféré…

Mon père a tiré les rideaux, allumé une lampe ancienne et s'est approché d'un grand laque carré avec une dominante de rouges et de noirs, sur un fond d'ocre qui prenait des tons dorés dans la pénombre. Les laques n'étaient pas faits pour être exposés à la lumière du jour : le plein soleil, trop violent, ternissait leur éclat et leur ôtait leur poésie. Il leur fallait pour se révéler dans toute leur beauté la lueur d'une bougie, d'une lanterne ou d'un feu de cheminée. L'éclairage tamisé qui régnait à présent dans l'atelier les mettait parfaitement en valeur. Je me suis approchée à mon tour du tableau, admirant les signes étranges qui y avaient été ciselés suivant plusieurs lignes parallèles, comme une portée de musique sur laquelle on aurait accroché les bris d'un langage codé – une déclaration secrète et pourtant visible de tous.

— J'aime beaucoup ces signes. On dirait une écriture inconnue mais qu'on pourrait comprendre si on possédait la clef de déchiffrement. Un peu comme les hiéroglyphes sans la pierre de Rosette…

— Tu n'as pas tort. Ce sont des idéogrammes entrelacés, étirés et déformés.

— Alors ça veut vraiment dire quelque chose ? Ce sont des mots ? Des phrases ?

— Des initiales, en fait. Un peu comme celles que les amoureux gravent sur les arbres, tu vois ? C'est drôle, quand j'y pense : c'était quelqu'un qui parlait peu, elle disait toujours qu'elle préférait s'exprimer avec un pinceau plutôt qu'avec des mots, que pour elle, c'était plus simple. Et pourtant elle employait des lettres dans tous ses tableaux et prétendait que peindre était juste une autre façon d'écrire…

— Comment ça ?

— Eh bien… D'abord à cause de toutes ces couches qu'il fallait chaque fois laisser sécher plusieurs jours avant de les poncer, un peu comme on polit une phrase ou un paragraphe, en les passant au papier de verre, à la terre tamisée, au charbon de bois… Puis les auteurs qu'elle admirait ne se contentaient pas de peaufiner leur langue ou leur style : ils incisaient et creusaient la vie comme elle-même incisait et creusait ses laques. Ils grattaient le silence. Le brillant des apparences. La douleur, parfois. Et cherchaient au-dessous sans toujours avoir conscience de ce qu'ils cherchaient, parce qu'il ne s'agissait pas de dévoiler un secret mais de le trouver. Pour elle, il existait une part de mystère en toute chose et le rôle des artistes n'était pas de lever ce mystère, seulement de lui donner forme. Elle disait que la lumière sans ombre ne l'intéressait pas plus que l'ombre sans lumière. Que l'art pouvait éclairer l'existence mais aussi l'obscurcir et qu'il devait cristalliser en un geste, en une œuvre, toute l'opacité, la complexité et la multiplicité de la vie. Elle disait ne détenir aucune réponse ni vérité, parce que les réponses et les vérités étaient faites pour les mathématiciens et les policiers, pas pour les écrivains ou les peintres, qui avancent à tâtons, dans le noir, sans savoir ce qui en sortira…

J'ai eu du mal à cacher ma surprise face à ce discours dont la fluidité – et la teneur – correspondait si peu à mon père. L'homme qui se tenait devant moi, la voix assurée, les épaules droites et le visage empreint d'une concentration, d'une passion dont je ne l'imaginais pas capable, n'avait pas grand-chose à voir avec le personnage distrait, quasi mutique, qu'il était hors de ces murs… Tandis qu'il me parlait, pour lui plus que pour moi, à ce qu'il me semblait, remontant le fil du temps comme le cours d'un fleuve, j'ai quitté les laques pour sa toile à lui. L'huile inachevée avait un modèle : une grande photo en noir et blanc à bords dentelés, extraite d'un vieil album à la couverture gaufrée qui avait été déposé juste à côté et recouvert d'une bâche plastique, sans doute pour le protéger. J'ai soulevé la bâche, pris l'album et commencé à le feuilleter. Il contenait une trentaine de clichés de la même demoiselle à la silhouette déliée, aux joues d'abricot et aux yeux pensifs, si rêveurs sous sa frange de cheveux sombres. Elle avait été prise sous divers angles, assise sur le bord de l'étang aux carpes ou posant devant la Maison, vêtue d'une tunique traditionnelle ou d'une robe d'été occidentale, la chevelure tantôt sagement nattée, tantôt laissée libre, couvrant son dos comme un rideau de soie. Mon père se tenait à ses côtés sur plusieurs des photos, allègre et serein, riant comme je ne l'avais jamais vu rire.

32.

Le voyage dans le pays du père de Lise prolonge les illusions qu'elle et Louis nourrissent sur leur couple, ne serait-ce que parce qu'il y a tant à voir et à faire qu'ils n'ont pas eu la possibilité de s'interroger sur eux deux. Louis surprend Lise : lui qui a refusé de quitter la piscine de leur hôtel quatre étoiles pour admirer des chefs-d'œuvre de la Renaissance italienne ne semble pas mécontent de sortir de sa zone de confort dans ce nouveau contexte, bien au contraire. Est-ce parce qu'explorer une contrée exotique dans des conditions spartiates le stimule davantage que jouer les esthètes dans un temple de la culture ? Parce que cela correspond davantage à son caractère, à la soif de défis qui affleure en permanence sous ses bonnes manières ? Durant le trajet de douze heures en avion, il raconte ainsi à Lise et Liane que deux ans plus tôt, alors que tous ses amis se sont donné rendez-vous sur l'île Maurice pour les vacances, il a préféré partir sac au dos en Amérique du Sud. Et fait montre à cette occasion d'une autodérision réjouissante, se portraiturant en aventurier du dimanche qui s'en va crapahuter en Amazonie avec des tennis blanches ridiculement neuves au lieu de chaussures de marche…

Liane accueille le récit de Louis avec scepticisme – et ne manquera pas de le signifier à Lise un peu plus tard. Elle le voit très bien mener un raid sur un marché financier, mais descendre l'Amazone, un garçon comme lui, élevé dans la soie ? Et pourquoi pas escalader l'Himalaya, pendant qu'on y est ? Qu'il satisfasse son goût de la compétition à coups de tournois de golf, de tennis et de squash, très bien. Mais improviser un voyage en solitaire à l'autre bout du monde… Elle a des doutes. Lise, elle, le croit. Louis peut être de mauvaise foi, comme elle en a fait l'expérience en Italie, mais ce n'est pas un menteur. La suite semble confirmer ses dires : Louis supporte sans peine les pluies de mousson, les trajets de dix heures en car sur des routes semées de nids-de-poule, les logements bricolés où les ventilateurs au plafond tiennent lieu d'air conditionné, et se montre ravi de passer quinze jours en pleine *terra incognita*, à se balader en pousse-pousse dans les ruelles d'une ancienne cité impériale, voguer sur des eaux hérissées de pains de sucre et de roches déchiquetées, ou patauger dans la boue au petit matin pour accéder à des ruines cham situées au milieu de la jungle, quand il ne se gave pas de poulet au miel dans un boui-boui de la capitale, de brioches fourrées au porc et aux champignons noirs devant un spectacle de marionnettes sur l'eau, ou de fruits de mer grillés face à la mer qui borde la ville natale du père de Lise.

Il se fiche de suer dans des tee-shirts malpropres, de risquer la dysenterie s'il a le malheur de boire au robinet, de se doucher dans des communs ; il est heureux d'être là, heureux du bonheur de Lise et gardera longtemps en tête ses clins d'œil au moment de lui souhaiter bonne nuit – par égard pour ses parents ils font officiellement chambre à part et elle descend le rejoindre quand tout le monde est couché pour remonter discrètement au petit matin –, son rire lorsqu'elle aperçoit un fauteuil en forme de cœur dans une ville des hauts plateaux bâtie par les Français à l'époque coloniale – "Attends, c'est trop kitsch, il faut absolument qu'on nous prenne en photo là-dessus ! Liane, tu as ton appareil ?" –, sa grimace lorsqu'elle se rend compte que la portion d'ananas qu'elle a achetée à une vendeuse ambulante a été assaisonnée de sel et de piment, comme le veut l'usage local, la paix et la confiance qu'exprime son visage lorsqu'elle s'endort contre son épaule dans le car qui les ramène à l'hôtel après une excursion dans les îles qui leur a pris toute la journée.

Louis partage bien plus encore avec Lise : il est là chaque fois que la langue de son père se délie, chaque fois qu'il lève un coin de voile sur le passé, les souvenirs revenant à la surface tandis qu'il sillonne cette terre qui a été la sienne et ne l'est plus. Il ressuscite ses morts, ne serait-ce que parce que les vivants le lui imposent, en usant de ce français que leurs filles comprennent mieux, désormais, que sa langue à lui ("Nous allons dîner chez votre grand-tante qui a aujourd'hui plus de quatre-vingt-dix ans. Quand elle était jeune, elle a quitté sa famille pour s'engager dans la résistance contre les Français. Elle a campé dans la jungle, participé à des opérations de guérilla, et c'est là qu'elle a rencontré son mari, le frère aîné de votre grand-mère, qui malheureusement n'est plus de ce monde. Vous ferez attention à articuler clairement en lui disant bonjour : elle n'entend plus très bien…" "Après la plage on prendra le thé chez un oncle que j'aime beaucoup : son père nous a secourus, votre grand-mère et moi, au moment où nous nous sommes retrouvés sans rien à cause de la réforme agraire, et que votre grand-père paternel avait été tué. C'était un juge très aimé et respecté. Il est malheureusement mort dans un camp de rééducation après la guerre contre les Américains… Non, il n'avait rien fait de mal, mais que voulez-vous ? Il arrive, parfois, qu'on soit non pas condamné parce que coupable, mais coupable parce que condamné.")

Le père de Lise égrène les anecdotes au hasard des rencontres ou des lieux qu'ils traversent : comme ils logent dans l'hôtel appartenant à un cousin, il déroule l'itinéraire de ce dernier, son engagement dans l'armée à dix-sept ans, avec tous ses camarades de lycée, dont aucun n'a survécu, les bombes qu'il a posées en usant du réseau des égouts de la capitale pour circuler à l'abri des regards, l'éclat d'obus qu'il conserve dans son torse et qui pose problème chaque fois qu'il doit passer la sécurité à l'aéroport, la pauvreté dans laquelle il a vécu avec sa femme et ses enfants après la paix, sa décision de transformer en hôtel la maison familiale au moment de l'ouverture des frontières, et sa métamorphose, en une poignée d'années, en un richissime homme d'affaires – au point, ajoute le père de Lise en riant, qu'une bande de malfrats a enlevé son chien et menacé de le vendre à un restaurant s'il ne versait pas une rançon de plusieurs milliers de dollars…

Louis est avec elle, encore, lorsque Lise se rend avec toute sa famille dans la plantation de son grand-père paternel. Tous deux observent les délimitations au sol des différentes pièces de la Maison des Laques et tentent de deviner s'il s'agit bien ici de la chambre des parents, là de la salle de bains, là de la cuisine avec son four de briques, là encore du patio ou du salon, peut-être… Il suit des yeux la trace carbonisée du gigantesque portail qui permettait autrefois d'accéder à la Maison, admire la finesse des motifs gravés sur un pan de mur aux trois quarts détruit, effleure le sable qui emplit l'étang aux carpes koï asséché, ramasse un carreau de pierre bleue provenant de la piscine qui a elle aussi été comblée pour éviter tout accident. Il balaie du regard la plantation pareille à un océan vert, une mer d'arbres, d'herbes et de buissons entremêlés qui cerne les ruines à la manière d'un maelstrom végétal et ne tardera pas à les engloutir si nul n'y veille. Comme en écho à ses pensées, il entend le père de Lise se désoler à propos du jardin aux bambous et des champs de canne à sucre retournés à l'état de friche, des arbres à laque encore incisés en V dont nul ne récolte plus la sève, avant d'évoquer, en s'agenouillant devant un fragment de poutre noircie, la charpente en bois massif de la villa qui a mis plusieurs jours à se consumer. "Les flammes étaient visibles à des dizaines de kilomètres à la ronde, de jour comme de nuit…"

Louis assiste à la cérémonie d'hommage aux morts pendant laquelle le père de Lise, les yeux brillants, allume des bâtons d'encens devant un mausolée d'une blancheur éblouissante et attend avec Lise la fin des prières sous un soleil de plomb qui manque les liquéfier. Il lit la stupéfaction sur les visages de Liane et Lise lorsqu'elles comprennent à cette occasion que leur père a eu une sœur, et que cette sœur est morte dans l'incendie qui a anéanti la Maison des Laques. Il mesure l'étendue du silence entre les parents et les enfants dans cette famille où les non-dits semblent s'étager à la manière de rizières en terrasses. Il se montre à la fois présent et pudique, serrant avec douceur la main de Lise lorsque de retour à l'hôtel elle interroge en vain son père à propos de sa sœur. "Je n'ai pas envie d'en parler", répond simplement ce dernier avant de se détourner.

Louis accompagne Lise durant tous les moments de découverte et de joie, de regret et de secret, dont ce retour au pays est tissé. Il est traité comme un membre de la famille par les parents de Lise comme par la flopée d'oncles, de tantes et de cousins dont les deux sœurs font la connaissance tout le long du voyage. Et il se comporte comme tel. Comment Lise ne serait-elle pas tentée de croire en lui, en eux, en dépit de tout ce qui les sépare ?

Lise

33.

— Elle était belle, non ?

— Très. Qui est-ce ?

Mon père a eu une hésitation.

— Elle s'appelait Lan. Il y a eu une cérémonie pour elle lorsque nous étions à la plantation, tu te souviens ?

J'ai levé les yeux vers lui.

— Attends une seconde… Tu veux parler de ta sœur ? Cette sœur dont tu n'as jamais dit mot jusqu'à ce qu'on se retrouve littéralement devant sa tombe ?

Mon père a eu un soupir. Ce n'était pas exactement sa sœur, m'a-t-il expliqué. Plutôt une amie. Une amie chère. Comme je l'avais soupçonné, ma mère n'avait pas vraiment dit la vérité lors du dîner de présentation de Louis. Si mon père avait aujourd'hui la charge du domaine, il n'en était pas l'héritier, à l'origine. C'était le père de la jeune fille des photos qui avait bâti la plantation. Son père à lui, mon grand-père, en avait été l'intendant. Mon père était né là, un an avant Lan, et tous deux avaient été élevés ensemble : la mère de Lan était morte peu après sa naissance, et ma grand-mère la considérait comme sa fille. Le père de Lan et mon grand-père paternel avaient grandi dans le même village ; ils étaient voisins et leurs pères étaient tous deux des artisans laqueurs qui avaient fait leur apprentissage auprès du même maître. Quand le père de Lan était parti à l'autre bout du pays, qu'il avait commencé d'acquérir des terres, d'édifier sa fortune, et plus tard sa maison, il avait pensé à son camarade d'autrefois. Il lui avait proposé de le rejoindre et de gérer tout ce qui concernait la laque au sein de la propriété, de la culture des arbres jusqu'à la vente des objets laqués… Mon grand-père avait aidé le père de Lan à constituer sa collection ; il avait sillonné tout le pays pour dénicher les pièces les plus rares et les plus belles, avait été son premier conseiller et son homme de confiance.

Lan était un vrai garçon manqué. Pas moyen de lui faire comprendre qu'elle n'avait pas besoin de grimper dans les cocotiers pour décrocher des noix, que ce n'était pas son rôle, qu'il ne manquait pas de serviteurs pour les cueillir et les ouvrir… Pas moyen de lui enseigner les manières d'une demoiselle bien comme il faut ; pas moyen de lui faire faire ce qu'elle n'avait pas envie de faire. Lan avait toujours refusé de se plier aux conventions, et son audace et son indépendance d'esprit avaient grandi avec elle. Son père n'en était pas choqué, qui était lui-même un personnage hors normes : un petit paysan devenu un notable respecté de tous ; un autodidacte qui ne savait ni lire, ni écrire, mais avait dessiné sa demeure, les routes de son domaine et élaboré la construction de tout un bourg dans ses moindres détails ; un visionnaire qui avait fondé cette communauté à mi-chemin de la coopérative et de l'utopie parce qu'il n'avait jamais oublié d'où il venait.

Douée d'une intelligence aiguë, Lan pouvait se montrer très drôle, très malicieuse, mais était sujette à de brusques et déroutants accès de tristesse. Elle était dotée d'une sensibilité singulière, qui inquiétait son père. Il ignorait si c'était une force ou une faiblesse ; l'une et l'autre, sans doute. Elle était discrète, solitaire – du genre à se cacher dans les recoins pour voir sans être vue – et comme dévorée de l'intérieur par une puissance, une énergie, qu'elle ne savait comment employer. Jusqu'au jour où mon grand-père l'avait aperçue en train de contempler un des laques de la collection… Il lui avait expliqué de quelle façon on les fabriquait et comme cela semblait l'intéresser, lui avait proposé de lui montrer – ils disposaient de tout le matériel nécessaire à la plantation. Ç'avait commencé comme ça : une distraction. Un loisir. Personne n'avait jamais pensé que cela deviendrait autre chose. Que Lan se prendrait au jeu et commencerait à y consacrer de plus en plus de temps, étudiant avec méticulosité toutes les techniques et tous les procédés de laquage. Comment on préparait les supports ; comment on colorait la laque, l'étalait, la laissait sécher ; comment on l'incisait ou l'incrustait d'argent, d'or, de nacre, d'ivoire, d'ambre, de lapis-lazuli ; comment on peignait ou sculptait les décors. Elle s'était immergée dans la collection de son père tout en s'appliquant à acquérir tous les savoirs, tous les gestes, tous les tours de main pour aboutir, après un long apprentissage et beaucoup de tentatives infructueuses, à son premier laque. Puis son deuxième. Puis son troisième. Et puis…

Mon père a fait un geste circulaire, embrassant l'atelier qui était moins un atelier, en vérité, qu'un musée dédié à Lan – un musée dont il était l'architecte, le conservateur, le gardien et le seul visiteur. Le soin avec lequel il s'était attaché à mettre en valeur le travail de Lan confinait à la dévotion ; il avait réfléchi non seulement au meilleur accrochage, mais encore à la lumière la mieux appropriée, qui soulignait sans les écraser les détails de chacune des œuvres, avec ces rideaux qui plongeaient la pièce dans une semi-pénombre et ces lampes qu'il avait disposées à des endroits choisis avec la même attention exactement que celle des géomanciens autrefois mandatés par les empereurs pour trouver le lieu parfait où bâtir leur palais – ce palais qui à leur mort deviendrait leur tombeau.

— Nous trouvions tous les œuvres de Lan magnifiques, et son père les a intégrées à sa collection, en leur réservant une pièce spéciale dans la Maison…

— Elles n'ont pas brûlé dans l'incendie ?

— Non.

Mon père a eu une hésitation avant de prendre une voix plus basse, plus sourde. Comme s'il craignait, paradoxalement, d'être entendu. Quand l'incendie s'était déclaré, Lan était avec lui auprès de ma grand-mère. Le pays était alors déchiré par la guerre, mais une trêve avait été négociée et mon père, qui avait entamé ses études à Paris deux ans plus tôt, en avait profité pour rentrer et revoir ses parents, ainsi que Lan. À l'annonce de la catastrophe, son amie avait aussitôt songé à ses laques et s'était précipitée pour les mettre à l'abri. Mon père avait voulu l'en empêcher, la retenir en lui disant que ce n'étaient que des tableaux, qu'elle pourrait en faire d'autres. Mais elle s'était débattue. Elle lui avait échappé et lui avait déclaré que "toute sa vie était dans cette pièce et que s'il l'aimait, il devait l'aider…" Alors mon père l'avait aidée, malgré les protestations et les larmes de ma grand-mère, qui leur affirmait qu'ils étaient tous les deux fous, que c'était bien trop dangereux.

Mon père avait pensé que s'il s'y mettait aussi, ils en auraient plus vite fini. Et que si la situation devenait vraiment risquée, il pourrait toujours forcer Lan à sortir. Ils avaient fait les trois premiers allers-retours sans rencontrer de difficultés majeures, mais il en avait été autrement au quatrième et au cinquième. Il y avait énormément de fumée, de cris, et tous ces gens qui essayaient d'éteindre l'incendie avec l'eau de l'étang ne faisaient que raviver les flammes, empirant la situation. On ne voyait ni n'entendait plus rien, et mon père, les yeux noyés de larmes et se sentant près d'étouffer, avait été forcé de se mettre au sol. Tout était noir dans la maison, la chaleur était insupportable, l'air irrespirable, et il avait cru voir sa dernière heure arriver dans ce qui était devenu une gigantesque fournaise. Il rampait à la recherche de Lan, incapable même de l'appeler tellement il avait avalé de fumée. Il avait comme il pouvait essayé de retrouver l'entrée de la salle aux laques, et c'était là qu'il l'avait découverte. Elle gisait par terre, inanimée. Il l'avait prise dans ses bras pour la sortir de la demeure en feu, mais il était si épuisé, si désorienté, qu'il s'était évanoui à son tour, alors qu'ils étaient peut-être à vingt mètres de leur salut.

Quand il s'était réveillé, il était allongé dehors et sa mère était penchée sur lui. Son visage était noir de suie et son regard… Il se souviendrait toujours de la douleur dans son regard. Comme elle ne les voyait pas sortir, Lan et lui, elle avait fini par s'engouffrer dans la maison, échappant à ses gens qui l'imploraient de rester à l'abri. Elle les avait aperçus sur le sol et avait sauvé mon père en le traînant dehors par les jambes. Elle avait voulu revenir pour Lan, seulement… Seulement le bâtiment s'était écroulé à cet instant précis et ni ma grand-mère, ni personne n'avait plus pu faire quoi que ce soit pour Lan. Elle avait été ensevelie. Le père de Lan était devenu comme fou quand il avait compris – il croyait sa fille en sécurité. Il avait fallu le retenir de se jeter dans les flammes. Toute la maison n'était plus qu'un brasier. Et on n'avait jamais retrouvé aucune trace de Lan. Pas même son squelette. Que des cendres…

Une fois son récit achevé, mon père, comme vidé, s'est assis sur le lit. Je me suis assise à côté de lui. M'étaient soudain revenues en mémoire toutes les fois où ma mère avait prétendu qu'elle n'était pas ma mère, jurant ses grands dieux que ma véritable mère était morte lors d'un bombardement, que son corps avait été enfoui sous les décombres, et que j'avais été recueillie par pitié, contrairement à ma sœur qui était bien, elle, la fille de ma mère…

— Est-ce que… Est-ce que maman savait que tu étais amoureux de Lan ?

Il m'a regardée avec étonnement, comme s'il s'éveillait d'un rêve. Il a semblé très jeune, soudain. Comme s'il était redevenu l'adolescent d'autrefois.

— Ce sont tes propres mots, papa : "Elle a dit que toute sa vie était dans cette pièce et que si je l'aimais, je devais l'aider… Alors je l'ai aidée." Tu étais amoureux d'elle, n'est-ce pas ?

Mon père a détourné les yeux sans rien dire. Comme s'il était coupable, coupable de la mort de Lan autant que de ses sentiments pour elle. Mais comment aurait-il pu la sauver, alors qu'elle voulait tout risquer ? Et comment aurait-il pu ne pas tomber amoureux de la belle jeune femme dont j'avais vu les photos, l'artiste dont il admirait les œuvres, celle qu'il connaissait et qui le connaissait mieux que personne ? Comment le fils de l'intendant aurait-il pu s'empêcher d'aimer l'héritière du domaine où lui et son père n'étaient au fond que des employés, la princesse de la Maison des Laques, cette *magna domus* que le père de Lan pensait transmettre à son enfant et à ses petits-enfants avant que la guerre ne réduise en cendres et son rêve, et sa fille ?

— Papa… Ne t'en veux pas. J'aurais deviné même si tu n'avais rien dit. Il n'est pas normal que tu n'aies jamais prononcé le nom de Lan, alors que tu as pris la peine de rassembler tout ce qui reste d'elle dans cet atelier dont tu es manifestement le seul à connaître l'existence. Tu n'as jamais évoqué Lan mais tu quittes en catimini ton bureau pour venir ici faire des portraits d'elle d'après photos, entouré de ses laques, alors qu'elle est morte il y a quoi, trente ans ? Que peut-on en conclure, selon toi ?

— Je… Je…

Mon père tremblait comme une feuille. Je lui ai pris les mains en lui disant de ne pas s'inquiéter. Je ne raconterais rien à personne. Même pas à Liane, s'il ne le voulait pas. Tout le monde avait le droit d'avoir des secrets ; tout le monde avait le droit d'avoir un passé. J'ignorais si Lan l'aimait elle aussi, s'ils avaient pensé se marier ou si leur relation était demeurée platonique, si elle n'avait jamais été officiellement qu'une "sœur" pour lui, mais cela avait dû être horrible lorsqu'elle était morte. Il avait dû manquer devenir fou, lui aussi. Désespérer de la rejoindre, peut-être. Seulement c'était un homme de devoir, un homme courageux, un bon fils… Alors il avait serré les dents, séché ses larmes, décidé d'achever ses études comme le voulaient ses parents. Cela faisait déjà deux ans qu'il habitait Paris, où il avait rencontré ma mère, qui faisait comme lui des études scientifiques, qui se sentait comme lui seule et étrangère. Ma mère qui était une exilée à sa manière, qui avait comme lui affronté bien des épreuves et des préjugés ; ma mère en qui il se reconnaissait. Y avait-il eu quelque chose entre mon père et Lan avant sa rencontre avec ma mère ? Y avait-il eu quelque chose entre mon père et ma mère avant la disparition de Lan ? Mon père avait-il hésité entre elles deux, écartelé entre les pays, les mondes, les possibles ? L'avait-il avoué à l'une et à l'autre ? Dans tous les cas, l'incendie de la Maison des Laques avait tranché la question, même s'il n'était pas certain que ma mère eût pour autant gagné la partie. Car en mourant, Lan avait cessé d'être une femme pour devenir une idole que mon père révérerait jusqu'à la fin de son existence, condamnant ma mère à n'être qu'un choix par défaut…

Mon père a tressailli, et j'ai poursuivi sur ma lancée.

— Je te dis ça parce que maman t'aime encore tellement aujourd'hui, et qu'elle a l'air de tellement en souffrir… La façon dont elle te parle, dont elle te regarde, dont elle guette la moindre de tes réactions… On a l'impression qu'elle t'aime autant qu'elle t'en veut. Il faut dire que ce doit être terrible d'aimer quelqu'un qui est là sans être là, qui a toujours l'esprit ailleurs, qui ne vous voit jamais vraiment. Parce que tu ne vois pas vraiment maman, papa, de la même façon que tu ne nous vois pas vraiment, Liane et moi. Tu le sais, n'est-ce pas ? Aujourd'hui c'est la première fois que je te sens présent, et c'est pour revenir sur ce passé… Toi et maman n'avez jamais mentionné Lan, je parie. Vous avez, comme d'habitude, enseveli sous une chape une question à laquelle tu n'as pas répondu parce que maman ne te l'a pas posée, alors que cela fait plus de vingt-cinq ans qu'elle soupçonne qu'elle n'est qu'un pis-aller ; que tu aurais préféré épouser Lan plutôt qu'elle, fonder une famille et partager ton existence avec Lan, plutôt qu'avec elle. Peut-être même s'est-elle demandé si tu n'aurais pas préféré qu'elle meure, elle, plutôt que Lan…

Je me suis arrêtée net, sous le choc de mes propres paroles. J'avais été emportée par mon élan. Emportée par le tourbillon d'hypothèses nées de mon irruption dans cet atelier, le refuge de mon père où j'étais entrée par effraction, sans savoir ce qui m'attendait, sans songer que je m'abandonnerais à ma manie de toujours raisonner à haute voix, en oubliant que mon père était là, en face de moi. J'ai levé les yeux vers lui, et le spectacle que j'ai découvert m'a atterrée. Il pleurait. Mon père que je n'avais jamais vu pleurer pleurait. Des larmes silencieuses qui traçaient sur ses joues deux traînées brillantes, parfaitement symétriques, tandis qu'il tâchait de réfréner ses sanglots. J'ai été saisie de remords.

— Papa… Je suis désolée. Je ne voulais pas te faire de peine. Mes mots sont allés au-delà de ma pensée. D'ailleurs j'ai raconté ce qui me venait, je n'étais pas là, je n'étais même pas née, qu'est-ce que je peux bien savoir de tout ça ? Si tu veux, on n'en reparlera plus jamais. Pardonne-moi, d'accord ? Arrête de pleurer, je t'en prie…

34.

"Je vais avoir beaucoup moins de temps, cette année." Cette petite phrase lâchée par Louis alors qu'ils prennent le petit-déjeuner sur la terrasse de ses parents, assis dans l'ombre de la fontaine, sonne comme un avertissement. Elle donne le ton : ces derniers mois avec Lise, leurs vacances, appartiennent au passé. Il s'agissait d'une parenthèse que Louis ne peut se permettre de prolonger : il ne va pas éternellement laisser le pouls de ses sentiments pour Lise et des sentiments de Lise pour lui rythmer son existence. Non que ce soit désagréable, mais il doit à présent se concentrer sur son avenir professionnel. La période s'annonce chargée : il va commencer un stage dans un cabinet de conseil – un des *Big Four*, bien sûr – tout en préparant des dossiers de candidature pour intégrer une *law school* américaine. C'est prévu depuis longtemps et il va tenter Yale, Harvard, Chicago, Columbia et NYU.

Elle ne l'avouera jamais, mais construire une carrière importe beaucoup moins à Lise que sa relation avec Louis. En fait, *rien* n'est aussi important que sa relation avec Louis. Elle voudrait qu'il en soit autrement, mais ce n'est pas le cas. Les roses ont des épines, la mer est bleue, le piment brûle la langue et Lise a besoin de Louis. Besoin de ses mots et de ses mains. De sa voix et de ses bras. De son sexe en elle et de sa peau contre la sienne. De sa présence ; de sa chaleur. Besoin de l'entendre lui souhaiter "Bonne nuit, mon cœur" et de le sentir caresser ses cheveux avec précaution, comme s'il craignait de la briser. De son souffle dans son cou, tard dans la nuit, tandis qu'il la tient tout contre lui. Besoin, même, d'être agacée par son dédain des autres, ses accès de brusquerie, son matérialisme. Besoin qu'il soit différent d'elle, qu'il soit ce jeune homme aux cheveux blonds et aux yeux clairs qui ne se pose pas de questions, ne connaît ni l'embarras, ni le tourment, et reste imperméable à la nostalgie comme aux remords.

C'est un constat, une évidence qu'elle ressent dans sa chair, ses tripes, et qui la terrifie : tels ces rats plus accros au sucre qu'à la cocaïne, elle s'est laissé prendre au piège de son amour pour Louis, Louis dont elle ne peut rien exiger, et surtout pas un quelconque engagement : ce serait se comporter en pauvre innocente – enfin, en sotte innocente, surtout, une sotte et imbécile petite oie à qui on a promis le mariage et qui à présent qu'elle s'est donnée, attend de l'homme qu'il honore sa parole… Louis a donné des signes mais il n'a fait aucune promesse et n'avait pas à en faire : elle est supposée être une femme moderne, indépendante, capable de veiller sur ses intérêts. Une femme intelligente, forte et autonome, comme sa sœur, comme Annabelle, et non la chiffe molle sentimentale qu'elle voit avec dépit dans le miroir.

Tout en regrettant de ne pas s'être exercée, telle la Marquise de Merteuil, à s'enfoncer les dents d'une fourchette sous l'ongle sans perdre le sourire, Lise s'efforce de conserver une expression impassible devant le petit discours de Louis. Elle refuse de lui montrer que l'idée qu'il prévoit de passer trois ans au bas mot à l'étranger, à plusieurs milliers de kilomètres d'elle, la bouleverse. Elle garde pour elle les récriminations inopportunes qui montent à ses lèvres (ce qu'il adviendra d'eux lui est donc égal, pour qu'il ne le mentionne même pas, elle ne compte donc pas pour lui, contrairement à ce qu'il affirmait ?), et dissimule comme elle peut un début de colère. Louis ne lui doit rien, c'est un fait, partir à l'étranger pour ses études n'a rien d'exceptionnel, elle ne peut le lui reprocher. Il est hors de question, par ailleurs, de se placer en position de faiblesse, de lui livrer son cœur sur un plateau d'argent comme elle l'a livré autrefois à sa mère, à l'époque où elle pensait que ceux qui vous aimaient ne vous feraient jamais de mal. “Rien n'a changé, au fond, commente froidement la petite voix. Malgré tes efforts et tes bonnes résolutions, tu es restée cet agneau pleurnichard prêt à être sacrifié sur l'autel de sa propre bêtise : plus de quinze ans se sont écoulés depuis que ta mère a commencé de te prouver qu'aimer n'empêchait nullement de blesser, voire de torturer, quinze ans pendant lesquels elle te l'a redémontré, encore et encore, quinze ans pendant lesquels tu l'as lu, vu et revu, et pourtant tu es retombée dans le panneau. Tu as cru que Louis t'aimait et ne te ferait jamais de mal et tu t'es donnée à lui corps et âme, comme dans ces romans à l'eau de rose que tu méprises et que tu voudrais pourtant vivre, corps et âme, sauf qu'il ne te l'a jamais demandé et n'en a rien à faire…”

Au moins sa mère lui a-t-elle donné l'entraînement nécessaire pour affronter les douleurs imprévues. Alors Lise fait face, s'adapte comme elle s'est adaptée en Italie, et déclare tranquillement qu'elle a elle aussi l'intention, une fois son DEA achevé, de poursuivre ses études en Amérique – c'est fou comme on peut improviser avec naturel quand on est acculé. Elle a en tête, avance-t-elle, un troisième cycle dans la sociologie des médias, le journalisme, peut-être la communication. Elle omet bien sûr de préciser qu'elle s'est inscrite dans ces disciplines au sein de l'École par défaut et non par choix ; qu'elle a passé les concours d'admission pour pouvoir bénéficier du label de l'établissement une fois qu'elle en serait sortie, mais que la vérité c'est qu'elle n'a aucun projet professionnel, contrairement à la machine de guerre qu'est Louis. Ses passions, à la différence de celles de Louis, n'ont aucune valeur sur le marché du travail. Voir des films ou lire des romans est un loisir, non une "compétence utile", elle n'en a que trop conscience...

En somme, Lise sait seulement ce qu'elle ne veut pas. Elle est écartelée entre des ambitions qu'elle n'a aucune chance de réaliser et l'absence d'ambition – car ce n'est pas une ambition que d'espérer trouver un travail convenable qui laisserait du temps pour se plonger dans la littérature, le cinéma et les expositions. Cela revient à attendre piteusement, lamentablement, que les choses arrivent ; à épouser les méandres du hasard en priant pour que celui-ci vous soit favorable. Et Lise ne peut confier à personne ses états d'âme car elle confesserait par là qu'elle n'est pas faite de l'étoffe des Louis, des Annabelle, des Éric et des Gaspard ; qu'elle n'est pas mue par ce qui les meut, l'aspiration à être et obtenir le meilleur, à dominer et à commander, à faire plier sous elle un monde qui tient du champ de bataille permanent, à une époque où le PDG a remplacé le général d'infanterie.

Ne reste donc qu'à porter haut le masque et s'obstiner dans le mensonge, en allongeant son CV par un passage dans une université de l'Ivy League qui mettra ses parents au comble de la félicité. Cette décision est on ne peut plus cohérente, et pour un peu, elle oublierait presque qu'elle ne l'a prise qu'en réaction à l'annonce de Louis, parce qu'elle veut non seulement pouvoir le suivre et contourner l'obstacle généralement fatal de la distance, mais encore leur recréer des points communs, à présent qu'ils sont tous deux sortis de l'École, n'ont plus le même type d'emplois du temps, ne fréquentent plus les mêmes amphis et suivent des cursus qui n'ont rien à voir. Leur histoire a besoin de référents sur lesquels ils peuvent s'appuyer de concert, et si la préparation de candidatures pour le *top five* des universités américaines n'a pas le romantisme d'un dîner aux chandelles en Toscane, elle s'en contentera.

En quête de lettres de recommandation pour ses candidatures, Lise prend son courage à deux mains pour solliciter Henri Lacaze, le rédacteur en chef d'une revue pour laquelle elle écrit des critiques de films – des "notes" comme les appelle ce personnage imposant, dont les dehors misanthropes dissimulent une érudition raffinée, et dont la moindre parole la tétanise. Lise ne pourrait vivre de ces "notes" même si on multipliait par dix le montant de sa rémunération et ce constat, étayé par des stages effectués au sein de deux rédactions, l'a d'ailleurs amenée à renoncer à en faire un métier.

Sa prise de contact n'a pas été glorieuse : Henri Lacaze, lorsqu'il a fait sa connaissance, un an et demi plus tôt, semblait résigné à subir sa conversation comme on subit une attaque de grippe au cœur de l'hiver. Elle était venue le voir, aiguillonnée par sa sœur qui l'avait accompagnée jusqu'au journal en remarquant avec sa franchise habituelle : "Qu'est-ce que tu as à perdre ? Le pire qui puisse t'arriver, c'est qu'on te dise non." Et de pousser d'un geste décidé la porte de l'immeuble qui abritait, sous une verrière, la minuscule rédaction… L'échange avec le rédacteur en chef, dérangé en plein bouclage, avait eu la froideur de la banquise, et Lise s'était dépêchée, après avoir balbutié quelques mots d'excuse, de déposer une chemise contenant son CV et des articles écrits pour un site internet auquel elle participait dans le cadre d'un projet de l'École. Puis elle s'était enfuie, les mains tremblantes, sa sœur sur ses talons.

L'homme l'avait rappelée dès le lendemain. "Mais dites-moi, c'est bien ce que vous faites, avait-il déclaré sur un ton de surprise si sincère qu'elle en était vexante. Finalement on va travailler ensemble, mademoiselle l'étudiante…" Et c'est ainsi que Lise – à qui ce "finalement" n'a pas échappé – a commencé. Henri Lacaze lui a expliqué les usages de la profession et l'a initiée aux règles de ce petit milieu où lui-même est arrivé un peu par accident : les attachés de presse, les projections, les festivals, mais aussi les logiques unissant producteurs, distributeurs, réalisateurs, acteurs et agents. Il lui accorde désormais un bref entretien téléphonique toutes les semaines, pour lequel elle se prépare comme pour un oral d'examen. Elle prend des notes, se repasse les arguments dont elle dispose pour défendre tel ou tel film ou proposer tel sujet, et va jusqu'à répéter son discours pour ne pas perdre ses moyens à l'écoute de la voix singulièrement bourrue de son patron.

Leurs relations se limitent à ces brefs échanges et Lise, encore intimidée après plus d'un an de collaboration, passe rarement à la rédaction. Consciente, toutefois, de l'atout que peut constituer, dans un dossier de candidature pour un cursus de journalisme dans une université américaine, une lettre signée du directeur d'une revue réputée, elle surmonte sa répugnance à demander quoi que ce soit à qui que ce soit, appelle Henri Lacaze, lui explique la situation en bredouillant, et le prie, si cela ne le dérange pas, bien sûr, de rédiger la missive. Il accepte et une fois qu'il s'est exécuté, elle passe à la rédaction récupérer la lettre et lui offrir une boîte de chocolats pour le remercier. Amusé, il sort son agenda et lui propose alors de déjeuner la semaine suivante pour faire un peu mieux connaissance. "Après tout, cela fait plus d'un an que vous écrivez pour nous."

35.

Ma disparition n'a pas réuni mes parents. Mon incursion, il y a bien longtemps, dans l'atelier de mon père, y est peut-être pour quelque chose. En surgissant dans ce lieu consacré à Lan, aux œuvres pour lesquelles elle avait donné sa vie, et à l'éphémère munificence de la Maison des Laques, j'ai fait entrer le présent dans le passé. J'ai permis à mon père de sortir de la léthargie qui l'avait saisi à la mort de la femme qu'il aimait. Il est resté cet homme silencieux et pensif, toujours un peu surpris de se trouver parmi nous. Mais quand je l'ai, involontairement, forcé à mettre au jour ce temps qu'il avait figé en lui, préservé dans cet atelier à la manière d'un papillon pris dans un bloc d'ambre, quand j'ai jeté un pont entre les pays et les époques que mon père s'était attaché à séparer, une étincelle s'est produite, née de cet entrechoc. Elle a ramené mon père à nous.

Si nous ne sommes jamais revenus sur cette conversation, si nous n'avons jamais reparlé de Lan, mon père s'est montré par la suite plus attentionné avec ma mère. Il s'efforçait de l'écouter, d'avoir pour elle des gestes d'affection, de lui proposer des idées de voyages. Sans être tout à elle comme elle l'avait autrefois désiré, il était là ; elle n'était plus seule, et perdit l'habitude de nous prendre à témoin, ma sœur et moi, des manquements de mon père comme de la souffrance que ces manquements engendraient. Son existence en France, qui avait jusque-là défilé devant les yeux de mon père à la manière d'un film, a gagné en poids, en réalité, et sa femme a cessé d'être une silhouette qui se tenait à ses côtés pour se muer en un être de chair et de sang qui méritait qu'on se préoccupât de son sort. Et comme ma mère, lassée de se battre contre des fantômes, avait renoncé à tout savoir et tout posséder de l'homme qu'elle aimait, ils s'accordèrent enfin et connurent ensemble sinon le bonheur, du moins l'apaisement.

J'ignore ce que mes parents se sont dit mais mon père, tout en conservant l'atelier, a ramené plusieurs laques de Lan à la maison, en a accroché un dans le salon, et en a offert à Liane et à moi, à l'occasion d'un anniversaire ou d'un Noël, dans les années qui ont suivi ma découverte de leur existence. Ma mère a eu un sourire mélancolique en écoutant mon père nous révéler, ou révéler à Liane, devrais-je plutôt dire, que ces tableaux avaient été l'œuvre de son amie d'enfance, cette fameuse "sœur" à qui nous avions rendu hommage lorsque nous avions visité la plantation, et qu'ils avaient orné les murs de la Maison des Laques du temps de sa splendeur. J'ignore si la tristesse de ma mère était due au chagrin de ne pas faire partie de cette histoire – de ne pas avoir d'histoire, en réalité, pas d'histoire qu'elle pût ou voulût nous raconter, en tout cas, nul passé auquel elle désirât se rattacher – ou si elle était simplement peinée de constater que Lan continuait d'occuper une place privilégiée dans le cœur de mon père, qui parlait avec une émotion palpable d'une jeune femme disparue trente ans plus tôt. Qui sait, au fond, s'il ne lui arrivait pas de rêver de Lan, elle aussi ? Si elle ne voyait pas en elle un double autant qu'une rivale, si la jalousie qu'elle éprouvait envers cette morte, qui l'avait minée pendant des années, ne s'était pas nuancée, à force, d'une forme de douceur, voire de tendresse, de même que Liane et moi nous étions toujours aimées et jalousées tour à tour et continuerions, jusqu'à la fin, de nous porter une affection ambiguë, à la fois sincère et blessée, incapables comme nous l'étions de laisser derrière nous les guerres que nous nous étions livrées, que nous n'avions jamais cessé de nous livrer, peut-être ?

Ni ma mère ni mon père n'ont en tout cas précisé comment les laques avaient été sauvés de l'incendie, et le prix que Lan avait payé pour leur survie. J'ai respecté la promesse faite à mon père, cette promesse qu'il n'avait même pas exigée, et je le regrette aujourd'hui. Liane fait face à mes parents qui se serrent l'un contre l'autre sur le canapé de cuir aux accoudoirs usés et je regrette de ne pas avoir partagé avec elle ce secret que je ne dois qu'au hasard, de même que je regrette de n'avoir jamais pris mes parents dans mes bras pour les remercier pour tout ce que je leur devais, et leur dire que je leur pardonnais le reste ; qu'ils avaient fait ce qu'ils pouvaient et que nul n'est parfait… Il est trop tard, à présent, et mes parents se rongent les sangs tandis que ma sœur tâche de les rassurer en expliquant que l'enquête est lancée, que la police ne va pas tarder à prendre contact avec eux. Tous deux baissent la tête, envahis par un sentiment d'impuissance : ils se demandent en quoi ils pourraient bien être utiles alors que mon père ne me posait jamais de questions et que je connaissais trop bien ma mère pour me risquer à lui faire des confidences…

Ma sœur reste dîner avec eux puis reprend le RER pour traverser Paris et attendre mon mari à l'aéroport. La nuit est tombée depuis longtemps lorsqu'elle le voit enfin franchir les portes automatiques des arrivées, encore mal remis d'un voyage de douze heures durant lesquelles il n'a pas fermé l'œil. Le voir m'émeut : il semble toujours si jeune, malgré la fatigue… Il a toujours eu l'air d'un éternel adolescent, comme mon père, et s'il n'a pas la beauté de Louis, ses airs de statue et sa bonne éducation, il attire la sympathie comme Louis ne l'a jamais attirée, avec son visage ouvert et ses manières chaleureuses. Autant ma sœur disait se méfier de Louis – malgré leurs conversations à bâtons rompus auxquelles l'un et l'autre semblaient prendre tant de plaisir – autant elle ne tarissait pas d'éloges sur son beau-frère. Ils s'entendaient à merveille, riaient aux mêmes choses, rivalisaient de mauvais jeux de mots et de blagues douteuses chaque fois qu'ils se croisaient. Liane lui trouvait toutes les qualités : séduction, esprit, humour, générosité, sincérité, loyauté.

Nul ne s'était préoccupé de ce que je ressentais comme lui, nul ne me comprenait comme lui me comprenait. Il disposait de l'équilibre, du sens des priorités et des talents pratiques – il cuisinait aussi bien qu'il bricolait – dont j'étais dépourvue. Lorsque je me perdais dans Paris, ce qui m'arrivait régulièrement, je l'appelais plutôt que de consulter une carte, et en fonction de ce que je lui décrivais – je suis au carrefour de telle et telle rue, je cherche à aller là – il me fournissait aussitôt les indications nécessaires pour m'amener à destination. Il retrouvait avec la même infaillibilité tous les objets que je m'obstinais à égarer. Je l'appelais à l'aide d'un air agité et il surgissait aussitôt, pour prononcer la formule d'usage – "Ne t'inquiète pas, ma chérie" – et localiser en deux temps trois mouvements les lunettes, la bague, les bracelets, le smartphone, le livre ou le foulard que j'avais posés à un endroit dont j'étais incapable de me souvenir.

Mon mari veillait sur moi et accueillait avec une indulgence infinie mes crises d'angoisse, mes humeurs cyclothymiques et mon spleen. La vie à ses côtés était simple, raisonnable sans être ennuyeuse. Son métier n'avait rien à voir avec le mien, mais ce que je faisais l'intéressait ; il aimait lire mes articles, voir les films que je lui conseillais de voir et en discuter avec moi, et j'aimais l'écouter délivrer ses avis et ses arguments de même que j'aimais à l'entendre jouer du piano le soir venu, exécutant une invention de Bach avec autant de grâce que de précision, ou une valse de Liszt avec une virtuosité empreinte d'ironie, le romantisme flamboyant qu'il appréciait plus jeune ayant plus ou moins cessé d'emporter ses suffrages. Nous avions les mêmes centres d'intérêt – le cinéma, la littérature, la musique classique, la peinture – mais n'étions jamais en compétition dans aucun domaine. Il était aussi vif et extraverti que j'étais discrète et lunaire, mais ne m'en tenait nullement rigueur : son affection pour moi était, comme celle de ma sœur, indéfectible. C'est bien simple, m'avait dit Liane lorsque je lui avais appris qu'il m'avait demandée en mariage après un mois de relation en arguant, de façon quelque peu acrobatique, que nous nous connaissions si bien que ce mois valait deux ans de vie commune : si tu ne l'épouses pas, je tente ma chance…

Les circonstances qui les réunissent aujourd'hui ne se prêtent guère à l'échange de plaisanteries dont ils sont coutumiers, et ils se contentent de s'enlacer brièvement avant de se diriger vers les taxis à présent que le RER n'est plus en service. "Tu as du nouveau ?" demande avec anxiété mon mari à ma sœur. Liane lui fait signe que non avant de prendre la parole : "Elle ne t'a rien laissé, un SMS sur ton téléphone, un mot qu'elle aurait dissimulé dans ta valise ou je ne sais quoi ? – Rien du tout. Tu as regardé à la maison ? – Oui. Rien à signaler. Pas de trace d'effraction, pas de lettre laissée en évidence, pas d'affaires qui manquent… Tout était absolument normal." Ma sœur lui résume alors ses démarches au commissariat et avec nos parents, avant de l'interroger comme le fera bientôt la police. A-t-il remarqué quoi que ce soit d'étrange, ces temps derniers ? Un changement, même anodin, dans mon attitude ? Des signes d'impatience, de colère, d'insatisfaction, de simple distraction, peut-être ? Ai-je mentionné des problèmes au travail ou ailleurs ? En voulais-je à quelqu'un ou quelqu'un aurait-il pu m'en vouloir de quelque chose ?

Mon mari fait une tentative de sourire qui ressemble fort à une grimace. "Eh bien… Je vais devoir répondre par l'affirmative à presque toutes tes questions. Lise n'était effectivement pas dans son état habituel ces derniers temps. Elle était préoccupée, nerveuse, distraite et m'a envoyé plus d'une fois sur les roses. Mais cela n'avait rien à voir avec le travail, et tout avec nous. Et quand je dis "nous", je ne parle pas seulement d'elle et moi…" Il a eu une hésitation et a levé les yeux pour les planter dans ceux de ma sœur, qui s'est troublée devant ce regard inquisiteur. Il a posé sa main sur la sienne, une main qu'elle a observée quelques instants, sans un mot, avant de la serrer en baissant la tête. "Vous n'en avez pas parlé ?", a-t-il repris avec douceur. "Parlé de quoi ?", a-t-elle demandé tout bas.

La voix de Serge s'est durcie et il a retiré sa main. "Oh, ça va. Pas la peine de faire l'innocente. J'étais au courant." Le visage soudain brûlant et le cœur battant à cent à l'heure, ma sœur n'en a pas moins articulé avec tout le détachement dont elle était capable : "Qu'est-ce que tu veux dire ? Je ne comprends pas de quoi tu parles… – Ne te fatigue pas, je te dis. Je sais que Lise a renoué avec l'autre, là… Louis Vanel. Ce mec qui a toujours l'air de croire que le monde lui appartient et dont je n'ai jamais, mais vraiment jamais compris ce qu'elle pouvait lui trouver. Ce mec qui s'est comporté comme un vrai salaud et qu'elle s'était juré de ne jamais revoir, eh bien elle l'a revu, et plus d'une fois. Elle a essayé de me le cacher, mais elle n'a jamais su mentir… J'ai compris tout de suite que quelque chose clochait. Elle avait toujours l'air ailleurs, absorbée par je ne sais quoi de plus important que moi, que ses films et ses livres, que tout. Et bien sûr, quand j'ai découvert ce qu'il en était, ça ne m'a pas plu. On s'est sacrément disputés avant mon départ pour le Texas. Enfin bref, oui, il y a bien quelqu'un qui pouvait lui en vouloir de quelque chose, et ce quelqu'un, c'est moi."

36.

Lise redoutait le déjeuner en tête-à-tête avec Henri Lacaze dont l'autorité et l'air sombre l'ont toujours impressionnée : elle ne peut se défaire du sentiment d'être une petite fille ignorante face à cet homme qui a de fait trois décennies de plus qu'elle. Il la met par bonheur très vite à l'aise par ses manières sans chichi et l'intérêt qu'il lui témoigne. Ils ont une telle différence d'âge, de culture et même d'éducation, que la benjamine et dernière venue de son équipe de pigistes lui semble appartenir à un autre monde. Tandis qu'on leur sert le porc aux palourdes qu'ils ont tous deux commandé sur son conseil, il l'interroge sur ce qu'elle pense du journal, elle qui est d'une autre génération – des changements se préparent et son avis l'intéresse. Mise en confiance, Lise évoque aussitôt cinq ou six modifications de forme et de fond qu'on pourrait apporter au titre pour rajeunir son image et satisfaire les lecteurs actuels tout en en gagnant de nouveaux, liste les chroniqueurs qu'il serait intéressant de recruter et en profite pour s'adonner à son exercice favori : parler de ses réalisateurs préférés.

Ils échangent ainsi pendant la moitié du déjeuner, puis Lacaze imprime un tour plus personnel à la conversation en demandant à celle qu'il continue de surnommer "mademoiselle l'étudiante" ses projets d'avenir. Lise confie alors à cet inconnu ce qu'elle n'ose avouer à Louis : elle n'a pas d'autre ambition que de dénicher un travail qui subviendrait à ses besoins tout en lui laissant du temps. Vivre pour et par le cinéma serait fabuleux, bien sûr, mais elle sait n'avoir pas les nerfs pour courir après les piges pendant un temps indéfini et évoluer dans l'incertitude en attendant qu'un poste tombe du ciel un jour, peut-être. À la vérité, elle part moins aux États-Unis par nécessité ou conviction que pour ajouter une ligne à son CV, enrichir son horizon, profiter d'une chance que ses parents seront ravis de lui offrir. Elle s'abstient de préciser ses autres motifs : Henri Lacaze n'est pas une copine à qui l'on déroule ses histoires de cœur tout en buvant du coca light...

Deux jours ne se sont pas écoulés qu'elle reçoit un coup de téléphone : "Écoutez, je sais bien que vous voulez partir, mais si vous restez en France, il y a un poste pour vous au journal. J'aimerais vous proposer de devenir mon adjointe. Vous commenceriez d'ici un mois. Réfléchissez-y, et rappelez-moi dans la semaine si cela vous intéresse, voulez-vous ?" Lise, abasourdie, parvient tout juste à lui promettre une réponse rapide avant de le remercier et de raccrocher. Après avoir manqué de faire tomber son portable du bureau de Louis en le reposant, elle recule de quelques pas pour s'asseoir sur le lit et observe longuement le petit appareil à clapet, comme s'il pouvait délivrer un genre de signe ou d'oracle, prendre une décision à sa place, peut-être. Puis elle s'étend et, yeux au plafond, se met à réfléchir comme on le lui a intimé.

Le visage de Louis quand elle lui parle de l'appel et du déjeuner qui a fait office d'entretien d'embauche demeure aussi lisse que l'a été celui de Lise lorsque Louis lui a annoncé son intention d'intégrer une *law school* américaine. "Et qu'est-ce que tu vas faire, du coup ?" Lise note le ton employé par son Louis – le ton de quelqu'un qui s'informe mais ne se sent pas vraiment concerné – et s'entend répliquer : "Eh bien… Je vais accepter, je pense. Tu sais, je partais aussi dans l'espoir de décrocher un diplôme qui permettrait d'obtenir un poste comme celui-ci. Mais puisqu'il se présente dès aujourd'hui…" Elle jette un coup d'œil furtif à Louis, dont la figure, toujours aussi dépourvue d'expression, semble taillée dans du marbre. "Tu arrêtes tes études, alors ?
– Je vais essayer de faire mon DEA en même temps, mais je n'ai plus besoin de traverser l'océan, *a priori*."
Lise fixe franchement Louis, à présent. Elle tente de lire ce qu'il pense dans son regard d'un bleu presque transparent et dans sa voix calme, étale comme une mer. Ni l'un ni l'autre, ne révèlent aucun trouble. Louis prend acte, voilà tout. Il est peut-être un peu surpris, mais nullement blessé. Il va partir aux États-Unis pour deux ou trois ans et Lise va rester à Paris, ce sont des choses qui arrivent, et si elle espérait de lui une autre réaction, elle en sera pour ses frais.

"Que tu le rejoignes ou pas lui importe peu, et tu aurais dû le comprendre dès l'annonce de ses projets de départ, souffle la petite voix. Ce que tu craignais est finalement advenu : Louis t'a aimée, mais à présent votre rapport s'est renversé comme le cylindre d'un sablier et c'est toi qui l'aimes, toi qui as besoin de lui, alors qu'il va s'en aller comme si de rien n'était parce qu'il a d'autres préoccupations. Le roi guerrier a conquis la forteresse, pris du repos et festoyé, il s'est réjoui de pouvoir découvrir les exotiques paysages de son nouveau royaume, mais il en a fait le tour, à présent, et il est temps de remonter sur son cheval pour s'aventurer vers de nouveaux horizons, comme tous les rois guerriers. Louis va te quitter malgré tous tes efforts pour le garder auprès de toi ou rester auprès de lui, et la petite idiote que tu es aurait dû s'en douter… et s'en doutait d'ailleurs."

La petite voix a raison : Lise savait depuis le début que c'était là ce qui l'attendait, puisque l'amour n'est pas une fin en soi pour Louis tandis qu'il l'a toujours été pour elle. Sa mère lui a donné l'intime conviction qu'on ne pouvait l'aimer, elle a creusé en elle un gouffre impossible à combler, un gouffre qui a grandi avec elle, qui est demeuré là, béant, malgré tous les raisonnements, tous les efforts de Lise pour le circonscrire – c'est qu'on ne raisonne pas une souffrance qui vous a tenu lieu de colonne vertébrale toute votre enfance, une souffrance qui a envahi chacune de vos cellules, métastasé dans tout votre corps au point d'être indissociable de votre être, de votre façon de sentir, de réagir, de penser, une souffrance qui vous constitue au point d'être devenue inopérable, une souffrance qui ne peut que faire corps avec l'amour que vous avez eu la stupidité de laisser s'insinuer en vous tel un virus mortel sous prétexte que son objet non seulement affirmait vous aimer comme il n'avait jamais aimé mais vous le montrait et vous le redémontrait comme votre mère ne vous l'avait jamais montré, et encore moins démontré…

Louis veut désormais mettre de côté leur relation un peu comme on rangerait un bijou dans sa boîte, un bijou qu'on a d'abord été très heureux de se voir offrir, qu'on a examiné sous toutes les coutures tant on le trouvait exquis, unique et précieux, un bijou qu'on a promené partout à la manière d'un grigri ou d'un fétiche et qu'on décide de ranger parce qu'on l'a un peu trop porté et qu'on en est lassé. Il n'est pas question de s'en débarrasser et on aurait beaucoup de peine si on l'égarait, simplement on ne ressent plus la nécessité de l'emporter avec soi pour le brandir sous le nez de tout un chacun. Louis tient à Lise, mais pas au point de s'engager à quoi que ce soit, ou de lui demander, à elle, de s'engager à quoi que ce soit. Cela n'a rien d'original ou de choquant, c'est juste comme ça que les choses se passent, parfois, et Lise se le répète tous les soirs, seulement elle ne l'accepte pas, il lui est impossible d'être raisonnable et mesurée comme elle voudrait l'être.

Leur séparation géographique est donc actée, Louis a porté le premier coup de hache à leur relation, et Lise a porté le second par fierté autant que par rancune. Ils pourraient essayer de profiter du temps qu'il leur reste à passer ensemble, mais ils n'ont ni le recul ni la maturité nécessaires. Leurs disputes naissent du moindre incident, de la moindre contrariété, nourries par tout ce qu'ils n'ont pas voulu ou su se dire, et par le stress de Louis qui s'est soumis de lui-même à un impératif de succès social, professionnel et financier, prisonnier volontaire de ce culte dont il a fait une devise et même une religion personnelle. Les angoisses et les doutes de Lise face au changement de manières chez un prince qui se révèle de moins en moins charmant sous la pression, n'aident nullement Louis à prendre sur lui : la fragilité de Lise l'émeut moins, désormais, qu'elle ne l'agace. Les excuses qu'il présente pour ses accès de rudesse et son impatience sont vite remplacées par la mauvaise foi. Louis n'est guère disposé à quémander un quelconque pardon alors qu'il a reçu des réponses négatives de deux des cinq universités qu'il visait – des lettres types qu'il prend d'autant plus mal qu'il n'a jamais connu l'échec. Aux efforts sincères pour dialoguer succèdent l'énervement, la colère, l'exaspération, puis le renoncement doublé du refus de reconnaître aucun tort d'un côté comme de l'autre. Les réconciliations, d'abord légères et amusées, sont bientôt lourdes de promesses que Lise et Louis ne tiennent pas, n'ont plus envie de tenir, nient même avoir tenues. Bientôt, la petite voix n'a même plus à se manifester : Lise et Louis exécutent eux-mêmes son travail de sape, avec un talent et une efficacité qui n'ont rien à lui envier.

Lise

37.

Ma sœur regarde mon mari bien en face et son ton se fait mordant, comme souvent quand on mentionne le nom de Louis :

— Je vois… Eh bien, figure-toi qu'elle m'a dit avoir recroisé Louis une fois, et s'en être tenue là. Je suppose qu'elle connaissait assez mon opinion sur ce type pour ne plus m'embêter avec.

J'ai en effet beaucoup sollicité Liane à l'époque où les choses allaient de mal en pis entre Louis et moi – qui n'ai-je pas sollicité alors, de mes amis à ma sœur en passant par Annabelle ? – et elle garde un souvenir désagréable de cette période où je l'appelais trois fois par semaine pour décrire un nouvel incident, un nouvel affrontement. Sans doute un amour qui n'en finit pas de finir est-il aussi lassant que l'extase toujours renouvelée qui accompagne sa naissance pour ceux qui assistent à l'un ou à l'autre sans en être les acteurs. Louis s'irritait d'un rien, alors, qu'il s'agît de mon sac que j'avais déposé sur la moquette de la chambre alors qu'il avait "ramassé des tas de saletés dehors", ou de ma déception, exagérée à ses yeux, lorsqu'il avait refusé de goûter les spécialités d'un restaurant vietnamien introuvables ailleurs pour commander des nems.

Le livre déposé sur la table de chevet que j'aurais pu faire l'effort de ranger, la couleur de ma robe ou la marque de mes bottes, le temps que j'avais mis pour sortir de la maison de Normandie : Louis prenait prétexte d'absolument n'importe quoi pour exprimer sa mauvaise humeur et déclencher une dispute qui lui servait d'exutoire. NYU avait rejeté son dossier après Yale et Harvard, il n'avait plus d'espoir que pour Columbia et Chicago et les exigences du cabinet de conseil dans lequel il avait fait son entrée trois mois plus tôt lui pesaient d'autant plus qu'il s'interdisait de me confier quoi que ce fût. Les journées étaient longues, il rentrait épuisé, je voyais tout cela mais ne savais rien de plus. Louis n'entrait jamais dans le détail : vénérant la force, il ne pouvait avouer aucune faille.

Puis Liane avait touché juste, un de ces soirs où je l'avais appelée pour me plaindre des difficultés que nous rencontrions : si Louis avait tenté de m'expliquer les subtilités de fonctionnement de la tentaculaire entreprise qui le faisait suer sang et eau sous son costume sur mesure, je l'aurais regardé avec un mélange d'incompréhension – tout cela m'échappait comme les jeux de perspective d'Uccello échappaient à Louis – et de dédain. “Louis sait très bien qu'une part de toi désapprouve la carrière qu'il s'est choisie et regarde de haut les objectifs qu'il s'est fixés… Le regarde de haut, lui, en fait. Il y a mépris de classe et mépris de classe, Lise. Tu peux bien l'admettre, à présent que le vernis s'est un peu écaillé : tu n'as pas pour lui une estime démesurée, je me trompe ? Pour moi, ton problème est là : tu es amoureuse, et amoureuse comme tu ne l'as jamais été, de quelqu'un qui t'impressionne mais que tu ne respectes pas et dont tu ne partages pas la vision du monde. Pire que ça : non seulement tu ne partages pas ses valeurs, mais tu les honnis. Au point que si tu n'aimais pas Louis, tu le détesterais", avait conclu ma sœur, toujours aussi abrupte.

C'était vrai : j'aimais Louis mais je le jugeais, et les tensions entre nous s'accentuant, j'avais cessé de retenir mes coups. Je tournais en dérision ses appétits de grandeur, moquais le manichéisme de ses raisonnements et critiquais avec férocité sa conviction (d'un simplisme infiniment plus reposant, certes, que ma manie de mettre de la nuance partout) que rien d'autre, au fond, ne comptait que l'argent. L'argent qui permettait d'acquérir la puissance, de soumettre à ses caprices tous ceux qui croisaient votre chemin, de faire venir des hommes et des femmes dont les compétences contribueraient à étendre votre empire, de financer des groupes de réflexion et laboratoires d'idées qui infuseraient l'action des politiques afin de justifier chacun de vos actes – chaque entreprise désossée et revendue, chaque délocalisation et son lot d'emplois foutus à la poubelle, chaque montage fiscalo-juridique qui éviterait de rendre un peu de cet argent à qui ou quoi que ce fût, puisque garder pour soi, accumuler et multiplier constituait le principe d'un univers où il n'y avait pas d'autre choix que dominer ou être dominé, accompagner la machine ou s'y trouver broyé.

Oui, quelque chose en moi haïssait cet argent auquel Louis vouait un culte alors qu'il n'en avait jamais eu besoin et nageait dedans depuis l'enfance, cet argent pareil à un dieu monstrueux, obsédant et vorace qui permettait de donner votre nom à des bâtiments d'université, des bibliothèques et des ailes de musée, d'intimer aux plus grands virtuoses d'accourir sur un claquement de doigts pour vous régaler d'un concert s'ils voulaient conserver l'instrument que vous seul aviez les moyens de leur procurer, de collectionner par centaines les tableaux, sculptures, installations, films et vidéos pour lesquels vous commandiez à des stars de l'architecture des bâtiments qui leur serviraient d'écrin tout en constituant en eux-mêmes une œuvre d'art qui surplomberait littéralement toutes celles qu'elle renfermerait en son sein. Tout ça pour prouver que vous étiez plus que votre argent, que vous ne pensiez pas qu'à l'argent, qu'il ne vous avait pas consumé puisque vous vous en sépariez au profit de la Mémoire, du Savoir et du Beau. Alors que vous aviez bien sûr pris soin d'acheter, là encore, les spécialistes qui avaient agité leurs réseaux et sillonné la planète pour vous indiquer quels artistes allaient voir leur cote monter, et que suivant les mêmes éternelles mécaniques de la prophétie qui s'autoréalise et du cercle vicieux de la spéculation – cette bête qui se nourrit d'elle-même jusqu'à exploser – tout cela permettrait une nouvelle fois, à la fin, de produire encore et toujours plus d'argent.

Si je faisais des moues de petite fille gâtée devant cet argent, c'était tout simplement parce qu'il m'avait achetée, moi aussi. J'avais d'abord mis à distance cette pensée qui me poursuivait depuis le début de notre histoire, je l'avais examinée avec toute la lucidité dont j'étais capable, j'en avais joué et plaisanté, aussi, j'avais cru m'en sortir par une pirouette, mais étant, contrairement à Louis, quelqu'un d'obsessionnel, aussi prompt à ressasser qu'à se sentir coupable, j'étais régulièrement hantée par cet argent auquel il m'était difficile d'échapper au quotidien, converti comme il l'était en cette multitude de luxes et de privilèges dans lequel notre couple baignait et dont il s'était imprégné, gonflé comme un cadavre de noyé. Intimement mêlé à mes sentiments pour Louis, à mon attirance indissociable de mon aversion pour cette attirance, puisque je ne pouvais m'empêcher de la soupçonner d'impureté, de malhonnêteté, l'argent de Louis me séduisait et me repoussait avec la même intensité, la même violence ; il faisait partie de nous, de notre relation, il l'avait corrompue au même titre que la souffrance que je portais en moi, qui faisait partie de moi.

Que ce soit du fait de l'argent, de la souffrance, ou des deux, j'en venais à avoir pour Louis autant de bouffées de haine que d'élans d'amour. À force de me disputer et de me réconcilier sans cesse avec lui, je comprenais les auteurs de crimes passionnels, la férocité et l'égarement qui s'emparent de vous, de votre cœur et de votre tête, et vous poussent à l'irréparable, à force d'être secoué dans tous les sens à la manière d'une boule de flipper. La première fois que nous avions rompu, sur mon initiative, j'avais essayé de me montrer digne. J'avais tenu un discours clair et cohérent pour lui signifier que c'était fini. En substance : je l'avais déjà prévenu maintes fois qu'il ne pouvait continuer à me parler comme il le faisait simplement parce qu'il était soumis à un stress aigu, et puisqu'il avait continué, puisque cela empirait, même, c'était soit qu'il ne m'aimait plus, soit qu'il ne pouvait s'en empêcher – or même si je l'aimais, moi, je ne pouvais pas rester là, à endurer sans rien dire ses sautes d'humeur et ses remarques blessantes sur tout ce que je faisais, tout ce que je portais, tout ce que je disais. Dans un cas comme dans l'autre, nous allions dans le mur, donc voilà, c'était fini et j'étais désolée, vraiment, parce que je l'avais aimé et que je l'aimais encore.

Sur ce, je m'étais dirigée vers la chambre d'amis d'un pas décidé, avais sorti une valise de dessous le lit et commencé d'y ranger les vêtements qui se trouvaient dans l'armoire. Louis n'avait rien répondu à mes allégations, il m'avait suivie en silence jusque dans la pièce, m'avait regardée décrocher mes robes et plier mes pantalons puis, alors que j'avais rabattu le couvercle de la valise et m'apprêtais à sortir avec, il m'avait barré la route. "Qu'est-ce qui te prend ? – Je… je ne peux pas te laisser partir. – Tu te crois dans un téléfilm américain ? Laisse-moi passer. – Non. – Non ?! N'importe quoi. C'est quoi ce numéro de macho possessif ?" Je m'apprêtais à poser la main sur la poignée de la porte quand Louis, anticipant mon geste, m'a repoussée de toutes ses forces, m'envoyant valdinguer contre la cheminée, avant de donner un tour à la clef et de la retirer pour la glisser dans la poche de son jean. Son geste m'a abasourdie et j'ai fixé Louis bêtement, sans même protester, tout en massant mon épaule qui s'était violemment heurtée au chambranle. "Je ne peux pas te laisser partir, tu comprends ? Je ne le supporterai pas. Si tu t'en vas maintenant, je vais juste… Laisse-moi un peu de temps, d'accord ? Juste quelques minutes…"

Ses pommettes étaient rouges, sa respiration saccadée, sa voix sifflante. Louis s'est appuyé contre la porte en fermant les yeux, comme si le sol se disloquait sous lui et qu'il risquait de perdre l'équilibre.

Ma colère et ma détermination ont cédé la place à l'inquiétude. Je ne l'avais jamais vu si éprouvé ; on aurait cru qu'il allait exploser sur place. Comme il ne bougeait toujours pas, j'ai fini par me relever et me suis approchée avec précaution. "Louis… Regarde-moi. Ça va ? Il ne faut pas te mettre dans des états pareils…" Il a pris une inspiration, mais sa voix restait tendue. "Je ne sais pas que ce qui m'arrive… Une attaque de panique, un genre de crise d'angoisse. Tu peux attendre un peu ?" Je n'ai rien répondu et nous sommes restés immobiles l'un en face de l'autre tandis qu'il s'efforçait de se calmer. Il a posé sa main sur ma nuque et m'a attirée à lui avec une telle possessivité, une telle rage, que j'ai été saisie de peur. J'ai même envisagé, un instant, de l'assommer avec la lampe pour récupérer la clef et m'enfuir.

Mais Louis s'est contenté de me tenir serrée contre lui, longtemps. Comme on s'accroche à une racine pour ne pas tomber dans le précipice, ai-je pensé. J'entendais le rythme de son cœur redevenir régulier et tandis que je me répétais que ce n'était pas possible, que nous n'avions aucun avenir ensemble, que nous nous ressemblions trop peu pour bâtir quoi que ce fût, mon corps, lui, ne parvenait pas à s'arracher à cette étreinte. Mon corps qui perdait de sa raideur et s'alanguissait peu à peu sous la main de Louis, mon corps me disait comme il me l'avait toujours dit que c'était là ma juste place, dans les bras de Louis, yeux fermés, joue contre joue puis bouche contre bouche, nos corps inséparés et inséparables, habillés et bientôt nus, fondus et confondus, peau contre peau, sexe contre sexe, nos corps enlacés, nos mains, nos ventres et nos langues, lui en moi et moi sur lui, rien d'autre ne comptait, rien d'autre n'avait d'importance.

Oui, cette première fois j'étais restée digne, et Louis aussi, en définitive. Cette rupture-là pouvait encore passer pour une dispute un peu plus spectaculaire que d'habitude et qui allait tout changer, un éclat violent, mais nécessaire, en vue d'un nouveau départ. C'était ce que je m'étais raconté, ce que j'avais espéré. Contre toute évidence. Louis ne m'avait pas demandé pardon, mais il avait reconnu, à demi-mot, qu'il se laissait parfois déborder. Ce n'était pas suffisant, et je le savais très bien, mais je m'étais tue car ce départ n'avait été qu'un coup de bluff consécutif à une réaction d'orgueil, une façon de me dire que j'avais encore la maîtrise des événements, que j'avais la main, comme on dit, alors que ce n'était plus le cas.

Liane n'avait du reste pas manqué de le souligner dès que j'avais achevé, le soir venu, le récit de cette séparation et du corps à corps qui l'avait aussitôt annulée. Elle se le remémore aujourd'hui comme elle se remémore toute mon histoire avec Louis, assise près de mon mari dans le taxi qui doit les déposer chez nous. Elle songe à toutes les visites qu'elle a rendues à Louis sans rien m'en dire, d'abord pour lui intimer de me laisser tranquille, puis pour l'écouter lui ; aux discussions qu'ils ont eues, qui se prolongeaient jusque tard dans la nuit. Au trouble qu'il a fait naître en elle alors même qu'elle affirmait le haïr ; à tout ce qu'elle m'a dissimulé tout en jouant les sœurs loyales et fidèles ; au rôle plus qu'équivoque qu'elle a tenu dans notre drame. Les propos de mon époux l'ont replongée dans ces souvenirs lointains et pourtant si vivants, à croire que tout s'est produit hier et non dix ans plus tôt ; elle est tentée de poser la main sur l'épaule de son interlocuteur mais suspend finalement son geste, de même qu'elle hésite à l'interroger sur ce qu'il sait de ma relation avec Louis. Elle se demande comment aborder le sujet car elle soupçonne que malgré ma confiance en l'homme qui partage aujourd'hui ma vie, je ne lui ai pas tout dit sur Louis et moi. Ce en quoi elle a raison : toutes ces années, j'ai gardé en moi bien des secrets et des peines ; bien des douleurs exigeant, alors comme aujourd'hui, réparation.

38.

Allongée dans sa studette, dos tourné à la fenêtre, Lise s'est enroulée dans sa couette, la main crispée sur son cœur. Cette fois, c'est bel et bien fini. Elle est passée récupérer ses affaires chez Louis quelques heures plus tôt, alors qu'il les détenait depuis presque trois semaines et refusait de les lui rendre. Lise a pris l'initiative ou plutôt y a été de nouveau acculée par sa conviction que Louis s'apprêtait à rompre, qu'il ne se comportait de façon si odieuse que pour cela, et qu'il fallait donc le prendre de vitesse pour au moins sauver la face, étant donné qu'il n'y avait rien d'autre à sauver.

Elle a procédé par SMS, ce dont elle n'est pas fière. Il n'y avait pas moyen de joindre Louis, parti en Normandie en ayant coupé son téléphone, elle n'avait pas eu la patience d'attendre son retour et surtout, elle avait songé, avec raison, qu'elle n'y arriverait pas s'il était en face d'elle. Tout recommencerait comme cela avait toujours recommencé, et pour éviter de relancer le cycle, elle avait choisi le texto et cessé de prendre des gants. Plus de "Je t'aime encore", même si c'était vrai : il ne s'agissait pas d'être sincère, mais de casser pour de bon l'effroyable spirale dans laquelle ils s'étaient enfoncés.

C'était une question de survie pour elle comme pour lui.

Car si l'histoire se répétait, la première fois comme une tragédie, la deuxième fois comme une farce, qu'en était-il de la troisième, de la quatrième, de la cinquième ? Lise et Louis avaient déjà expérimenté à peu près toutes les configurations du couple en fin de vie : ils s'étaient remis ensemble trois secondes, trois heures, trois jours après avoir rompu, avaient balancé entre le soliloque grandiloquent et les coups de téléphone explosifs, le dialogue de sourds et les déclarations éperdues, s'étaient rendus à moitié fous à force de discussions qui ne menaient nulle part à toute heure du jour et de la nuit.

Lise avait brisé une carafe d'eau en la balançant à la figure de Louis, s'était enfuie de la Golf arrêtée à un feu rouge parce qu'elle voyait arriver le moment où elle allait sauter à la gorge de son compagnon, avait refait tant de fois ses bagages qu'elle en avait perdu le compte. Louis en était venu à enfermer régulièrement Lise pour l'empêcher de sortir de chez lui, l'avait ceinturée à maintes reprises et même violemment giflée dans le feu d'une dispute dont l'intégralité des tasses de porcelaine des Vanel avait fait les frais ; Lise en était ressortie avec une rage renouvelée et un bleu sur la pommette qui avait mis des semaines à disparaître. D'évidence le temps de la discussion était passé et la séparation à l'amiable hors de leur portée.

Lise avait donc pesé chacun de ses mots en veillant à ce qu'ils fussent aussi affûtés qu'une lame. Elle savait qu'elle toucherait juste et que la blessure d'orgueil étant celle qui était le plus intolérable à Louis, il ne pourrait lui pardonner. Et de fait, le coup avait été tel qu'il n'avait d'abord rien répondu. Ce n'était qu'après plusieurs jours qu'elle avait reçu un *"OK"* qui entérinait la séparation, sans qu'elle sût si la brièveté de cette réponse signifiait qu'il lui en voulait à mort, ou qu'il n'avait juste plus la force de se battre pour elle, contre elle, ou les deux à la fois. Jusqu'au bout, avait-elle songé avec lassitude, jusqu'au bout je me serai interrogée sur ce qu'il voulait dire ; dans l'amour naissant comme dans l'amour s'achevant, j'aurai examiné chacune de ses paroles et chacun de ses gestes à la manière d'un sémiologue névrotique…

Mettre fin à leur relation par SMS valait mieux, après tout, que de frapper Louis à coups de couteau pour que tout s'arrête. Elle en avait eu le fantasme ; elle avait imaginé le couteau s'enfonçant dans la chair jusqu'à la garde et ripant contre une côte, le sang jaillissant de la poitrine de Louis pour inonder sa chemise, éclabousser les murs de l'hôtel particulier et goutter sur la moquette vert pâle. Elle avait imaginé la scène yeux fermés et poing serré : elle voulait lui faire mal comme il lui faisait mal, lui faire mal et le faire taire, aussi, le réduire au silence comme il l'avait réduite à pousser un soir, réfugiée dans sa studette, un long hurlement au téléphone faute de pouvoir exprimer autrement la douleur qu'il lui infligeait, une douleur comme elle n'en avait jamais connue, à croire qu'elle avait été brûlée vive de l'intérieur, d'un feu que des nuits entières de larmes ne feraient que raviver indéfiniment. À la fin, elle n'avait pu que crier, incapable de réfléchir ou d'articuler le moindre mot, repliée sur le combiné comme une pauvre folle – une hystérique, aurait dit la mère de Louis, qui ne pouvait, depuis son cocon matelassé de certitudes et de bonne conscience, concevoir que l'amour et puis sa perte, l'envol radieux suivi de la chute libre, puissent vous fracasser.

Quelques jours après le *"OK"* de Louis, Lise avait sonné en bas de l'hôtel particulier. Elle l'avait prévenu, toujours par SMS, qu'elle allait passer ce jour-là afin de le débarrasser de tout ce qu'elle avait entreposé chez lui. Louis était bien présent, mais il l'avait rembarrée en arguant qu'il n'était pas prêt et qu'ils s'en occuperaient quand il l'aurait décidé. Elle avait tenté de protester. "Mais enfin, c'est absurde ! Tu veux faire quoi, conserver la moitié de mes vêtements et de mes chaussures en souvenir ? En otage ? Pour fabriquer des poupées vaudoues ? Qu'est-ce que ça change, pour toi, de me laisser entrer ? En plus tu n'auras même pas besoin de t'occuper de quoi que ce soit : j'ai apporté ce qu'il faut pour tout empaqueter et ensuite j'appellerai un taxi, tu n'auras pas à lever le petit doigt. Tu peux même te barrer au café si tu préfères. Je te demande juste d'ouvrir la porte !" Mais il était resté inflexible – "Je ne peux pas, c'est tout. Tu n'auras qu'à revenir plus tard, quand je te le dirai." Puis il avait tout bonnement cessé de répondre à l'interphone ainsi qu'à son portable, laissant Lise stupéfaite, et bientôt furieuse. Elle avait tenté de le rappeler, était revenue à l'improviste, et avait même demandé à Annabelle de servir d'intermédiaire – en vain, car cette dernière s'était évidemment dérobée, peu désireuse de se retrouver prise entre deux feux. Acculée, Lise envisageait de provoquer un scandale sous les fenêtres de Louis quand il l'avait finalement jointe pour convenir d'un rendez-vous.

Il l'a accueillie ce dimanche matin avec des financiers à la pistache – "J'ai pensé que ça te ferait plaisir" – et Lise s'est demandé si sa mère n'allait pas aussi surgir avec une théière de sencha. Elle avait du mal à y croire : Louis se comportait comme s'ils allaient bruncher et puis sortir faire du shopping ou une promenade au Luxembourg. Elle a adopté une voix et une posture glaciales. Ce n'était pas un moment agréable pour elle et elle n'avait aucune envie de prétendre le contraire. "C'est gentil, mais je n'ai pas faim. Ça te dérange, si on s'y met maintenant ?" Louis l'a mal pris, évidemment ; il a répété son affirmation de gamin despotique – "On s'y mettra quand je l'aurai décidé !" – et ils n'avaient pas encore replongé dans l'une de leurs exténuantes querelles où ils n'étaient plus bons qu'à cracher à la figure de l'autre la hargne et la peine dont ils étaient emplis, qu'il est parti s'enfermer, *lui*, dans la chambre d'amis, l'air si sombre que Lise n'a plus osé rien dire et s'est assise à la table désertée en commençant de compter les minutes. Louis est ressorti une demi-heure après. Il avait lui-même rangé toutes ses affaires ; il les a descendues dans la Golf et a raccompagné Lise sans desserrer les lèvres.

C'est bel et bien fini, se dit Lise, visage tourné contre le mur, dos au soleil, avec l'impression qu'un camion lui a roulé dessus. Elle ignore que malgré tous ses efforts, leur relation va se poursuivre. Bien que de façon plus espacée, ils vont continuer à s'appeler, à dîner ensemble, à sortir ensemble, à passer la nuit ensemble pendant encore trois mois. S'être officiellement séparés ne changera pas tant de choses que cela dans les faits : Louis lui fera même envoyer des fleurs – ce qu'il n'avait jamais fait quand ils étaient en couple, comme le petit mot joint au bouquet le rappelle d'ailleurs ("Enfin… Il était temps, *sweetheart*"). Il lui offrira aussi un bracelet ainsi qu'un parfum qu'Annabelle l'a aidé à choisir, comme cette dernière l'avouera un soir à Lise entre deux bouffées de Vogue mentholée… Des présents à la fois intimes et superficiels, à l'image de ce qu'est devenue leur relation – amoureuse en apparence, mais vidée de sa substance. Ils n'en danseront pas moins leur pas de deux jusqu'à son départ pour New York – Columbia ayant finalement accepté son dossier – parce que c'est lui et parce que c'est elle, parce qu'ils ne peuvent pas faire autrement et que seuls un océan et des milliers de kilomètres peuvent vaincre leur attirance l'un pour l'autre, la soif et la faim que leurs corps continuent d'éprouver l'un à l'égard de l'autre, cette aimantation physique qui persiste entre eux, plus puissante que le plus puissant des opiacés alors que le cœur n'y est plus et que ne demeure entre eux que le fantôme de leur affection, une forme parfaitement creuse, pareille à un coquillage mort.

Ils resteront désaccordés jusqu'au bout. Le soir de leur dîner d'adieu, Lise n'attend qu'une chose, qu'ils passent ensemble cette dernière nuit puisqu'il ne leur reste rien d'autre, puisque dans quelques heures Louis prendra l'avion pour un autre continent où, étant ce qu'ils sont l'un et l'autre, il l'oubliera pour se consacrer à ses études, sa carrière, ses nouvelles rencontres, tandis qu'elle continuera de penser à lui, de ressasser leur histoire, de s'interroger sur ce qui n'a pas fonctionné – "de se vautrer dans le souvenir comme un porcelet dans la fange", ajoute gracieusement la petite voix. Lise attend que Louis, le repas achevé, se penche sur elle et l'embrasse, et l'emmène chez lui, comme il l'a fait toutes les fois précédentes depuis qu'ils ne sont plus ensemble, mais il ne le fait pas. Il passe le dîner à lui donner des conseils sur la façon dont elle doit se comporter et conduire sa vie, si elle veut réussir. Conseils qu'elle juge aussi stupides qu'elle le juge, lui, prétentieux – pour qui se prend-il ? Comment peut-il se penser à même de délivrer des leçons à qui que ce soit et à elle en particulier ? Elle accueille ses perles de sagesse avec une ironie non déguisée et ne songe pas une seconde que c'est sa manière à lui de lui signifier qu'il tient à elle. Que ne pas la coucher dans son lit, mais choisir de la voir pour discuter en tête-à-tête la veille de son départ est peut-être une déclaration plus probante que toutes celles qu'il a pu lui faire jusque-là.

Il n'est jamais venu à l'esprit de Lise que Louis pouvait admirer en elle ce qu'il prétendait dédaigner, et craindre de la perdre de la même façon qu'elle craignait, elle, de le perdre. Il ne lui est jamais venu à l'esprit qu'il avait tenté de la broyer et qu'il pouvait la traiter si mal, parfois, parce qu'il se disait secrètement, très secrètement, qu'elle avait raison, que l'élitisme, la compétition forcenée et la course au profit qu'il avait érigés en maximes ne rendaient pas heureux, seulement dur, dur et sec, et que tout ce qu'il professait désirer avec tant de cynisme et d'acharnement ne pesait guère, en réalité, en regard de tout ce que Lise lui avait apporté. Elle ne l'a pas envisagé parce qu'elle n'avait aucune confiance dans sa capacité non tant à susciter l'amour qu'à le faire durer, à l'enraciner et le fortifier une fois passé le temps de l'éblouissement. Et Louis ne le lui a jamais avoué parce qu'il n'en était nullement conscient.

Lise

39.

Arrivés chez nous, Liane et mon mari se sont installés dans le salon pour attendre la police qui doit arriver sous peu. Elle l'interroge, bien que prononcer le seul nom de Louis lui fasse mal ; il lui répond d'une voix sourde. Lise et Louis, explique-t-il, se sont revus il y a deux mois, par hasard, devant une toile de Pierre Soulages auquel le centre Pompidou consacrait une rétrospective à l'occasion de ses quatre-vingt-dix ans. Liane hausse les sourcils.

— À Pompidou, tu es sûr ? Je ne vois pas trop Louis arpenter les allées d'un musée. À moins qu'il s'agisse d'un musée à sa gloire, ou d'un établissement dont les Vanel auraient financé la restauration…

— Louis Vanel aurait beaucoup changé, c'est en tout cas c'est que m'a affirmé Lise : il était là parce qu'il aimait Soulages, figure-toi…

Liane affiche une petite moue ironique.

— Remarque, c'est l'un des peintres vivants les plus cotés au monde ; ce n'est donc pas si étonnant. Ce qui l'est, en revanche, c'est que Louis n'ait pas profité d'une visite VIP mais qu'il ait fait la queue et passé la sécurité comme M. et Mme Tout-le-Monde. Enfin. Tu n'étais pas avec Lise ?

— Non, je n'étais pas très disponible ces derniers mois : j'ai eu beaucoup de déplacements en France et ailleurs, avec le lancement de ce nouveau logiciel…

— Lise a dû avoir un choc, en apercevant Louis.

— Oui, mais elle a fait comme si de rien n'était. Ils ne s'étaient pas vus depuis quoi, huit ans ? De l'eau avait coulé sous les ponts, ils se sont salués, ont fait l'expo ensemble, ont pris un café et comme la conversation n'était pas désagréable, ont échangé leurs numéros de téléphone.

— Et… ?

— Et ils se sont revus plusieurs fois, pour un déjeuner ou des expos entre midi et deux.

— Tu n'as pas protesté ?

— D'abord, si j'avais "protesté", comme tu dis, elle m'aurait rembarré : je n'avais pas à la fliquer et elle était assez grande pour savoir ce qu'elle faisait. Tu me vois lui balancer : "Ne va pas au Louvre avec ton ex, je te l'interdis ?"

— Donc tu n'as pas protesté.

— Je n'ai pas "protesté" parce que j'ignorais qu'elle avait recroisé Louis et qu'ils se fréquentaient à nouveau ; elle ne m'a rien dit. Mais je voyais bien qu'elle n'était pas dans son état normal…

Mon mari baisse la tête.

— … alors j'ai fouillé dans son portable, et j'ai trouvé les SMS qu'elle échangeait avec lui.

Ma sœur ouvre de grands yeux.

— Je sais, ça n'a rien de glorieux. C'est d'ailleurs l'origine de notre dispute : elle me l'a reproché avec une certaine… virulence. Et moi, je lui ai reproché non pas de revoir Louis mais de me l'avoir caché. Bon, je n'aurais pas dû, c'est sûr, mais j'étais inquiet :

elle était vraiment à côté de la plaque, et avec tous les problèmes au boulot maintenant qu'Henri Lacaze a été viré et qu'elle a hérité d'un nouveau chef aussi hystérique qu'incompétent… C'était à ça que je pensais, tu comprends ? Et comme Lise est du genre à serrer les dents et tout garder pour elle…

— Oui, c'est une tradition familiale…

Liane a un sourire doux-amer et se lève pour faire quelques pas dans la pièce. Elle se poste face au mur et fait mine de se perdre dans la contemplation d'un des laques peints par Lan que mon père m'a offerts.

— Excuse-moi de te demander ça, mais… Est-ce que tu as trouvé quoi que ce soit dans ces textos qui indique que Lise et Louis étaient redevenus amants ?

Mon époux soupire. Il ferme les yeux en se massant les tempes, puis les rouvre. J'aimerais pouvoir passer ma main sur sa nuque, comme j'avais l'habitude de le faire, le soir, lorsqu'il travaillait sur son ordinateur. Je passais ma main et puis déposais un baiser sur ses cheveux. Parfois, aussi, je me penchais sur lui et l'entourais de mes bras comme pour absorber sa fatigue.

— Tu as vu *La Femme d'à côté* ?

Ma sœur se retourne, surprise par cette réponse, ou plutôt cette question incongrue.

— Euh… Le film de Truffaut ? Oui, pourquoi ?

— Il m'a toujours fait penser à nous.

Liane ne voit pas bien le rapport, à dire vrai. Le couple que nous formions n'a pas grand-chose à voir avec celui de Mathilde et Bernard, les amants malheureux incarnés par Fanny Ardant et Gérard Depardieu, finalement unis dans la mort après avoir été désunis dans la passion, eux qui se sont connus dix ans auparavant, ont entretenu une liaison brûlante et destructrice et, par fatalité plutôt que par hasard, en sont venus à habiter deux maisons voisines au sein d'un village près de Grenoble alors qu'ils ont l'un et l'autre refait leur vie avec le conjoint idéal : Arlette, une blonde gentille et jolie qui a donné un petit garçon blond tout aussi gentil et joli à Bernard, et Philippe, un brun flegmatique qui a su attendre et donner confiance à Mathilde, en qui il a vu, comme il le dit lui-même, sa "dernière chance de bonheur".

— On cite toujours les mêmes scènes, quand on évoque ce film, tu as remarqué ? Lesquelles te restent en mémoire, à toi ?

Liane croit soudain comprendre ce que mon mari a en tête mais ne laisse rien paraître. Mieux vaut le laisser venir plutôt que de devancer ses intentions – ce sera tout aussi simple.

— Eh bien… Je me souviens de celle du parking, au début du film, lorsqu'ils se croisent par hasard au supermarché.

L'une des plus connues… Celle où tout en poussant son caddie, Mathilde aborde Bernard et lui tient des propos des plus raisonnables. Ils se sont déchirés, admet-elle : elle lui en a fait baver et il lui en a fait baver – il s'en allait, revenait, un coup l'idolâtrait, un coup ne la supportait plus, à ce régime elle a cru mourir et c'est pour cela qu'elle a disparu. À présent ils sont là, ils s'en sont tirés tous les deux, sont tous les deux mariés et désormais voisins. Pourquoi ne pas se comporter en grandes personnes et devenir amis ? Et Bernard, d'abord sur la défensive, se rend à ses arguments en admettant qu'au fond il lui en veut autant du mal qu'elle lui a fait que du mal qu'il lui a fait, ce qui est idiot. Leurs différends semblent donc se régler entre gens civilisés quand Mathilde formule une demande, une exigence, plutôt, après avoir rangé ses courses dans sa voiture : que Bernard dise son prénom. Autrefois, explique-t-elle, elle pouvait toujours deviner à l'avance quand il lui devenait hostile parce qu'il pouvait passer une journée entière sans l'appeler par son prénom… Bernard obéit. Dos à la caméra qui ne laisse voir que le visage de son interlocutrice, ce beau visage torturé, il s'avance et prononce "Mathilde" avec douceur ; une douceur hypnotique et trompeuse, posée comme un couvercle de verre sur la violence qui bouillonne au fond de lui et ne demande qu'à refaire surface. Il souffle "Mathilde" comme on souffle sur les braises et pose sa main sur sa joue, sur ses lèvres. Tous deux s'étreignent et leur baiser fait perdre connaissance à la jeune femme, soudain évanouie, étendue de tout son long sur le parking, comme morte. Avant qu'elle ne se réveille, remonte dans sa voiture et s'enfuie…

— Il y a la scène de la garden-party, aussi…

Mathilde et Bernard reprennent leur liaison. Bernard propose de tout "foutre en l'air" pour partir ensemble, elle refuse. Il devient jaloux. Le jour où, lors d'une garden-party, le mari de Mathilde annonce qu'ils vont partir en voyage de noces – ils n'ont pas pu le faire jusque-là – Bernard explose, fou de rage à la vue de Mathilde à demi nue dans le jardin après que sa robe s'est accrochée à sa chaise alors qu'elle se levait. Elle rentre se changer sans se douter que Bernard l'attend, qu'il va l'accuser, la frapper, la poursuivre pour la jeter à terre devant les invités effarés, sans souci des convenances feutrées qui gouvernent la notabilité provinciale, sans souci de rien à présent que la violence si longtemps contenue jaillit enfin et laisse Mathilde évanouie, à nouveau, Mathilde étendue dans le jardin et qui cette fois ne se réveillera jamais tout à fait, puisqu'elle plonge dans la dépression tandis que Bernard se reprend, lui, comme remis d'aplomb par son accès de fureur…

— Et puis la fin, bien sûr.

Un temps hospitalisée, Mathilde est sortie et Philippe la trouve "tout à fait bien, maintenant". Ils ont déménagé pour un appartement en centre-ville. Leur ancienne maison est à nouveau à louer. Une nuit, un volet que le vent fait battre contre le mur tire Bernard du sommeil. Il se lève, quitte le lit conjugal pour sortir de chez lui et promener une lampe torche dans la demeure voisine où il découvre Mathilde. "Il fallait que je te parle", déclare-t-elle, enveloppée dans un imperméable beige – un imperméable de film noir qui moule sa silhouette. Sans un mot, Bernard pose sa main sur sa bouche et puis l'embrasse. Ils s'étreignent, se couchent sur le sol nu et font l'amour. Tandis qu'il jouit, elle tend la main vers son sac, en sort un revolver, lui tire une balle dans la tête, puis retourne l'arme contre elle.

— Trois scènes avec Mathilde et Bernard… C'est drôle, personne ne s'intéresse jamais à leurs époux. Ça ne te frappe pas ? Ils sont toujours à leurs côtés, et pourtant personne ne prête attention à eux. Ils souffrent en silence, comprennent et pardonnent, se comportent avec loyauté, bienveillance et noblesse, et personne ne se souvient jamais d'eux. Le premier rôle est toujours réservé à ceux qui trompent et trahissent, ceux qui tuent et se tuent… Comme si tenter de bâtir une existence heureuse et paisible était plus facile ou moins glorieux que tout "foutre en l'air"… Mais à quoi bon vivre une passion, si c'est pour tout détruire autour de soi et se détruire soi au passage, tu peux me le dire ? Pourquoi ne pas se contenter d'aimer et d'être aimé par ceux qui ont promis de vous aimer, qui désirent vous aimer, qui savent vous aimer ? Pourquoi refuser ce qui peut vous sauver, et qui vous est offert, pour sombrer dans l'abîme et y entraîner tous ceux qui tiennent à vous ?

Liane ne répond pas. Elle regarde mon mari, qui s'est levé à son tour pour aller et venir avec agitation dans le salon, le visage assombri, en proie à la même souffrance, la même fureur que je lui ai vues lors de notre dispute à propos de Louis, qui a révélé chez lui une rage que je ne soupçonnais pas. Il a expédié mon sac à main contre le mur de notre chambre, ce soir-là, puis s'est avancé vers moi d'un air si résolu, si menaçant, que j'ai bien cru que j'allais suivre le même chemin. J'ai pris peur, comme devant Louis quelques années plus tôt, et cherchant des yeux l'issue la plus proche, je me suis réfugiée dans la salle de bains dont j'ai fermé la porte à clef, tandis qu'il hurlait que je finirais bien par en sortir… Pourquoi me suis-je tue, alors, au lieu de lui avouer la vérité ? Pourquoi ne lui ai-je pas dit que j'étais désolée, que je ne voulais pas, que je n'avais jamais voulu le blesser ? Pourquoi ne l'ai-je pas pris dans mes bras, serré contre moi comme le fait à présent Liane, tandis qu'il sanglote sur son épaule, accablé par le désespoir et la fatigue ? Paupières closes, ma sœur l'étreint et lui caresse les cheveux comme si c'était un enfant. "Ça va aller, Serge… Ça va aller, ne t'inquiète pas… Je suis là", murmure-t-elle à son oreille tout en songeant que mon mari n'a pas mentionné la scène qu'elle s'attendait à l'entendre évoquer. Peut-être qu'il ne sait pas, en définitive, et qu'elle s'est trompée.

40.

Durant un mois, Lise se pense simplement très abattue du fait du départ de Louis comme du rythme soutenu au travail, qui l'essore d'autant plus qu'elle tente d'y noyer sa peine. Elle a eu la chance de décrocher ce poste mais cette chance se paie. Henri Lacaze mis à part, elle n'a pas de relations, encore moins de famille pour la protéger, alors qu'elle n'est pas du sérail, qu'elle est très jeune, qu'elle est une femme dans un milieu d'hommes et la fille d'un immigré par-dessus le marché. Bien faire son métier ne suffit pas quand on vient à ce point d'ailleurs et la plupart de ceux avec qui Lise est amenée à travailler la jaugent et la jugent. Elle qui pensait avoir le droit d'être là est vite remise à sa place, et sans aménité. Dès sa première réunion de travail, un collègue la toise et déclare sans souci d'être entendu par elle : "Henri a très bon goût… Le mystère des beautés exotiques !" Tandis qu'à la deuxième conférence de rédaction, un pigiste lui demandera benoîtement depuis combien de temps "elle et Henri" vivent ensemble…

Il est épuisant de laisser glisser sur soi les remarques fielleuses ; épuisant de devoir en permanence se plier à la comédie sociale ; épuisant de constater que son brillant parcours, ses diplômes, son professionnalisme et les week-ends entiers passés à travailler, sans compter le sérieux d'Henri Lacaze, qui n'est pas vraiment du genre à courir le guilledou, comptent pour rien. Quoi qu'elle fasse et quoi qu'elle prouve, les mauvaises langues continueront de se répandre, c'est ainsi. – Tu n'as qu'à te dire que c'est bien la preuve que ces rumeurs sont fausses, au fond, avance Liane. Car si vraiment tu entretenais une liaison avec un homme puissant, les gens cancaneraient avec plus de prudence, non ? – Oui, mais justement, Henri n'est pas un homme "puissant". Alors qu'il venait de perdre son travail, il a écrit un bouquin qui a eu un succès inattendu, l'éditeur lui a présenté le propriétaire du journal qui cherchait quelqu'un et il a eu le job dans la foulée. Ce n'est qu'en venant de nulle part qu'on peut engager quelqu'un qui vient de nulle part…

Lise regrette que son histoire et son tempérament, son manque d'assurance, sa peur de ne pas être à la hauteur, la poussent à sourire à tout le monde à s'en ankyloser la mâchoire, au lieu de se montrer plus dure, plus sèche, plus "masculine" ; on la respecterait davantage. Si elle était un homme, de fait, personne ne s'interrogerait sur les motifs de son embauche : il ne s'agirait que du traditionnel adoubement d'un garçon talentueux par un homme plus expérimenté. Être une héritière aurait eu plus d'avantages encore : la perpétuation dynastique légitimerait en soi sa position et personne n'oserait l'ennuyer par peur des représailles.

Trop de chagrin et de soucis, conclut-elle un soir en rentrant chez elle, alors qu'elle travaille depuis bientôt six mois et que Louis est parti trois semaines plus tôt. Elle ne l'a pas appelé et il ne l'a pas appelée, peut-être parce que le téléphone entre eux a été le support de trop de disputes et de scènes, plus probablement parce qu'ils veulent tous deux tourner la page, comme ils en sont convenus à demi-mot après leur ultime dîner, si décevant. Une page de cent grammes pour Louis et de cent kilos pour moi, songe-t-elle tout en poussant la porte de son appartement. Lise a hâte de s'écrouler sur le canapé, comme souvent quand elle ne sort pas pour représenter le journal lors de mondanités quelconques. Le programme est toujours le même : elle s'enferme dans ses quarante mètres carrés comme dans un bunker et s'adonne à des orgies de séries américaines jusqu'à minuit passé pour juguler sa solitude. Son nouvel appartement fait le triple de sa studette, un luxe pour elle, une misère pour Louis – car tout continue de se rapporter à Louis même s'il n'est plus là, même s'ils ne se parlent pas, même s'il l'a sûrement oubliée, déjà.

"Ce n'est probablement rien, affirme-t-elle au médecin qu'elle va voir la semaine suivante. Sans doute le stress… Je dors très mal, j'ai parfois des vertiges et j'ai tout le temps l'impression d'avoir le cœur au bord des lèvres." Son interlocuteur lui pose quelques questions supplémentaires, l'ausculte et une fois qu'elle s'est rhabillée, lui demande s'il y a une chance pour qu'elle soit enceinte. Lise sursaute comme s'il lui avait planté une seringue dans le bras. "Aucune." Le médecin hoche la tête. C'est certainement le stress, en ce cas. Lise acquiesce et repart avec une prescription de vitamines et de magnésium. Elle a menti, bien sûr : elle n'a pas pris sa pilule à deux reprises, lors des nuits impromptues avec Louis après leur rupture et ne sait plus quand elle a eu ses règles pour la dernière fois – elle ne s'en est pas préoccupée parce qu'elle a toujours été irrégulière et qu'il lui arrive souvent de sauter un mois ici ou là. Elle a menti parce qu'elle refusait d'y croire et sans Liane qui lui fait un sermon en bonne et due forme quand elle en discute avec elle au téléphone, n'aurait même pas acheté de test de grossesse.

Debout dans sa salle de bains, elle voit apparaître une croix bleue sur la fenêtre du bâtonnet au bout de quelques secondes à peine ; elle est bel et bien enceinte, et cela ne date pas d'hier. Elle s'assied sur le rebord de la baignoire, assommée, et reste quelques minutes sans réaction avant de rappeler sa sœur comme convenu. "Ce n'est pas possible, répète-t-elle plusieurs fois. Ce n'est juste pas possible… – Non seulement c'est possible, mais c'est le cas, rétorque Liane. Arrête de te lamenter ; il faut que tu réfléchisses à ce que tu veux faire et que tu prennes d'urgence rendez-vous avec ton gynéco. Et que tu préviennes Louis. Je suis désolée d'être brutale, mais là tu n'as plus le choix… Tu veux que je vienne ? Je peux t'aider d'une manière ou d'une autre ?" Lise ferme les yeux et prend une grande respiration en tâchant de retrouver son calme. "Non. Je te remercie, ça va aller. J'ai besoin d'être seule."

Après plusieurs heures passées à contempler le plafond en tournant et retournant les choses dans sa tête, Lise envoie un SMS à Louis *("Est-ce que je peux te parler ?")*, guette une réponse qu'elle finit par recevoir *("Qu'est-ce qu'il y a encore ?")* et sous le coup de la colère lâche sans ménagement la nouvelle *("Je suis enceinte")*. Le téléphone sonne aussitôt et Lise en entendant la voix de Louis ressent une telle joie et une joie si déplacée au vu des circonstances, qu'elle en reste glacée : elle l'aime encore et ce n'est ni une belle, ni une bonne chose. Elle l'aime comme on aime se faire mal, comme on aime se punir, comme une victime retourne à son bourreau ou un esclave à son maître. Pour un peu elle serait heureuse de cette conversation où Louis lui demande si elle est sûre que c'est bien lui le père ; où la possibilité de garder l'enfant n'est même pas évoquée. Heureuse juste parce qu'elle l'entend se préoccuper d'elle alors qu'il ne se préoccupe pas du tout d'elle, en réalité. "Tu es idiote, ou quoi ? siffle la petite voix. Il se préoccupe uniquement de lui, imbécile, il veut juste éviter que tu lui poses des problèmes, que l'erreur de t'avoir engrossée compromette le bel avenir que ses parents lui ont mitonné, la carrière fulgurante, le mariage avec une fille bien de son milieu, et les deux trois blondinets aux yeux bleus qui grandiront à leur tour entre un hôtel particulier, une propriété à la campagne et un chalet à Courchevel. Un bâtard métis ferait sacrément tache dans le tableau, avoue !"

La conversation avec Louis achevée, Lise enfile un manteau pour marcher au hasard dans les rues de Paris, puis rappelle Liane. Elle savait très bien ce qu'allait lui dire Louis, prétend-elle, et elle sait très bien ce qu'elle pense, elle : mettre au monde un enfant survenu par accident alors qu'ils sont séparés, que Louis poursuit des études à l'étranger et qu'elle vient tout juste de commencer à travailler pour un salaire qui n'a rien de mirobolant n'est pas exactement une bonne idée. Elle pourrait l'élever seule, puisque Louis ne veut pas en entendre parler ; ce serait dur, mais pas impossible, elle pourrait y arriver, d'autres l'ont fait, se serrer la ceinture, jongler avec les nounous et les baby-sitters, avoir des journées de seize heures pour parvenir à tout boucler, supplier ses parents de l'aider après avoir fait amende honorable car ils seront bien évidemment horrifiés… Mais la vérité c'est qu'elle ne veut pas sacrifier sa liberté, sa jeunesse et ses ambitions à un enfant que ni elle, ni Louis n'ont désiré, pour devenir une mère célibataire qui a du mal à joindre les deux bouts, abandonnée par un homme qui a d'emblée mis en doute son rôle dans cette histoire. Elle ne veut pas se retrouver seule face à une responsabilité qu'elle se sent incapable d'assumer, elle ne veut pas davantage être forcée de subir *ad vitam æternam* les discours de sa propre mère sur sa sottise, son inconscience et son avenir gâché. Elle sait tout cela comme elle sait que si Louis le lui avait demandé, s'il lui avait dit "Gardons-le, je t'aime, je reviens", elle aurait accepté et commis une énorme erreur puisque Louis et elle ne peuvent qu'être malheureux ensemble. Non, il n'y a pas à tergiverser : il faut mettre fin à cette grossesse et étouffer les sentiments qu'elle éprouve toujours pour Louis.

Quand ils se rappellent le lendemain, il lui demande si elle ne veut pas qu'il revienne pour l'accompagner. Il a des examens mais ne veut pas la laisser seule… Ce n'est pas la peine, répond-elle bien qu'elle pense l'inverse. Elle se débrouillera parfaitement sans lui, et il ne va pas manquer ses examens juste pour elle. Juste pour "ça", ajoute-t-elle intérieurement, main serrée sur le combiné. Elle le tiendra au courant de tout et l'avoir au bout du fil suffira, qu'il ne s'inquiète pas. Louis insiste pour payer les frais qui ne sont pas couverts par la sécurité sociale. Lise finit par accepter. Il s'achètera une bonne conscience avec ça, et pour ce qui la concerne, ce n'est pas plus mal, en définitive : se laisser traiter en domestique ou en fille entretenue qu'on envoie se faire avorter après avoir allongé une liasse de billets est si dégradant, si humiliant, que cela ne peut que l'aider à se désintoxiquer de Louis. Car il y a encore du chemin à parcourir : quand ils conviennent de se parler tous les jours, comme avant, Lise ne peut en effet s'empêcher de ressentir à nouveau, malgré elle, malgré lui, malgré tout, de la joie. Une joie qu'elle abhorre, une joie empoisonnée, pareille à une malédiction, une joie qu'elle voudrait arracher d'elle quitte à s'arracher le cœur.

Les choses se déroulent ensuite comme dans un mauvais rêve : avec l'espoir chevillé au corps que tout va s'arrêter alors que rien ne s'arrête. Lise va consulter un gynécologue propret, établi dans le 16e arrondissement, qu'Annabelle lui a recommandé. Elle voit beaucoup moins cette dernière depuis qu'elle est sortie de l'École et qu'elle a rompu avec Louis. Entre eux deux, Annabelle a choisi Louis, cela va de soi, et Lise ne lui en veut nullement : il était son ami bien avant qu'elle ne surgisse dans le paysage, et sans lui, du reste, elles ne se seraient pas plus rencontrées qu'elles n'auraient surmonté les réticences qu'elles éprouvaient d'instinct l'une envers l'autre. Lise est en train de perdre le contact avec cette fille qu'elle en était venue malgré elle à apprécier. Bientôt, la froide et impitoyable héritière Baron se contentera de lui adresser un signe de tête si elle la croise dans la rue, mais elles n'en sont pas encore là et demander une adresse par texto – sans dévoiler ses vraies raisons, naturellement – ne coûtait rien à Lise, qui voulait un spécialiste qu'elle ne connaissait pas et ne reverrait jamais par la suite.

L'homme lui demande lors de l'échographie si elle a envisagé de garder l'enfant – la grossesse est assez avancée et c'est trop tard pour une IVG médicamenteuse. Oui, elle l'a envisagé, mais ce ne sera pas possible en définitive, ment Lise pour couper court, un sourire navré posé sur le visage. Le gynécologue dit qu'il comprend mais ne la regarde pas dans les yeux et la confie ensuite à la réceptionniste en déclarant qu'elle lui expliquera ce qu'elle doit faire avant de retourner à sa salle d'attente remplie de femmes enceintes, dont deux avec poussette, des femmes qui partageront avec lui leur bonheur, s'inquiéteront de la santé du fœtus, prendront de la vitamine D et éviteront avec discipline les sushis, la viande trop peu cuite et la salade mal lavée.

Lise, elle, repart avec une brochure pédagogique sur l'IVG aux lettres bleu foncé sur fond bleu pâle qu'elle cache dans son sac et lit avec attention une fois rentrée chez elle. Entre deux bouclages, trois déjeuners et quatre réunions au journal, elle trouve une clinique et prend rendez-vous, se rend à une première consultation puis à une deuxième, essuie les regards exagérément neutres des médecins qui lui parlent grossesse, sexualité et contraception, lui expliquent les risques posés par l'intervention, lui prescrivent des examens sanguins, lui remettent des documents décrivant avec précision le protocole – l'anesthésie, qui sera générale, le curetage, qui durera une dizaine de minutes, son hospitalisation, de quelques heures au total – et lui font les recommandations usuelles – ne pas fumer ni manger durant les six heures précédant l'opération, pas de bains ni de rapports après pendant quinze jours, visite de contrôle obligatoire, prescription d'un contraceptif, et voilà. Elle pourra reprendre sa vie.

Lise se lève tôt le jour dit et suit comme dans un brouillard les instructions photocopiées qu'on lui a remises. Il fait très doux et pourtant elle tremble de froid. Elle se lave avec un savon acheté à la pharmacie, se frotte à la Betadine, prend le métro pour se rendre à la clinique, prend l'ascenseur comme on le lui indique à l'accueil, passe par un sas, se déshabille comme on le lui demande, enfile ce qu'on lui dit d'enfiler, s'allonge là où on lui dit de s'allonger, observe le ballet des blouses bleues et des charlottes blanches penchées sur elle sous les lumières de la salle d'opération, commence à compter lorsqu'on lui dit de compter, perd connaissance sans même en avoir conscience et se réveille dans une chambre au plafond blanc et aux murs vert pâle avec vue sur un square désert. Liane est assise à ses côtés qui sourit avec douceur, elle qui est si rarement douce ; elle ne lui dit rien, elle qui a toujours quelque chose à dire. Ce sourire et ce silence donnent envie à Lise de pleurer, seulement Lise ne pleure pas. C'est fait et elle ne pourra jamais ni pardonner à Louis, ni se pardonner à elle. Il n'y a plus d'enfant dans son ventre, ni d'amour dans son cœur, juste une tristesse sans nom qui l'a bue tout entière.

Lise

41.

Liane pensait que mon mari allait évoquer la scène qui montre Mathilde et Bernard discutant en bas de l'hôtel où ils ont pris l'habitude de se retrouver. Il propose de tout abandonner pour partir ensemble et elle lève sur lui un regard empli d'une douleur qui n'est pas celle qu'on croit.

— Il y a huit ans, tu me voulais complètement ?
— J'étais fou de toi ! Je t'adorais ! Mais je me serais fait tuer plutôt que de te le montrer…
— Alors pourquoi tu n'as rien dit ? Quand j'ai attendu un enfant, pourquoi tu n'en as pas voulu ?
— Mais c'est toi qui disais que ce n'était pas possible… Que ce n'était pas bien, qu'il fallait attendre…
— J'espérais que tu me dirais le contraire. En réalité, tu voulais un enfant, mais pas avec moi. Et tu l'as fait avec une autre femme. Non, tu vois, il vaut mieux ne plus se voir…

Liane songeait à cette scène qui faisait étrangement écho à mon histoire avec Louis ; elle songeait, aussi et surtout, à l'échange téléphonique qu'elle avait eu avec Louis à cette époque, et dont je n'avais rien su pendant tant d'années. Elle l'avait contacté peu après moi et Louis avait pris conseil auprès d'elle, ma chère petite sœur qui me connaissait par cœur, m'aimait tellement fort, et en qui nous avions tous deux une confiance si absolue... Louis avait avoué qu'il songeait à me demander de garder l'enfant et seules les protestations énergiques de Liane l'en avaient dissuadé. “Si tu fais ça, et si elle accepte, tu vas gâcher non seulement ton avenir, mais le sien, avait-elle asséné. Tu vois Lise devenir mère à vingt et un ans alors qu'elle vient tout juste de décrocher le poste de ses rêves ? Tu te vois arrêter tes études pour revenir en France et t'installer avec elle ? Tu vous vois annoncer ça à vos parents ? En plus, si tu veux tout savoir, Lise va beaucoup mieux depuis ton départ, elle adore son travail, elle sort, elle s'épanouit, elle a trouvé un équilibre. Tu veux gâcher ça aussi ? Tu ne trouves pas que tu en as déjà assez fait ? Que vous vous êtes suffisamment abîmés ? Il n'y a pas à hésiter, Louis : il faut que tu la laisses tranquille, que tu lui donnes la possibilité de se reconstruire. Vous êtes juste toxiques l'un pour l'autre...” Liane se demandait si mon mari était au courant non seulement de cette affaire, mais aussi et surtout du rôle qu'elle avait tenu. Savait-il pour cette intervention que je ne lui aurais jamais pardonnée si j'en avais eu connaissance ? Elle m'est de fait apparue comme une trahison quand Louis me l'a dévoilée, le soir où tout s'est achevé – où tout s'est dénoué.

Or mon mari ignorait tout. En mentionnant *La Femme d'à côté*, il avait seulement en tête la passion funeste de Mathilde et Bernard et l'épitaphe qu'imagine pour eux leur confidente qui est aussi la narratrice du film, Mme Jouve, alors que l'ambulance emporte leurs corps : "Ni avec toi, ni sans toi." Il revoyait cette belle femme aux cheveux gris et aux yeux pensifs, qui marche à l'aide d'une béquille et d'une prothèse, séquelle de ce jour lointain où elle s'est jetée du septième étage après avoir appris que l'homme qu'elle aimait, parti en Nouvelle-Calédonie, en a épousé une autre. Une verrière a amorti sa chute, explique-t-elle à Bernard au début du film, si bien qu'elle peut dire qu'elle a vécu un amour "tragique, mais pas fatal". Son histoire sert de contrepoint à celle de Mathilde et Bernard et elle choisit, lorsqu'elle reçoit un câble de son ancien amant annonçant sa visite, cet amant qui ignore ce qu'elle a fait, de s'en aller trois jours en voyage pour ne pas le revoir et s'éviter de nouvelles peines – ou bien la résurrection des anciennes, qui sait.

Mon mari me considérait comme une Mathilde quand je croyais être une Mme Jouve, l'autre "femme d'à côté", celle qui a survécu à sa passion et que l'âge a pacifiée. Celle qui a failli mourir par amour, mais failli seulement, et qui se connaît assez pour fuir celui qu'elle a tant aimé, bien des années après. Mme Jouve qui est aussi la preuve vivante qu'il s'agit là d'un mythe qui revient encore et encore, éternellement réincarné, celui de la femme adorée, abandonnée et reprise, celle dont on ne sait plus très bien si elle est l'épouse ou la maîtresse délaissée, liée à son amant comme le chèvrefeuille enroulé autour du noisetier, comme Iseult l'est à Tristan par un philtre magique qui les condamne à s'aimer toujours et même à expirer, littéralement, si on les sépare. Avec cette différence que la passion de Tristan et Iseult est synchrone quand Mathilde et Bernard ne parviennent jamais à vivre la leur sur le même rythme, chacun étant toujours en retard ou en avance sur l'autre jusqu'à ce que la mort les mette enfin d'accord…

L'interphone a interrompu net les réflexions de mon époux comme celles de ma sœur. Mon mari s'est dégagé avec douceur de son étreinte et a répondu à la police qui venait d'arriver pour s'entretenir avec lui. Il a passé un peu d'eau sur son visage et tâché de reprendre ses esprits. Il n'en semblait pas moins en piteux état lorsqu'il a ouvert la porte. Il a serré la main de l'inspecteur et s'est concentré autant qu'il le pouvait pour fournir le maximum de renseignements, puis a laissé l'équipe observer notre appartement sous toutes les coutures, opérer des prélèvements "au cas où" et emporter ma brosse à dents et ma brosse à cheveux, toujours "au cas où". Il a aussi rendu compte, comme le voulait la procédure, de son emploi du temps sur les derniers jours. Son voyage au Texas et le fait qu'il n'ait pas été la dernière personne à m'avoir vue avant ma disparition – j'avais participé à une formation alors qu'il se trouvait à dix heures d'avion de là, comme pouvaient le certifier plusieurs de ses collègues – le mettaient *a priori* hors de cause. On l'a informé que les recherches auprès des hôpitaux ne donnaient toujours rien, et il a de son côté répété ce que ma sœur avait déjà dit : je n'étais pas du genre à fuguer sans explications et il y avait tout aussi peu de chances de me voir reparaître avec la gueule de bois ou le nez en sang. Il a confié que nous nous étions disputés parce qu'il m'en voulait de lui avoir caché que je revoyais Louis. Ce faisant, il a moins attiré l'attention sur lui que sur Louis. Louis Vanel, de la famille Vanel, oui… J'avais eu une histoire avec lui avant mon mariage et l'avais vu ressurgir dans ma vie tout récemment. J'avais continué à le voir, nos retrouvailles ne s'étaient pas limitées au café auxquelles elles auraient dû se limiter, comme nos échanges réguliers de SMS depuis lors le montreraient. “Je n'ai pas trouvé le portable de Lise, elle l'a sûrement avec elle, mais vous pouvez peut-être accéder aux messages, inspecteur ? – L'opérateur pourra en tout cas confirmer l'envoi de textos à telle personne à telle heure et tel jour…” On verrait donc que Louis était la dernière personne à m'avoir contactée, et la dernière à laquelle j'avais répondu avant de m'évaporer.

Sans le considérer comme un suspect – suspect de quoi, d'ailleurs ? – l'inspecteur prévoyait de l'interroger en urgence, d'autant que je n'avais soufflé mot à personne de nos rencontres, et que ni mon mari, ni ma sœur, ne connaissaient la nature exacte de nos relations. Mon mari pouvait seulement dire que les SMS qu'il avait lus n'avaient rien de bien compromettant : des confirmations pour des rendez-vous devant tel cinéma, tel musée ou tel restaurant aux heures de déjeuner, qui s'achevaient par des “Je t'embrasse fort” de la part de Louis, et des “À très vite” de ma part. On avait fait plus érotique… L'inspecteur a noté sans faire de commentaire, donné sa carte, pris les coordonnées de mon mari et de Liane, et les a quittés en leur promettant de les tenir au courant. Et qu'ils n'hésitent pas à lui passer un coup de fil, surtout, s'ils se rappellent quelque chose qui leur paraît important, ou juste intrigant.

La porte s'est refermée sur lui et mon mari s'est tourné vers ma sœur tandis qu'elle disposait sur la table du jus d'orange, du pain, des yaourts, du beurre et des confitures – ils n'avaient pas faim mais ce petit-déjeuner aurait le mérite de marquer le départ d'une nouvelle journée.

— Tu sais que Louis Vanel a été la première personne que Lise a avertie de nos fiançailles ?

— Non. Mais ça ne m'étonne pas, et ça ne m'étonne pas non plus qu'elle ne m'en ait rien dit puisque la seule mention de Louis me donnait de l'urticaire.

— Tu ne trouves pas ça fou ? Elle n'a pas choisi de t'appeler toi, ou d'appeler ses parents, ou un de ses amis : elle a tenté de joindre un ex avec lequel elle avait rompu deux ans auparavant et qui ne vivait même pas en France.

— C'était son premier amour, et un premier amour qui n'en finissait pas de finir. C'est normal que s'engageant avec toi, elle ait désiré signifier à Louis que ce n'était plus la peine de maintenir un lien.

— Je pensais que c'était moi, son premier amour.

— Aussi. Ce n'était pas le même genre d'amour.

— Techniquement, je suis le premier garçon qu'elle ait embrassé…

Mon mari sourit à ce souvenir. Il n'avait pourtant pas eu l'air particulièrement réjoui, douze ans plus tôt, lorsque nous nous étions assis sur un petit banc en bord de Seine, qu'il s'était penché sur moi et que j'avais été saisie d'un fou rire nerveux à l'idée que mon ami d'enfance et mon fantasme d'adolescence, le garçon "plus âgé, mignon, plein de fantaisie et jouant du piano comme un dieu", comme disait ma sœur, voulait bel et bien entamer une histoire avec moi. Il ne souriait pas le moins du monde lorsqu'il m'avait raccompagnée chez moi, les épaules basses et l'air déconfit, et que nous étions convenus le lendemain d'en rester là alors que nous désirions l'un et l'autre le contraire…

C'était aux voies mystérieuses des nouvelles technologies et des réseaux sociaux que Serge devait d'être réapparu dans ma vie. Nous nous étions tous deux inscrits sur Facebook, il m'avait "demandée comme amie" et de l'eau ayant coulé sous les ponts, je lui avais dès notre première conversation en ligne avoué sur le ton de la plaisanterie que je ne lui avais pas ri au nez quelques années plus tôt parce qu'il ne me plaisait pas mais parce qu'il me plaisait trop. J'avais paniqué, lui avais-je confié, parce que personne ne m'avait jamais embrassée avant lui et que je ne savais pas comment l'avouer, étant alors une petite chose maladivement complexée qui n'avait pas su comment réagir lorsque le garçon pour qui elle avait le béguin depuis si longtemps l'avait prise dans ses bras… "Le fin mot de l'histoire, des ANNÉES après les faits !!!" avait tapé Serge sur le clavier avant de me proposer de prendre un verre pour fêter "la résolution de l'énigme".

Nous nous étions revus le surlendemain, le verre s'était mué en dîner, le dîner en promenade à pied jusque chez moi – sans passer par les quais de Seine – et cette fois, je n'avais pas éclaté de rire lorsque Serge avait posé ses lèvres sur les miennes : je lui avais rendu son baiser avant de lui ouvrir la porte, et nous avions passé la nuit ensemble pour ne plus nous quitter. Tout avait été d'une facilité déconcertante. Je ne ressentais ni peur ni angoisse : mon cœur demeurait tranquille et je regardais les choses s'enchaîner, touchée de l'affection que me portait Serge bien qu'elle me parût parfois excessive. Serge était et serait toujours Serge, un homme drôle, fin et chaleureux avec qui je m'entendais parfaitement, un homme qui m'aimait et que j'aimais, même si je ne l'aimais pas comme j'avais aimé Louis, même si je n'étais plus tout à fait la même depuis Louis. Nous n'en serions pas moins heureux, m'étais-je promis lorsque j'avais accepté, un mois plus tard, sa demande en mariage. J'avais confiance en Serge. Notre bonheur serait sans drames ni heurts et je n'aurais nul besoin de l'afficher ou de le raconter à qui que ce fût : il me suffirait de le vivre… Et nous l'avons bel et bien vécu – la promesse a été tenue. Serge m'a apporté ce que nul autre ne pouvait m'apporter, une joie et une paix d'une ineffable douceur. C'est cela que j'aurais voulu lui dire. Cela dont je le remercierais, si je pouvais me faire entendre de ceux qui me sont chers, leur dire mon amour et ma reconnaissance, et les protéger du mauvais sort. Cela ne me sera pas donné, malheureusement. Je n'aiderai, ni ne sauverai qui que ce soit et il semble bien que ce temps-là doive laisser la place à celui de la vengeance, et de l'expiation.

42.

Un an s'est écoulé. Serge va ressurgir sous peu dans la vie de Lise, mais celle-ci l'ignore lorsqu'elle revoit Louis, de passage à Paris en attendant de rejoindre Londres où il va s'installer pour commencer de travailler dans un fonds de *private equity*, Blackstone. Pendant cette année, Louis a régulièrement pris et donné des nouvelles tout en évitant avec soin d'évoquer la raison pour laquelle Lise et lui ont renoué – l'avortement qu'elle a vécu seule, dont son corps porte seul la marque et dont elle est apparemment seule à se souvenir. Louis ne lui a jamais demandé ce qu'elle ressentait, si elle avait besoin d'en parler, s'il pouvait faire quelque chose pour elle. Sans doute le fait d'avoir payé l'IVG le dégageait-il à ses yeux de toute responsabilité, avait pensé Lise avec amertume. Il s'était bel et bien acheté une bonne conscience et alors que c'était ce qu'elle voulait, elle en a conçu une telle peine qu'elle lui a très vite intimé de mettre un terme à ses appels. Elle n'a pas donné ses vraies raisons ; seulement affirmé ne pas comprendre pourquoi il s'obstinait à lui téléphoner. Leur relation était terminée, ils ne partageaient plus rien et ne pourraient jamais, vu tout ce qui les séparait, être amis. Louis n'avait-il pas mieux à faire ? D'abord décontenancé par la sécheresse de Lise, Louis a articulé une réponse : “Parce que je ne peux pas imaginer ma vie sans toi. Sans savoir ce que tu deviens, sans pouvoir t'entendre et te parler. C'est au-dessus de mes forces, tout simplement.” Il y avait dans sa voix une fêlure qui a fissuré la détermination de Lise ; une vulnérabilité qui n'excusait rien mais à laquelle elle ne pouvait s'empêcher d'être sensible. Elle avait beau dire et beau faire, avait-elle pensé avec désespoir, elle ne parvenait pas à lever le sortilège qui l'attachait à Louis.

C'est la fin de l'après-midi et tous deux sont assis l'un en face de l'autre devant un thé vert et un café dans le deux-pièces de Lise. L'appartement est situé au premier étage d'un ancien immeuble ouvrier, dans un quartier excentré où aucun Vanel avant Louis ne s'est sans doute risqué. Il est modeste, meublé de bric et de broc, mais elle l'a joliment aménagé et Louis a tout de suite remarqué le laque rouge et noir aux reflets dorés, creusé de sillons et de signes étranges, accroché au-dessus d'eux. Il lui fait penser, dit-il, à une partition mystérieuse, venue d'une autre civilisation – une comparaison proche de celle qu'elle a elle-même eue lorsqu'elle l'a vu pour la première fois dans l'atelier dédié à Lan. Elle est tentée, à cet instant, d'évoquer cette dernière, de raconter à Louis sa disparition dans l'incendie de la Maison des Laques et l'amour que lui portait son père. Louis était là, après tout, lorsqu'elle et Liane ont découvert l'existence de cette “sœur” inconnue, en ce jour où leur père avait tenu cette cérémonie d'hommage aux morts, au pied de son ancienne demeure en cendres, dans ce pays qui avait été le sien et ne l'était plus. Lise se retient néanmoins : leurs rapports, à elle et à Louis, ne sont plus les mêmes qu'alors, et ressusciter leur proximité passée, retourner sur leurs pas et se rappeler ce qu'ils ont été l'un pour l'autre, ne pourra que lui briser le cœur, à elle qui sitôt qu'elle a aperçu Louis, ses cheveux blonds et ses yeux à la couleur changeante, bleu ardoise en hiver, bleu gris l'automne, bleu presque transparent sous le soleil estival, a de nouveau senti son sang battre à ses tempes et sa gorge se serrer sous le coup de l'émotion. Exactement comme autrefois – avant les conflits, avant la rupture, avant l'avortement et les accès de tristesse qui depuis reviennent régulièrement l'accabler, et qu'elle tente de dissiper par un travail excessif.

Louis n'a pas conscience du trouble qu'il suscite en elle et continue de parler sans perdre des yeux le laque. Il s'intéresse un peu à l'art, à présent, explique-t-il. La Renaissance italienne le laisse moins indifférent, ajoute-t-il dans un sourire, et il aime bien fureter dans les galeries et les magasins d'antiquités, discuter avec les marchands, savoir d'où vient tel tableau, telle statue, tel miroir… Il se demande si ce n'est pas elle qui lui en a donné le goût, d'ailleurs, le jour où elle lui a montré le château de son enfance en lui racontant l'histoire d'Agnès d'Étambel.

— Tu te souviens d'Étambel ?

— Bien sûr que je m'en souviens. Il m'est même arrivé quelques fois de faire un détour sur la route de Normandie pour m'y rendre.

— Tu es allé là-bas ?! Mais quand ça ?

Le sourire de Louis s'accentue.

— Pas quand j'étais en Amérique, bien sûr. Mais certains week-ends pendant les trois mois qui ont précédé mon départ…

— … Après notre séparation, tu veux dire ?

— Je suppose que c'était une façon de te garder près de moi tout en nous épargnant de nouvelles disputes…

La voix de Louis s'est faite plus humble, plus précautionneuse. Lise baisse les yeux pour éviter son regard.

— Et puis j'avais vraiment le sentiment de sortir du temps et du monde, quand j'observais le paysage depuis cette tour. Comme si j'étais dégagé de toute contrainte et que je n'avais plus à me préoccuper de rien. C'était devenu mon refuge…

— Je ne pensais pas qu'Étambel ferait autant impression sur toi.

— Peut-être que tu ne me connais pas aussi bien que tu le crois. Tu n'y retournes jamais ?

— Je n'en ai pas l'occasion ; ma famille n'a pas de propriété en Normandie et de toute façon je ne conduis pas, je te rappelle. La dernière fois que j'ai passé la barrière du domaine, ce devait être à la mort de ma grand-mère…

— Ta grand-mère est morte ? Mais pourquoi tu ne m'as rien dit ?

— Tu venais juste de t'installer à New York et nos relations étaient assez… tendues, à cette époque.

— Ah. Je suis désolé de ne pas avoir été là, en tout cas.

Lise se mord les lèvres pour ne pas répliquer qu'il existe d'autres moments où il aurait pu et *dû* être là.

— Ce n'est pas grave. C'était triste sans être un drame : son cœur s'est arrêté de battre pendant son sommeil. Elle avait quatre-vingt-cinq ans. J'ai eu beaucoup de chagrin et dans le même temps… La grand-mère de mon enfance était déjà morte, en fait ; elle avait disparu avec mon enfance, justement. Quand j'étais petite, bien sûr, elle était mon pilier, mon havre, ma protection contre le reste du monde et j'étais persuadée que si elle mourait, je mourrais aussi ; je me levais la nuit pour vérifier qu'elle respirait toujours, je priais tous les jours Bouddha de la garder en vie… Je croyais qu'elle faisait partie de moi et moi d'elle. Et puis j'ai grandi, je suis allée à l'école, j'ai commencé de parler une autre langue que la sienne, j'ai fait des études qu'elle ne comprenait pas, exercé un métier qu'elle ne comprenait pas, pas plus qu'elle ne comprenait ma façon de penser, ma morale ou mes idées. Elle était restée la même mais je n'avais plus grand-chose à voir avec la fillette qu'elle avait élevée, et nous n'avions littéralement plus rien à nous dire. Nous avons continué de nous aimer, bien sûr, mais comme on aime un souvenir. C'est peut-être pour cela que j'ai voulu retourner à Étambel quand elle nous a quittés. Pour la retrouver et me retrouver telles que nous étions autrefois… Et c'est vrai qu'il m'a suffi de passer la barrière, de grimper l'escalier et de contempler le domaine depuis la tour est pour avoir l'impression de sortir du temps. Ou plutôt de le remonter.

C'est au tour de Louis de garder le silence avant de faire une déclaration qui se fiche en Lise comme une flèche.

— Tu sais, j'ai toujours pensé que si je n'étais pas parti aux États-Unis, nous serions encore ensemble.

Elle laisse passer quelques secondes, puis énonce avec froideur, en détachant chaque mot :

— On n'a jamais rien eu en commun et personne ne m'a fait souffrir comme tu m'as fait souffrir. Personne.

Louis ouvre la bouche et la referme aussitôt, pareil à un poisson hors de l'eau. Le débit de Lise s'accélère tandis que son regard luit d'une colère qu'elle a du mal à maîtriser.

— Je ne sais pas pourquoi tu as voulu qu'on se voie. Pourquoi tu veux qu'on continue à se parler. Je n'ai jamais compris ce que tu cherchais. Tu as vu comment tu t'es comporté avec moi tout à l'heure ? Les remarques que tu as faites sur mon manteau, mon parfum, mes boucles d'oreilles ? La façon dont tu m'as fait tourner sur moi-même ? Ce ne sont pas les manières d'un ami et ce ne sont pas non plus celles d'un amant. Ce sont celles d'un propriétaire qui s'imagine parader avec sa propriété à son bras. Je ne suis rien d'autre pour toi.

— Attends une seconde… Tu m'en veux parce que j'ai fait attention à ce que tu portais ?!

Lise ferme les yeux. Non, aimerait-elle rétorquer, je t'en veux de tout le mal que tu m'as fait et de tout le mal que je t'ai fait. Je t'en veux d'avoir croisé mon chemin, de m'avoir donné tant de bonheur d'abord et tant de malheur après. Je t'en veux et je m'en veux de t'aimer encore alors que je voudrais te haïr. Je t'en veux et je m'en veux de ne pas pouvoir t'oublier. Je t'en veux d'exister.

Au lieu de quoi elle ravale ses paroles et prend une grande respiration.

— Excuse-moi, je suis fatiguée… J'ai beaucoup de travail, en ce moment, et ça me rend nerveuse. Peut-être qu'on serait toujours ensemble, en effet. Mais ce n'est pas le cas : tu es parti. D'ailleurs tu en as encore pour un an à l'étranger, c'est ça ? En quoi va consister ton travail chez Blackstone ?

Lise a remis la conversation sur des rails dont elle n'aurait jamais dû dévier et Louis joue le jeu, peu désireux de provoquer de nouvelles frictions. Il lui expose les différentes missions qu'on lui a proposées, et elle prétend s'y intéresser. Ils surveillent l'un et l'autre leurs propos et leur échange rigoureusement filtré prend bientôt les allures d'un filet d'eau tiède avant qu'ils se quittent, Louis ne disposant que de peu de temps avant son départ pour l'Angleterre.

Un mois et demi plus tard, Lise laisse un message sur son répondeur pour lui annoncer qu'elle se fiance. Il la rappelle moins d'une heure après pour laisser à son tour un message où il la félicite et lui souhaite d'être heureuse. Elle l'écoute, puis l'efface et supprime le numéro de Louis de ses contacts.

Lise

43.

Liane et Serge ne touchent guère au petit-déjeuner. Ils boivent un peu de café, grignotent une tartine et c'est tout. Après avoir jeté un œil sur son portable, Liane demande à mon mari si elle peut prendre une douche et se glisser dans une de mes tenues. Ils ne peuvent plus faire grand-chose, à présent, à part attendre, alors autant attendre ensemble, qu'en pense-t-il ? Serge accepte volontiers, mais n'a-t-elle pas d'autre projet ? "Rien de particulier pour ce week-end. Et de toute façon je préfère te tenir compagnie. – Ça me touche. C'est sans doute mieux de ne pas rester seul, en effet…" Ma sœur acquiesce sans répondre et se dirige vers la salle de bains après avoir farfouillé dans mon armoire. Elle revient une demi-heure après dans le salon. Ses épaules découvertes embaument l'écorce d'orange et le jasmin ; elle porte ma robe d'été préférée, en soie sauvage, semée de motifs géométriques dorés, et s'assied près de Serge en souriant.

Mon mari n'a pas bougé, et le regard de Liane caresse son profil avant de s'attarder sur le laque rouge et noir suspendu au-dessus de sa tête – celui-là même qui avait retenu l'attention de Louis lorsqu'il était venu me rendre visite dans mon deux-pièces et qui trône aujourd'hui face au piano où Serge aime à jouer le soir, lorsqu'il rentre du travail. Mon mari note avec curiosité :

— Ce tableau semble te fasciner…

— Je l'aime beaucoup.

— Tous ceux qui entrent chez nous essaient de deviner ce que ces signes représentent.

— Un sacré mystère… Sauf quand on a pris des cours de chinois, comme ta belle-sœur préférée : en fait ce sont des idéogrammes entrelacés et déformés.

— Ah oui ? Accrochés à une partition ?

— En fait il suffit de changer de perspective, de tourner le tableau de quatre-vingt-dix degrés vers la gauche et hop ! Les idéogrammes deviennent lisibles, et la portée musicale se transforme en arbre, regarde… On a le tronc ici, sillonné de nervures, et marqué de trois idéogrammes qui reviennent là, là et là, les feuilles tout en haut, et puis une sorte de plante grimpante qui s'enroule autour de l'arbre…

— Mais oui, tu as raison. Je n'avais jamais remarqué, c'est fou. Tu crois que Lise s'en est aperçue ?

Les yeux de Liane pétillent.

— Ça m'étonnerait. Vous êtes l'un et l'autre passés maîtres dans l'art de ne pas voir ce qui se passe sous votre nez.

— Merci.

— Ce n'est pas une critique, juste un constat ; et puis chez Lise, c'est un trait familial. Prends ce laque, par exemple. Notre père nous a dit que c'était Lan, son amie d'enfance, qui l'avait peint, rien de plus. On ignore ses relations exactes avec elle, et il n'avait jamais mentionné son existence avant qu'on se rende à la plantation, alors qu'il avait grandi avec elle… Et dans le même temps, il a offert ce laque à ma sœur, littéralement sous le nez de ma mère, alors qu'il dévoile tout ce qu'il a volontairement ou non caché.

— Là, c'est toi qui fais des mystères…

— Tu te souviens de la légende de la chique du bétel ? Je m'en suis servie dans le discours que j'ai fait à votre mariage.

— Euh… Rafraîchis-moi la mémoire, tu veux bien ?

— C'est l'histoire de deux frères qui tombent amoureux de la jeune fille avec laquelle ils ont été élevés, enfant unique de l'homme qui les a recueillis après qu'un incendie a fait d'eux des orphelins. Tan et Lang sont taillés sur le même modèle – celui du beau garçon méritant – et ni le père, ni la fille, ne parviennent d'abord à choisir entre eux. Sans compter que chacun clame vouloir s'effacer devant l'autre pour lui laisser épouser la belle… Le père finit par les inviter à dîner et demande à sa fille de présenter deux bols, mais une seule paire de baguettes. Sans réfléchir, le cadet, en benêt respectueux qu'il est, s'en empare pour l'offrir à son aîné. Et c'est donc ce dernier que le père choisit pour gendre…

— Une façon bien commode de résoudre les triangles amoureux…

— Ça change des tragédies grecques, avoue. Mais ne t'inquiète pas, la tragédie arrive… Lang, bon perdant et bon frère, ne tarde pas à oublier ses sentiments pour celle qui est devenue sa belle-sœur. À l'inverse, Tan, tout à son mariage, néglige son cadet. Après quelques mois de ce régime, Lang se sent de plus en plus isolé et décide de quitter la maison. Il marche droit devant lui plusieurs jours durant, sans boire ni manger, erre de village en village, comme en proie à un mauvais sort, et finit par s'effondrer au bord d'un fleuve, où il meurt d'épuisement et de désespoir. Pour éviter que son corps soit dévoré par les bêtes sauvages, des génies bienveillants le changent en pierre. Pendant ce temps, Tan a compris ce qui se passait et, saisi de remords, est parti sur les traces de Lang. Après avoir demandé à chaque habitant de chaque hameau s'il n'a pas aperçu son frère, il finit par atteindre le bord d'un fleuve où il succombe à son tour, à quelques pas d'une grosse pierre. Les génies, toujours aussi bienveillants, le transforment en arbre. Son épouse, inconsolable de son absence, met alors ses pas dans ceux des deux frères. Elle poursuit son chemin jusqu'à ce que ses jambes refusent de la porter et s'arrête au bord d'un fleuve, tout près d'un bel arbre qui surplombe une pierre. Elle l'entoure de ses bras en pleurant et meurt pour se métamorphoser en une liane qui s'enroule autour du tronc de l'arbre.

— Comme sur le laque…

— Ayant tous rêvé de cette histoire dans la nuit qui suit, les habitants de la région décident d'élever un temple à la mémoire du trio, gravant sur le fronton une inscription : "Frères unis, époux fidèles." C'est de là que vient l'habitude de chiquer le bétel à l'occasion des retrouvailles, des fêtes, des épousailles, raison d'ailleurs pour laquelle j'ai évoqué cette histoire lors de votre mariage, à toi et à Lise. On se réunit pour mâcher un mélange de feuilles de la plante grimpante – le bétel –, de fruits de l'arbre – les noix d'arec – et d'un peu de pierre chauffée à blanc – la chaux – car quand ils sont broyés ensemble, ces ingrédients virent au rouge franc, pareil au sang qui coule dans les veines d'une même famille.

— Je ne vois toujours pas le rapport avec ta famille à toi…

— Le tableau, où domine le rouge, tu remarqueras, ajoute un élément : les idéogrammes gravés sur le tronc.

— Comme des initiales d'amoureux ?

— Sauf qu'il n'y en a pas deux mais trois, comme dans le conte, et qu'ils n'ont pas été choisis au hasard. Celui-ci, c'est l'idéogramme de l'orchidée, soit le nom de l'amie de mon père, Lan. Un peu en dessous, on a l'idéogramme de la rose, soit le nom de ma mère, Rose. Et entre les deux, l'idéogramme de l'âme, soit le nom de mon père, Linh. Deux femmes pour un homme. Lan a peint l'amour fraternel mêlé à l'amour conjugal, et le dilemme de mon père qu'il n'a finalement pas eu à résoudre, je suppose, puisque Lan est morte…

Serge semble médusé, et je le suis tout autant : Liane n'aura nullement eu besoin de moi pour pénétrer le secret de mes parents. Il lui aura suffi d'examiner ce tableau sous le bon angle.

— Tu penses que c'est pour ça que ta mère s'est montrée si… compliquée ? Parce qu'elle pensait que ton père n'avait jamais oublié Lan et qu'elle-même n'était qu'un… lot de consolation ?

— Va savoir. Je pense qu'elle-même l'ignore.

— Je me suis souvent demandé si je n'étais pas un second choix pour Lise, moi aussi. Si elle n'aurait pas préféré épouser Louis Vanel.

Liane fronce les sourcils.

— Comment peux-tu dire un truc pareil ? Tu vaux mille fois mieux qu'un Louis !

Ma sœur s'assied et prend les mains de Serge dans les siennes. Il garde la tête baissée, un instant, puis la relève pour lui sourire bravement. “Tu dois avoir raison.” Elle sourit à son tour. “Bien sûr que j'ai raison. Lise a toujours été dingue de toi.” Mon mari lâche les mains de Liane pour se lever et se diriger vers la fenêtre, d'où il contemple la rue tout en répétant “Tu dois avoir raison”, sans vraiment avoir l'air d'y croire. Liane lève les yeux sur lui, et son regard sur Serge, à présent qu'il lui tourne le dos, me ramène soudain à notre mariage, sept ans plus tôt.

Le discours de Liane, ce soir-là, m'avait profondément émue : ma sœur, qui n'était guère du genre à s'épancher et s'adressait à moi sans jamais prendre de gants, tournant volontiers en ridicule mes angoisses, mon nombrilisme, tous mes “travers égotistes”, comme elle les appelait, m'avait fait une véritable déclaration d'amour devant nos deux cents invités. J'étais non seulement sa sœur, avait-elle affirmé, mais son modèle depuis l'enfance, et non contente d'être celle qu'elle aurait aimé être, j'avais obtenu tout ce qu'elle-même avait désiré obtenir, y compris, avait-elle plaisanté, le mari de ses rêves. Elle avait ensuite raconté la légende de l'aréquier et du bétel pour évoquer l'amour fraternel et l'amour conjugal, et assurer à Serge qu'en m'épousant il trouverait en elle une véritable sœur. Sa voix avait légèrement chevroté quand elle avait prononcé ces mots. L'émotion faisait aussi trembler sa main, et donnait à sa peau une pâleur inhabituelle, si inhabituelle à dire vrai que je m'étais inquiétée, bien que le marathon de la soirée ne m'en eût guère laissé le loisir. C'était tout juste si j'avais pu demander à Liane, entre deux tables et trois sollicitations, si elle se sentait bien car elle avait un teint de craie…

Elle avait eu un mouvement de recul et répondu par l'affirmative puis la négative, avant de m'avouer qu'elle craignait en effet d'avoir avalé "quelque chose qui ne passait pas" tout en me priant de ne pas y prêter attention. C'était ma fête et elle ne voulait pas la gâcher, vraiment pas, d'ailleurs elle se sentait déjà mieux.

Elle avait ensuite appelé Serge pour lui intimer de m'escorter sur la piste de danse, autour de laquelle tout le monde avait commencé de faire cercle. Il s'était incliné, et j'avais passé mon bras sous le sien. Tandis que nous nous éloignions, je m'étais retournée vers Liane et avais alors surpris son regard ; le même regard que celui qu'elle jette à présent sur mon mari tandis qu'il lui tourne le dos. Un regard non d'une personne souffrante, comme je l'avais pensé alors, mais en proie au supplice. Celui qu'on a pour un être aimé et inaccessible, quelqu'un qu'on voit sans cesse mais qui ne se doute nullement de vos sentiments et à qui vous ne pourrez jamais les avouer, parce que vous le savez non pas seulement amoureux d'une autre, mais d'une autre qui est aussi votre amie, votre confidente, votre modèle – une sœur qui vous chérit comme vous la chérissez, malgré les frictions, la jalousie, l'animosité qui ont parfois, de part et d'autre, empoissé cette affection.

44.

L'histoire de Lise et Serge, quand j'y pense, ressemble à une de ces comédies romantiques qu'Hollywood pond à la chaîne. Il était une fois une gamine convaincue d'être laide et sans intérêt, amoureuse de son très charmant ami d'enfance qui ne semblait pas la considérer autrement que comme un être asexué, et qui finit par l'épouser après avoir dû affronter la traditionnelle litanie d'accrocs sans laquelle il n'y aurait pas de film. Sans doute ne conserverait-on pas au montage la débâcle du baiser en bord de Seine, qui aurait sa place dans une sitcom mais pas sur grand écran, surtout quand il est un autre obstacle bien plus intéressant à exploiter : l'attirance pour un homme qui n'est pas fait, en réalité, pour notre héroïne. Elle l'apprend à ses dépens et subit mille maux jusqu'à ce que par bonheur le véritable homme de sa vie se réveille pour lui faire sa déclaration après une heure trois quarts de péripéties ; l'ancien vilain petit canard devenu cygne se rend alors compte qu'elle s'est bêtement égarée et qu'il est temps de tomber dans les bras de celui qu'elle aime et qui l'aime depuis toujours sans le savoir.

Oui, ce pourrait être une comédie romantique médiocre à voir mais délicieuse à vivre, et le comportement de Serge sitôt qu'il forme un couple avec Lise s'intégrerait à merveille dans ce semblant d'intrigue. Non content de consacrer à Lise toutes ses soirées et ses nuits, il noie son portable de textos enflammés, multiplie les idées de sorties et de week-ends, planifie les vacances d'été, s'attelle à l'élaboration de rites qui leur sont propres – un baiser sur les lèvres, dans le cou et sur l'épaule après l'amour, un bijou tous les 10 du mois pour célébrer leur rencontre, chaque semaine une carte postale envoyée par la poste sur laquelle Lise trouvera un poème... Bref. Serge affiche, jusqu'à l'overdose, tous les signes de l'homme épris. Lise, bien qu'un peu désarçonnée par sa ferveur, ne s'en laisse pas moins porter tout en dissimulant que ce qu'elle a vécu avec Louis, qu'elle a revu quelques jours à peine, après tout, avant que Serge ne renoue avec elle via Facebook, l'a comme engourdie. Être passée par autant de hauts et de bas avec l'homme qui a précédé Serge a anesthésié ses sensations, ébréché sa capacité à croire en une passion à laquelle elle trouve malgré elle des airs de déjà-vu. Elle peut se laisser aimer, surtout par quelqu'un comme Serge, ami autant qu'amant, présent sans être pesant, prévenant et jamais importun, oui, elle peut se laisser étreindre, embrasser et caresser par Serge, et même lui rendre ces baisers, ces caresses, partager avec lui tout ce qu'il désire partager, mais non prendre l'initiative et marcher du même pas. Elle répond par l'affirmative et en souriant à ce qu'il lui propose, mais toujours avec un temps de retard, quelques secondes de décalage à peine perceptibles, et les choses sont ainsi faites que Serge l'en aime davantage.

Il la rend heureuse, pourtant – et c'est bien pourquoi elle accepte la demande en mariage qu'il improvise un soir, alors qu'elle s'apprête à prendre l'avion pour aller interviewer un réalisateur américain. Lise et Serge se comprennent, leurs esprits s'emboîtent comme deux pièces de puzzle, et si elle n'avait pas rencontré Louis, ils seraient parfaitement synchrones. Seulement elle a rencontré Louis et son fantôme l'empêche de s'abandonner à cette vie nouvelle comme elle le souhaiterait : elle le voit ressurgir à tout moment dans ses rêves et ses pensées, en surimpression des promenades, des voyages et des conversations avec Serge. Ce ne sont pas tant des souvenirs entiers, nettement découpés, qui lui reviennent, que des fragments, des tessons qui affleurent à la surface des jours, et qu'elle ne parvient pas toujours à resituer dans le flot du temps. L'annonce d'une exposition de Paul Klee à Pompidou, une chanson de Michel Jonasz à la radio, la lumière d'un mois de mai à une terrasse de café, mais aussi une nuance de rouge, un parfum iodé dans un marché, le seul souffle du vent dans ses cheveux, créent autant d'impressions fugitives et floues qui la ramènent à Louis sans qu'elle soit forcément capable de les rattacher à un moment précis de leur histoire. Louis lui-même s'efface peu à peu dans une brume indistincte, la mémoire de sa voix, de son regard et de sa peau se dilue et se désagrège, le présent prend le pas sur le passé, mais la brume demeure, flottante et insaisissable, évanescente mais pas encore évanouie.

Elle reprendrait même corps à l'occasion, comme lorsque Lise croise par hasard Gaspard dans la rue et qu'il lui apprend que Louis se marie lui aussi. Son cœur manque un battement à cette nouvelle, mais Lise veille à conserver un masque cordial sur son visage pour poursuivre la conversation avec Gaspard, qui est le témoin de Louis, et a été chargé d'organiser son enterrement de vie de garçon – ou plutôt de le faire organiser. Lise déduit des dates que lui donne son interlocuteur que Louis a fait sa demande juste après qu'elle lui a annoncé ses fiançailles à elle. Il devait donc déjà être avec celle qui est devenue sa femme lorsque Lise et lui se sont retrouvés il y a un mois et qu'il a déclaré qu'ils seraient "encore ensemble" s'il n'était pas parti en Amérique… Il était en couple alors, et ne l'a pas dit à Lise. Qu'aurait-il fait, si elle avait laissé la porte ouverte, si elle lui avait laissé le moindre espoir au lieu de le rembarrer, puis de laisser, quelques semaines après, ce message sur son répondeur qu'il ne pouvait interpréter que comme un adieu ? Aurait-il renoué avec Lise et rompu avec l'autre, si elle lui en avait donné la possibilité ? Serait-ce avec lui et non avec Serge, qu'elle serait en train de planifier son mariage ? Lise a conscience qu'elle ne devrait pas se poser ces questions, qu'elles sont vaines et que rien de bon ne peut en ressortir. Pourtant elle ne peut s'en empêcher, de même qu'elle ne peut s'empêcher de demander à Gaspard si elle connaît l'heureuse élue. Il hésite un instant avant de décocher sa réponse ; Lise maintient son masque bien qu'elle ait l'impression d'avoir reçu un coup de poing dans le ventre, et quitte Gaspard en le priant de féliciter de sa part les futurs époux.

C'était prévisible, pense-t-elle tout en marchant d'un pas qu'elle veut résolu. C'était prévisible, et d'ailleurs tu l'avais prévu, alors pourquoi en es-tu si blessée ? Ce sont des choses auxquelles on assiste sans cesse dans les livres et dans les films, comme dans ce Woody Allen que tu avais vu avec Louis, *Match Point*. Tu aurais pu connaître le destin de Chris, qui parvient à intégrer la haute société britannique alors qu'il est pauvre et étranger parce qu'il a su s'adapter, apprenant à s'habiller chez Ralph Lauren et à apprécier le caviar comme son beau-frère Tom, acceptant l'offre d'emploi de son riche beau-père, puis les exigences de procréation imposées par sa femme. Au lieu de quoi, c'est du sort de Nola, la fiancée de Tom, dont tu as hérité. Nola qui comme Chris vient d'ailleurs – Américaine et sans-le-sou – et doit à sa beauté de faire son entrée dans le grand monde. Mais qui parce qu'elle s'enferre dans une carrière d'actrice sans avenir sous l'œil acéré de sa potentielle belle-mère, se voit rejetée au profit d'une héritière qui sera véritablement *à sa place* auprès de Tom. On avait donné à Nola une chance de faire partie du cercle mais cette petite idiote n'a pas su la saisir, se couler parmi les dominants tout en ayant conscience, comme Chris, qu'on reste et restera toujours un dominé, et qu'importe si désormais on goûte le montrachet et habite un appartement de folie avec vue sur la Tamise…

Qu'avait donc dit Louis, autrefois, à propos de celle qu'il s'apprête à épouser ? Ah oui. Qu'il l'appréciait beaucoup, mais qu'elle serait bien trop égoïste et occupée à gérer sa carrière pour se consacrer à un mari et des enfants ; qu'il était content d'être son ami, mais ne se voyait pas, contrairement à elle, comme quelqu'un pour qui les sentiments étaient secondaires par rapport aux ambitions. À cette époque, il prétendait ne pas vouloir d'une de ces filles comme il en rencontrait tant et dont il connaissait par cœur les idées et les valeurs, une fille de bonne famille avec qui nouer une alliance en vue de former un *power couple*, une fille qui ne vous ferait rien découvrir et à qui l'on ne ferait rien découvrir puisqu'il ne s'agissait que de mise en commun des ressources et d'intérêts bien compris. Et puis bien sûr, une fois qu'il était devenu l'homme qu'il assurait ne pas vouloir être, qu'il avait renoncé aux "sentiments" pour se partager entre la spéculation à grande échelle chez Blackstone et la conquête d'un mandat sur ses terres normandes, il avait simplement, logiquement, changé d'avis. "C'était évident et il n'y avait qu'une imbécile comme toi pour ne rien voir venir", ricane la petite voix à laquelle Lise ne peut que donner raison. Car il était évident depuis le début que Louis Vanel épouserait Annabelle Baron.

Lise

45.

Annabelle était présente lorsque la police a demandé à s'entretenir avec Louis à propos de ma disparition. Pareille à l'Annabelle que j'avais connue, blonde et soignée à défaut d'être belle, avec ces mêmes yeux gris qui prenaient une nuance d'acier les jours de pluie. Pas une ride n'était venue plisser son front ou sa bouche après toutes ces années, comme si elle avait dormi chaque nuit dans un cercueil de glace lui permettant de garder intacte la fraîcheur ou plutôt la froideur de sa jeunesse. Vêtue d'un ensemble Chanel avec chaussures et bijoux affichant le logo tantôt noir, tantôt doré, en forme de double C, elle avait conservé intacte son assurance. Elle avait insisté pour demeurer auprès de son mari, arguant du fait qu'ils avaient passé ensemble la soirée qui semblait intéresser la police, celle après laquelle je n'avais plus donné signe de vie alors que mon portable indiquait, d'après l'opérateur, que les derniers SMS échangés l'avaient été avec Louis.

Elle et Louis étaient très inquiets de ce que leur apprenait l'inspecteur, et espéraient pouvoir apporter toute l'aide possible, avait-elle déclaré, le dos tendu et la voix affûtée, en fille de la haute bourgeoisie certaine de son bon droit et du respect qui lui est dû. Seulement ils ne croyaient pas que leur témoignage servirait à grand-chose… Louis et moi nous étions bien vus, ce soir-là, en effet. Nous avions pris un verre chez eux, sous la véranda – Annabelle et Louis habitaient évidemment un hôtel particulier avec jardin dans le 7e arrondissement – et elle nous avait rejoints un peu après. Nous étions tous les trois d'anciens camarades de classe et des amis ; nous avions peu à peu cessé de nous voir après la fin de nos études, et puis Louis m'avait recroisée un mois plus tôt par hasard, au centre Pompidou où se tenait la rétrospective Pierre Soulages. Nous avions échangé nos numéros, nous étions retrouvés à l'occasion pour déjeuner. Louis avait confié à Annabelle qu'il m'avait revue et elle-même s'était dit que ce serait sympathique de prendre des nouvelles… Elle avait donc prié Louis de m'amener à la maison pour me faire la surprise. Nous étions toutes deux ravies et avions papoté de tout et de rien pendant deux heures devant une tisane. Puis j'étais rentrée chez moi, en métro, sans doute, ou même peut-être à pied, car le temps était très doux, ce soir-là. Elle et Louis avaient ensuite pris la route de leur maison de Normandie – c'était plus commode de partir tard le soir si l'on voulait éviter les embouteillages – afin de rejoindre leur petit garçon, qui se trouvait déjà là-bas avec la jeune fille au pair ; Annabelle les avait elle-même déposés la veille, car le chauffeur, tout comme le cuisinier, avait posé ses congés en ce week-end pascal.

Ils ne comprenaient pas du tout ce qui avait pu m'arriver, a-t-elle affirmé à l'inspecteur, et s'ils pouvaient contribuer à faire avancer l'enquête d'une manière ou d'une autre, il ne fallait pas hésiter…

L'inspecteur avait aussitôt sauté sur l'occasion. Eh bien, peut-être monsieur Vanel pourrait-il leur montrer son portable et les messages qu'il avait échangés avec moi ? Qui sait s'ils ne dénicheraient pas un indice, quelque chose qui n'avait l'air de rien et les mettrait malgré tout sur ma piste. Et les Vanel verraient-ils sinon un inconvénient à ce qu'on examinât leur voiture ? Il s'agissait là d'une procédure de routine afin de vérifier leurs dires, cela permettrait de gagner du temps. Annabelle a eu une petite moue : "C'est-à-dire que nous avons besoin de la voiture, et que vous nous prenez un peu au dépourvu… Je me demande s'il ne serait pas plus prudent, dans ce contexte, de consulter un avocat. Qu'en penses-tu, Louis ?"

Or Louis, qui s'était peu exprimé jusque-là, sauf pour corroborer le récit de sa femme, était d'un autre avis. "Écoute, si cela permet d'accélérer les choses, je n'y vois pas d'inconvénient, personnellement. Venez, inspecteur, suivez-moi." Louis a mené les policiers jusqu'à son 4×4 en les prévenant qu'à supposer qu'ils veuillent faire des prélèvements, ils trouveraient sûrement des traces de mon passage, puisque j'étais plusieurs fois montée dedans avec lui. Quant au GPS, il confirmerait les dires de son épouse : départ après dîner pour la Normandie, arrivée tard dans la nuit à leur maison avec entre les deux un arrêt d'une heure dans un petit bourg où ils avaient acheté quelques années plus tôt une vaste propriété dont les ouvriers étaient en train d'achever la restauration. C'était un projet de longue haleine, auquel il avait consacré beaucoup d'énergie et de temps, et Louis avait voulu vérifier par lui-même où ils en étaient. Un détail, sinon :

Annabelle et lui avaient pris deux voitures ; il arrivait souvent, vu leurs métiers, que l'un ou l'autre fût forcé de raccourcir son week-end et de rentrer dare-dare à Paris… Louis a ensuite confié son téléphone et les clefs des deux véhicules, et lui et Annabelle ont regardé les policiers s'activer avec la vague impression d'assister à un épisode des *Experts* qui se déroulerait à un rythme beaucoup plus lent, sans musique, en affichant une sophistication bien moindre dans les techniques employées.

Une fois l'inspecteur et son équipe repartis, Annabelle s'est tournée vers Louis d'un air soucieux.

— Tu crois que ça va aller ?

Il n'a pas daigné la regarder.

— Pourquoi ça n'irait pas ? Ils ne trouveront rien là-dedans qui contredise ce que tu as raconté. Les SMS que j'ai échangés avec Lise sont très factuels et le dernier que je lui ai envoyé indique effectivement que je veux lui faire une surprise. Et puis tu n'as pas menti en affirmant que toi et moi étions bel et bien ensemble, ce soir-là. J'ignorais que nous l'étions, mais ça, ils n'ont aucun moyen de le découvrir… Ce qui me fait penser que j'ai oublié de te dire : j'ai brûlé ton dossier.

Les joues d'Annabelle s'empourprent.

— Quel dossier ?

— Celui que tu avais rassemblé sur Lise. Je suis navré d'avoir fouillé dans tes affaires, mais tu comprendras qu'au vu des circonstances… Si la police avait débarqué avec un mandat de perquisition, il aurait été compliqué pour toi d'expliquer pour quelles raisons tu avais fait suivre Lise à la trace depuis notre séparation. Compliqué d'expliquer que tu avais sans doute prévu de me prendre dans tes filets dès ce moment-là, voire bien avant, et que tu craignais tellement de voir revenir Lise dans ma vie, ou de me voir, moi, revenir à elle, que tu avais mis tout un système de surveillance en place… Quatre cents pages de rapports sur chacun de ses gestes, chacune de ses démarches, tous ceux à qui elle a parlé, tous les lieux où elle s'est rendue – y compris la clinique, nom de Dieu ! – auraient mis à mal ta fiction sur la profonde amitié qui vous a liées. On ne garde pas l'œil de façon aussi détaillée et obsessionnelle sur une "amie" si on est juste curieux de savoir ce qu'elle devient, tu sais.

Annabelle se mord la lèvre.

— Nous avons été amies, Louis, que tu le veuilles ou non. Et d'ailleurs c'est pour toi que nous sommes devenues amies. C'est à toi que nous devons de nous être connues.

Louis attrape son poignet et le serre avec une telle force qu'un cri échappe à Annabelle.

— Tais-toi. Vous n'aviez rien en commun. Rien.

Annabelle retire sa main d'un geste brusque et crache pratiquement au visage de son époux :

— Mais vous non plus, Louis, et c'est ce qu'elle disait toujours, d'ailleurs. Tu l'as déjà oublié ?

Louis a un mouvement de recul. Il ne répond pas ; il se détourne, simplement, pour se diriger à pas lents vers l'hôtel particulier qu'Annabelle a entièrement redécoré l'automne précédent sans que cela lui ait valu le moindre commentaire de Louis – cela faisait bien longtemps qu'il avait cessé de commenter les initiatives d'Annabelle. Elle le suit des yeux tandis qu'il monte les marches du perron et on dirait qu'un fil transparent relie ses pupilles à cet homme qui lui tourne le dos, cet homme qui s'en va en tâchant de toutes ses forces de nier son existence comme ses sentiments pour lui. Annabelle songe qu'elle a perdu Louis et qu'il n'a peut-être jamais été à elle, en vérité, jamais, malgré leur mariage, leur enfant et tout ce qu'elle aura fait pour le garder. Il a fermé la porte derrière lui, à présent, et Annabelle baisse la tête. Elle écrase une larme, elle qui n'a jamais écrasé que ceux qui se trouvaient sur son chemin, et sa douleur, son désespoir, sont si absolus, que cela pourrait presque me suffire. Presque.

L'Autre

46.

Lise et Louis ; Louis et Lise. Je crois que personne ne connaît mieux que moi votre histoire. Je la connais mieux que vous qui l'avez vécue, car je suis la seule à l'avoir étudiée dans le moindre détail. À avoir rassemblé, patiemment, tout ce qu'il était possible de rassembler à votre propos, poussant le scrupule jusqu'à lire chacun des romans que tu as mentionnés, à visionner chacun des films que tu as évoqués. Non pour faire comme toi ou devenir toi, mais pour te comprendre et comprendre ce qui chez toi avait retenu Louis – l'origine du sort que tu lui avais jeté. J'oubliais qu'il n'y avait rien à comprendre, car aimer n'est que cela : un mauvais sort comme on en trouve dans les contes, contre quoi on ne peut rien jusqu'à ce que l'enchantement ait cessé.

Tu as raison de dire que tout était prévisible depuis le début. C'était seulement une question de perspective et ta sœur à cet égard aurait pu t'aider à y voir plus clair. La fin de cette histoire était déjà écrite – dans ce livre dont Louis avait pris prétexte pour t'aborder, *Le Temps de l'innocence*. Personne n'y mourait, avais-tu déclaré, sauf à dire que le héros, Newland, meurt intérieurement, puisqu'il sacrifie le seul amour véritable qu'il ait connu, Ellen, à un mariage de convenance. Or les dernières pages du roman nous apprennent qu'il existe une autre personne au courant de la tragédie silencieuse de ces amants qui n'auront pu l'être : May, sa femme. Elle qui est demeurée à ses côtés toutes ces années savait parfaitement que le cœur de son époux appartenait à une autre et ne le lui a jamais dit. Je savais très bien ce qu'il en était, moi aussi, et j'étais prête, comme May, à passer ma vie auprès de Louis en me satisfaisant de ce qu'il pouvait m'accorder… Pourquoi ne pas me l'avoir permis ?

Tu n'as jamais compris Louis, Lise. Tu étais si préoccupée de ce que tu ressentais toi, seulement toi, toujours toi ; si tu avais laissé de la place à autre chose qu'à ton ego, tu aurais essayé d'envisager la situation de son point de vue. Tu te serais dit qu'il avait souffert, lui aussi ; qu'il avait songé, parfois, à cet enfant que vous n'aviez pas eu ; qu'il avait regretté, peut-être. Il avait seulement préféré se taire et dissimuler son chagrin, comme tes parents. Tu avais besoin de parler, soit. Ne pouvais-tu comprendre qu'il avait besoin, lui, de ne pas parler pour parvenir à tourner la page, cette page qui lui a autant pesé qu'à toi, contrairement à ce que tu clamais ? Il t'aimait, Lise. Il t'aimait comme tu l'aimais, mais il avait une conscience aiguë du mal que vous vous faisiez, du mal que *lui* te faisait. Et s'il s'est résigné, s'il t'a laissée partir, renoncer à toi a été pour lui l'épreuve la plus difficile qu'il ait jamais eu à affronter.

Il ne m'en a jamais touché mot, sais-tu ? Moins parce qu'il n'en avait pas envie, ou parce qu'il aurait jugé cette confidence déplacée, que parce qu'il en était incapable. Quand tu as rompu avec lui – car c'est toi qui as rompu avec lui, toi qui l'as repoussé, toi qui l'as tenu à l'écart, toi qui as annoncé que tu te mariais – il a décidé d'ensevelir en lui tout ce qui te concernait. Il s'est exhorté à poursuivre son chemin sans jamais se retourner, à partir du moment où tu lui as laissé ce message qui l'a brisé. Il n'a plus jamais été le même après ça, sais-tu ? Tu n'as même pas eu la décence de lui annoncer en personne la nouvelle, non, tu as mis fin à votre relation d'un simple coup de fil, en vingt secondes chrono. Tu l'as jeté comme tu l'accusais d'avoir jeté la fille au pull bleu. Comment as-tu pu t'offusquer de ce qu'il n'ait pas rappelé pour t'annoncer qu'il se mariait, lui aussi, quand il ne s'autorisait même pas à penser à toi, tant se remettre de vous lui avait coûté ?

Il te l'aura finalement avoué ce soir-là. Comme il t'aura avoué qu'il avait pensé te demander de garder l'enfant mais que ta sœur l'avait convaincu du contraire. Comme il t'aura dévoilé qu'il ne t'avait pas du tout rencontrée par hasard à Pompidou. Il avait procédé comme moi : il t'avait fait suivre. Il est vrai qu'il ne l'aura fait qu'une fois. Quelques années plus tôt, quand tu lui avais fait comprendre, de façon si radicale, que tu ne voulais plus de lui, il avait vraiment essayé de t'oublier. Il était sincère quand il m'a épousée et contrairement à ce que tu supposais, nous n'étions pas le moins du monde ensemble lorsque vous vous êtes revus ; c'est moi qui lui ai proposé d'unir nos vies quand j'ai su ce que tu lui avais infligé. Je ne lui ai pas fait de déclaration, je ne lui ai pas dit ce que je ressentais, je ne lui ai pas révélé que je l'avais toujours aimé. Non : je lui ai présenté les choses comme il fallait les lui présenter pour qu'il accepte. J'ai argué qu'il avait eu son compte, d'évidence, en ce qui concernait les relations chaotiques qui ne menaient nulle part. Pourquoi ne pas passer un contrat avec quelqu'un qu'il connaissait bien, quelqu'un qu'il estimait et avec qui il s'était toujours parfaitement entendu, quelqu'un qui pouvait et voulait le soutenir dans ses ambitions – quelqu'un comme moi ? Je n'attendais pas autre chose de lui, pour ma part ; je voulais un partenaire et un ami. N'était-ce pas ce que nous étions déjà l'un pour l'autre ? Pourquoi ne pas essayer au lieu de se consumer jusqu'à se perdre dans une passion pour quelqu'un que l'on ne comprend pas et qui ne vous comprend pas ?

Quoi que Louis en dise aujourd'hui, cela a fonctionné. Il n'a pas été aussi heureux qu'il l'a été avec toi, mais il n'était pas malheureux. Et je n'étais pas malheureuse, moi non plus. Le regret de ne pas être aimée, tout en conservant Louis à mes côtés, tout en partageant son quotidien, tout en lui donnant un enfant, était de très loin préférable à une vie sans lui. Je m'étais faite à cette existence ; je pensais que lui aussi. Je ne me doutais pas qu'il continuait, même s'il n'en disait rien, de chérir ton souvenir. Je croyais qu'il était encore comme moi : tourné vers l'avenir et prêt à aller de l'avant. Or tu en avais fait quelqu'un d'autre, quelqu'un qui avait appris à goûter les douceurs de la nostalgie et désirait reconquérir plutôt que conquérir. Louis étant Louis, son intérêt pour le passé a en effet pris une autre forme que chez toi, où il se diluait en vains soupirs et jérémiades. Lui a décidé d'utiliser sa capacité à faire de l'argent à partir de l'argent, ce talent pour multiplier et démultiplier que tu regardais avec tant de hauteur alors que tu en avais profité chaque jour que tu avais passé avec Louis, pour rebâtir le lieu le plus cher à ton cœur : Étambel.

Il ne m'en a rien dit, là non plus. C'était un jardin secret auquel il avait seul accès. Il a réuni les meilleurs – historiens, enquêteurs, conservateurs, collectionneurs, critiques d'art, tous ceux dont l'expertise pouvait lui être utile – et les a chargés de rechercher chacune des lucarnes et des cheminées, chacune des frises et des statues, des tentures et des tapisseries, qui avaient autrefois fait la splendeur du château. Chacun des meubles et bibelots, chaque fronton, chaque tableau ; les escaliers ciselés comme les panneaux sculptés qui ornaient autrefois les façades. Il voulait par-dessus tout restaurer la Chambre des Larmes. Traquer un à un les éléments qui en avaient été dispersés sur tous les continents, ou presque, les murs revêtus de noir, l'épée du comte, le tableau représentant Adrien et Agnès au bras l'un de l'autre, et les fameuses fioles de cristal permettant d'invoquer la Dame du Château Inachevé et se voir offrir le privilège de circuler à sa guise entre le monde des vivants et celui des morts, où l'on pourrait retrouver tous ceux qu'on avait aimés, et perdus.

Car c'était bien cela qu'il avait en tête, même s'il ne se l'avouait pas : te retrouver, toi qu'il croyait perdue pour lui. Il ne s'agissait pas d'élever un tombeau à son amour disparu comme l'avait fait ton père, mais de t'offrir ton rêve de pierre. De reconstruire votre château à vous, avec l'espoir de ressusciter le couple que vous aviez formé. Tu étais vivante, contrairement à Lan. Tu étais là, tout près. Comment n'aurait-il pas été tenté, au fur et à mesure qu'avançait la reconstruction d'Étambel, d'essayer une nouvelle fois, une dernière fois, de te ramener à lui ? C'était trop tôt lorsqu'il était revenu d'Amérique et vos plaies n'avaient pas encore cicatrisé, avait-il raisonné. Mais à présent que le temps avait passé, peut-être… C'était là ce qu'il se disait, oubliant opportunément tout ce qui vous avait opposés, tout ce qui vous avait déchirés.

Après t'avoir recroisée "par hasard", il s'est efforcé de te montrer, dans la discussion qui s'est ensuivie, qu'il n'était plus celui que tu avais connu. À présent qu'il avait acquis la position qu'il ambitionnait autrefois d'obtenir, il s'était rendu compte que cela n'avait pas autant d'importance qu'il le croyait : il comprenait désormais ton inclination pour le passé, le culte que tu vouais à la beauté, ton indulgence envers les faibles et les blessés. Il avait appris que la force seule ne suffit pas. Que le pouvoir, aussi excitant et exaltant qu'il soit, est aussi une prison – qu'il peut vous faire passer au travers de la vie jusqu'à finalement la manquer. En somme il voulait te prouver qu'il avait changé ; qu'il avait mûri.

Vous vous êtes revus avec plaisir, une fois, puis deux, puis trois, puis quatre. Vous riiez ensemble et tu te disais que tu étais heureuse, à présent que l'eau avait coulé sous les ponts, de pouvoir rire avec lui. Louis était toujours aussi séduisant et tu retrouvais en marchant à ses côtés le plaisir narcissique, adolescent, d'être au bras du plus beau ou de la plus belle. Tu en avais un peu honte, et dans le même temps, tu n'étais pas mécontente d'éprouver cette sensation, comme si on te rendait un peu de ta jeunesse, de la naïveté et de la fougue qui étaient alors les tiennes. Tu prétendais que vos rendez-vous étaient parfaitement innocents mais tu ne les avais pas moins cachés à Serge. Car malgré ta tendresse pour ce dernier, tu te préoccupais de plus en plus de Louis. Tu te demandais s'il avait toujours des sentiments pour toi, ou s'il appréciait simplement ta compagnie, à présent que la tempête entre vous s'était apaisée. Tu aurais voulu ne pas te poser la question mais ne pouvais t'en empêcher, comme toujours lorsqu'il s'agissait de Louis.

Tout se déroulait comme Louis l'avait escompté, ce qui ne signifiait pas qu'il était certain de ce que tu pensais ou ressentais. Il savait seulement qu'il ne voulait plus jouer pour ne pas perdre, mais pour gagner. Que c'était la seule issue possible à la situation et qu'il fallait faire vite : il te devinait troublée tout en ayant conscience que ce trouble ne se prolongerait pas indéfiniment, que vous finiriez par devenir amis. Or il ne voulait pas de toi comme amie.

(Qu'en sais-tu ?)

Je sais qu'il avait tout prévu, ce soir-là.

(Vraiment ? Et qu'avait-il prévu exactement ?)

De m'envoyer en Normandie avec notre fils, et de prétexter du travail de dernière minute pour rester à Paris, tout en promettant de nous rejoindre dès le lendemain. De s'arranger pour que cela coïncide, évidemment, avec les dates de voyage de Serge au Texas, dont tu avais veillé à le prévenir.

("Veillé ?")

Vas-tu nier que tu ne savais pas ce que tu voulais ? Que consciemment ou non, tu désirais l'informer que tu serais seule cette semaine-là ?

(Je ne nie rien. Je trouve seulement étrange que tu prétendes mieux savoir que moi ce que j'avais en tête.)

Si tu ne l'y avais pas d'une façon ou d'une autre encouragé, il ne t'aurait jamais envoyé ce SMS…

("Je voudrais te faire une surprise. Est-ce que par hasard tu serais libre vendredi soir ? Je passe te prendre.")

Louis avait préparé son plan de bataille. Il viendrait te chercher, t'amènerait à Étambel et ce serait quitte ou double. Soit il réussirait à te convaincre et vous referiez votre vie ensemble ; soit il échouerait mais il aurait fait tout ce qui était en son pouvoir et continuerait sa route sans plus se retourner en arrière.

(Dire que tu as osé affirmer à l'inspecteur que c'était toi, la surprise qu'il préparait…)

Était-ce vraiment un mensonge ? Ni lui, ni toi ne vous attendiez à me retrouver là…

(De même que tu ne t'attendais pas à me retrouver alors que tu croyais l'histoire terminée. Ou bien est-ce que je me trompe ?)

Bien sûr que je croyais l'histoire terminée. Tout ce que la police avait découvert dans nos portables et nos voitures confirmait notre version des événements. Il n'y avait aucune trace, rien de tangible pour nous mêler à ta disparition. Ils ne disposaient pas de corps, les motifs de Louis restaient incertains, j'étais son alibi comme il était le mien… Ils n'avaient pas d'autre choix que nous laisser tranquilles.

(On n'embête pas un Louis Vanel et une Annabelle Baron avec de simples présomptions…)

Alors tu as décidé de prendre les choses en main.

(J'étais la seule à pouvoir faire quelque chose. Et je n'ai aucun regret.)

Lise

47.

Ni Louis, ni moi n'imaginions que tu m'avais surveillée tout ce temps, à distance, Annabelle. Que nos rendez-vous, et ce qui pouvait découler de ces rendez-vous, t'avaient terrifiée. Tu n'en dormais plus, la main agrippée au drap, observant Louis dans la nuit profonde. Comme si tu pouvais, à force de le fixer, réussir à déchiffrer ses desseins. Jamais tu n'avais ressenti une telle douleur ; jamais tu n'aurais pensé que ton destin pouvait être, encore une fois, suspendu à ce que lui et moi allions décider. Alors ce soir-là, quand tu as compris que Louis te mentait encore une fois, qu'il partait me retrouver non plus en journée comme il en avait pris l'habitude mais pour le soir, la nuit peut-être, tu as décidé de mettre fin à cette torture. De jouer à quitte ou double, toi aussi. Tu es partie sur les traces de Louis, décidée à nous affronter.

Nous étions si préoccupés l'un par l'autre que nous n'avons même pas pris garde à la voiture derrière nous. Je voyais bien que nous étions en route pour la Normandie, et lorsque nous avons pris la sortie que je l'avais prié de prendre dix ans plus tôt pour lui montrer le château de mon enfance, je me suis doutée de l'endroit où Louis voulait m'emmener. Je me suis demandé, un instant, si je n'allais pas avoir droit à une promenade assortie d'un pique-nique dans le parc et d'une déclaration sous les étoiles. La chose me paraissait douteuse : nous avions passé l'âge des niaiseries romantiques, et je demeurais de toute façon convaincue qu'il y avait quelque chose en moi qui empêchait Louis de m'aimer comme Serge m'aimait.

À supposer que nous cédions tous deux à cette force qui nous aimantait l'un vers l'autre – cette force que n'avaient entamée ni les années, ni les querelles, ni cette tristesse au fond de moi – je finirais par le regretter, j'en avais conscience. Je me sentirais à nouveau à ma place dans ses bras, peut-être, mais pas à ses côtés. Je n'étais pas destinée à me tenir à ses côtés. Tu étais la femme qu'il lui fallait, je le pensais vraiment, et prévoyais d'ailleurs de l'affirmer haut et fort à Louis dans le cas improbable où il m'ôterait la possibilité de louvoyer. Il était fait pour toi et toi pour lui, même si une part de moi aurait voulu qu'il en fût autrement, cette part qui m'avait poussée à continuer de le voir après notre rencontre à Pompidou, à répondre à son SMS m'annonçant une "surprise", à monter dans la voiture où je me trouvais à présent.

J'avais les idées claires et puis nous sommes arrivés à Étambel et tout s'est brouillé. Le spectacle que j'ai découvert m'a littéralement coupé le souffle : le château inachevé désormais achevé, avec ses quatre tours et sa cour d'honneur, les escaliers semés de guirlandes de feuillages et de fleurs, de motifs d'inspiration byzantine, d'armoiries entrelaçant les initiales d'Agnès et Adrien d'Étambel. Les toits en poivrière, revêtus d'ardoise bleue, les panneaux sculptés où s'entremêlaient colombes, licornes et dragons, sirènes, phénix et salamandres. Les tentures, les tapisseries, les tableaux, les statues. Les frontons portant haut la devise de la châtelaine, "Vrai amour ne se change", et la Chambre des Larmes, avec ses murs noirs, le tableau des époux et les fioles de cristal alignées sur le manteau de la cheminée comme si elles ne l'avaient jamais quitté.

Je sentais à peine mes jambes, prêtes à se dérober sous moi tandis que j'avançais vers ce songe devenu réalité, *dans* ce songe devenu réalité. Accrochée au bras de Louis pour ne pas tomber, j'ai grimpé une marche après l'autre l'escalier pour gagner la Chambre – la clef de voûte de mon rêve de pierre. Des bougies brûlaient aux quatre coins de la pièce, ainsi qu'au chevet d'un lit à baldaquin aux courtines brodées d'argent. Je me suis approchée de la rangée de fioles dont le temps avait à peine terni l'éclat. J'ai examiné les fins motifs – lys et violettes, lierre et vigne vierge, tiges d'asphodèles, brins de bruyère, chèvrefeuille et noisetier. De minuscules inscriptions couraient tout au long de leurs cols, que j'ai tenté de déchiffrer, en vain. Je tremblais trop et j'ai fini par renoncer, fermant les yeux pour tâcher de rassembler mes esprits.

J'ai lâché le bras de Louis et avancé de quelques pas pour me tenir debout tout en haut de la tour est. J'ai écarté le rideau d'une main hésitante pour observer par la fenêtre le domaine et ses alentours. Je ne parvenais ni à en croire mes yeux ni à articuler le moindre mot. J'ai alors entendu la voix de Louis derrière moi. Il disait qu'il m'aimait. Qu'il n'avait jamais cessé de m'aimer, chaque jour de chacune des années où nous étions restés séparés. Il était trop jeune et trop immature pour comprendre à l'époque ce qu'il perdait en me perdant. Trop jeune et trop immature, aussi, pour réussir à parler de ce dont nous n'avions jamais réussi à parler : cet enfant qui n'avait pas eu le temps d'être un enfant. Il était désolé d'avoir été celui qu'il avait été. D'avoir placé au-dessus de moi, de nous, tout ce qu'il croyait important, fondamental, essentiel, et qui ne l'était pas, et qui n'était rien, puisque rien n'avait de sens sans moi. Je me suis retournée. Il s'est avancé vers moi, sous les regards d'Agnès et d'Adrien, dans la lumière mouvante des dizaines de bougies qui brûlaient dans la chambre, et m'a prise dans ses bras. J'ai levé le visage vers lui. "Est-ce que tu m'aimes encore, Lise ?" C'était là tout ce qui lui importait. Si ce n'était pas le cas, il me laisserait tranquille. Mais si c'était le cas… Eh bien, il était prêt, pour sa part, à te quitter. Il ne pensait pas que tu en souffrirais outre mesure. Votre couple reposait avant tout sur un marché et le choc que tu ressentirais serait très relatif, a-t-il affirmé. Vous vous arrangeriez, partageriez la garde de votre petit garçon et feriez en sorte que tout se passe au mieux pour lui – ces affaires-là arrivaient tous les jours. La seule chose qui comptait, c'était ce que je ressentais moi. Ce que je voulais moi. Tout, absolument tout, dépendait de moi.

J'ai posé ma main sur sa joue. Songé à notre première rencontre ; notre première nuit. Nos week-ends en Normandie ; notre voyage en Italie. Sa présence à mes côtés, si joyeuse, si heureuse, quand j'avais découvert le pays qui avait été celui de mon père et aurait pu être le mien. La façon dont il me regardait alors ; celle dont il me regardait aujourd'hui. Je tenais son cœur au creux de mes mains, et j'ignore ce que j'aurais répondu, si j'avais pu répondre. Si tu m'en avais laissé le temps. Mais cela n'a pas été le cas – je n'ai eu le temps de rien. Tu nous avais suivis tout en haut de la tour avant de te cacher dans un recoin et après que Louis s'est tu, tu t'es levée. Tu avais perdu toute maîtrise de toi. Entendre que cet homme que tu avais aimé depuis l'enfance clamer que lui ne t'avait jamais aimée, qu'il n'aimait que moi, n'aimerait jamais que moi, et que tu le comprendrais – car Louis n'a jamais pensé que tu l'aimais autrement que ce que tu lui avais affirmé, c'est-à-dire sagement, raisonnablement, en associée, presque en camarade – t'a rendue folle. Les mots de Louis avaient été pour toi autant de coups de poignard, la haine que tu me vouais a flambé d'un coup, et c'est portée par un souffle de pure rage que tu as marché jusqu'à moi pour me pousser dans l'escalier. Mon cri, celui de Louis, mon corps dévalant les marches et les bras de Louis qui t'ont immobilisée trop tard, t'ont laissée indifférente. Seul le crissement de ma nuque, brisée net sur la dernière marche, t'a sortie de ta transe. Ce n'est qu'alors que tu as éclaté en sanglots tandis que Louis se précipitait. Il s'est agenouillé près de moi. Quand il a constaté que je n'avais plus de pouls, que je ne respirais plus, il m'a serrée contre lui. Longtemps. Mon cœur avait cessé de battre mais mon sang était tiède encore et il m'a bercée avec douceur, comme on bercerait une enfant endormie. Il ne cessait de répéter qu'il était désolé. Quand il a senti que je devenais froide, il a levé les yeux vers toi, qui sanglotais toujours. "Je suis désolé", a-t-il dit encore une fois. Son visage était pâle et crispé, ciré par les larmes qui refusaient de couler. Il t'a dit de rentrer chez vous en affirmant qu'il allait s'occuper de tout. Et c'est ce qu'il a fait.

Tout se serait arrêté là si j'avais bel et bien été engloutie par le lac : vous aviez tellement bien arrangé votre histoire que vous vous en seriez sortis sans une égratignure. Seulement je n'ai pas disparu avec ma dépouille ; mon esprit et mon âme se sont détachés d'elle comme un serpent quitte sa mue et je suis remontée à la surface tandis qu'elle sombrait. J'ai ouvert les yeux sur la lune immense et blanche dans le ciel noir, sphère opaline dont les rayons diapraient les eaux du lac, dessinant d'étranges formes argentées à sa surface, aux contours indécis et fluides : un immense test de Rorschach où le mercure aurait remplacé l'encre. J'ai aperçu Louis et tenté de lui parler mais n'ai réussi qu'à faire passer un frisson sur ses épaules… Je n'étais plus qu'une ombre. Même pas une ombre, mais un courant d'air, une brise, sitôt surgie, sitôt disparue. Je me contenterais désormais d'assister aux événements, présence silencieuse et invisible à qui avait été accordée une grâce : celle d'être encore là malgré tout, pour une raison que j'ignorais. Du moins l'ai-je cru jusqu'à ce que je commence à me souvenir et à visiter les vivants ; jusqu'à ce que je constate qu'il m'était désormais donné de pénétrer leurs chagrins et d'entendre leurs pensées. Que je comprenne en te retrouvant qu'il m'était possible d'agir, puisqu'à l'inverse de ma famille ou de mon mari, tu pouvais sentir ma présence, de façon tantôt fugitive, tantôt durable, suffisante dans tous les cas.

Alors j'ai agi. Je me suis mise à surgir au détour d'une rue pour me perdre aussitôt dans la foule lorsque tu faisais les magasins. À projeter mon reflet sur la théière d'argent lorsque tu recevais des amies, de façon à ce qu'elle t'échappât des mains. À t'apparaître en songe pour te livrer le détail de mes amours avec Louis. Te chuchoter, encore et encore, que c'était moi qu'il aimait, toujours moi, encore moi. J'absorbais peu à peu tes forces et ton énergie tandis que tu te sentais étouffer sous le poids du secret, de cette espérance et cette désespérance accumulées jusqu'à la déflagration. Tout ce que tu ne pouvais confier à qui que ce fût, pas même à Louis qui après ce soir-là, ne t'a plus jamais regardée dans les yeux. A déménagé ses affaires dans la chambre d'amis. Est devenu pareil à un fantôme qu'il t'arrivait parfois de frôler en journée, jamais la nuit.

Louis t'a laissée seule. Pour toujours seule. Et c'est dans cette solitude atroce, ce calvaire permanent qu'était devenue ta vie, que tu as conçu ce projet insensé : le libérer de mon emprise en enfermant toute notre histoire dans un bloc de feuilles avant de la brûler, comme les ex-amants jettent dans le feu leur correspondance une fois la rupture consommée. Tu as commencé à coucher sur le papier tout ce que je t'avais raconté, notre première rencontre à cette terrasse de café, ma surprise en découvrant l'hôtel particulier, nos espoirs, nos craintes, nos heurts. Tu y as agrégé tout ce que les rapports reçus au fil des ans t'avaient appris : les rendez-vous à la clinique, les longs mois de silence, mon entrevue avec Louis à son passage à Paris, mes fiançailles sans lesquelles il ne se serait jamais marié avec toi. Nos bonheurs et nos tourments, nos retrouvailles, ma mort et la réaction de Louis : tu voulais tout écrire et puis tout anéantir. Toi qui ne croyais en rien à part toi-même, en étais réduite à t'adonner à un rituel de sorcière faute de fée pour veiller sur toi…

C'était ce que je voulais, bien sûr. Ce que j'avais murmuré à ton oreille pendant les rares heures que tu parvenais à arracher à la veille. Car sitôt que tu as commencé de m'évoquer, mon influence en a été renforcée. Je ne t'ai pas fait plier sans peine. Mille fois tu t'es débattue, mille fois je t'ai ramenée à ton bureau pour t'y asseoir, tremblante, et te faire retranscrire chacune de mes paroles, chacune de mes anecdotes sur Louis et moi, traduisant en mots le film de notre amour que je déroulais et redéroulais chaque fois que tu fermais les yeux. Y a-t-il pire torture que voir et revoir celui que vous aimez depuis toujours en aimer une autre ? Vous voir démontrer, encore et encore, que vous avez son estime, mais n'obtiendrez jamais son amour, immolé à quelqu'un qui n'est même pas là ? Et n'est-ce pas la pire des douleurs, que de se dire que vous êtes assurés de n'y avoir jamais droit, à présent que vous avez tué cette femme, puisqu'on ne peut lutter contre ceux qui ne sont plus de ce monde ? Tu avais écarté de ta route un être de chair et de sang qui avait son lot de défauts, un être qui aurait été disposé, qui sait, à te laisser Louis, mais comment lutter contre un rêve, celui que Louis avait poursuivi tout le temps où j'avais été absente, celui qu'il poursuivrait à jamais, à présent que je n'étais plus ? En me tuant, tu n'as pas mis fin à mon existence : tu m'as conféré une forme d'immortalité. Tu t'es condamnée à être toujours hantée par ton geste, et par les sentiments de Louis pour moi. Comment pourrait-il, à présent, m'oublier ?

Tu as longtemps lutté avant de t'incliner. Puis, comme une digue qui rompt, tu t'es abandonnée, tu as noirci des dizaines, des centaines de pages avec une fureur rentrée. Tu m'as rendu la vie à travers les mots. À toutes celles que j'avais été – l'enfant persécutée, l'adolescente solitaire, l'adulte qui ne parvenait pas à être adulte. Tu as mis tes pas dans les miens. Mes envies et mes peurs sont devenues les tiennes. Tu t'es glissée dans ma voix, mon corps et mon cœur. Et c'est en t'accueillant comme une sœur que je t'ai fait plus de mal que personne ne t'en avait jamais fait. Car ce n'est pas avec un couteau qu'on peut blesser une nature d'airain comme la tienne. Ce n'est pas par la violence, l'arrogance ou le dédain – ces armes que tu emploies si volontiers – que l'on peut t'atteindre. Ce n'est qu'en te cédant qu'on peut te faire céder. Quelqu'un d'aussi coriace ne peut être vaincu que par la douceur, les confidences, le murmure d'une morte dans la nuit. Qui aurait dit que la chanson d'une âme perdue peut vous causer plus de souci, plus de tourment, qu'une injure ou un coup de fouet contre lesquels tu te serais simplement durcie ? Le remords a des effets autrement plus hypnotiques, si l'on en juge d'après Louis ; autrement plus épuisants, si l'on en juge d'après toi. Tu t'es plongée dans le flot de mes paroles jusqu'à te noyer, en ne sachant même plus si tu désirais te souvenir, ou oublier. Et quand tu es arrivée à la fin de ce manuscrit où j'avais autant sinon plus tenu la plume que toi, tu as prié pour que je m'en tienne là. Mais bien sûr, cela ne sera pas le cas. Pourquoi te laisserais-je la vie alors que tu m'as donné la mort ?

Un tube de somnifères ou une corde dans la maison de Normandie, et tout sera dit. Je te donnerai le choix. Ce n'est pas à ton corps que j'en veux. Ton suicide seul ne m'aurait pas suffi, mais grâce à ce que tu as écrit la lumière sera faite sur mon existence comme sur ma fin. On retrouvera ma dépouille et on m'enterrera. Serge qui m'a si longtemps attendue sera libre, enfin, de refaire sa vie avec Liane s'il le souhaite. Je les vois côte à côte devant mon cercueil, le bras de ma sœur passé sous le sien, l'un et l'autre échangeant un sourire hésitant sous le ciel sans nuage, aussi lisse qu'une vitre fraîchement nettoyée. Mes parents sont présents à l'arrière-plan, les paupières plombées et le cœur lourd, mais soulagés, aussi, de savoir ce qui m'est arrivé, soulagés, au moins, d'avoir pu me donner une tombe. Il n'y a que Louis qui n'est pas là.

Condamné à plusieurs années de prison pour avoir dissimulé mon corps, il a refusé de faire appel, refusé de voir qui que ce soit une fois enfermé, refusé de sortir de sa cellule pour prendre l'air dans la cour, profiter de la bibliothèque, parler, travailler, vivre. Les repas exceptés, Louis est demeuré entre ces murs couché sur le lit, dos à la lumière, sourd à toutes les questions qu'on lui adressait et à toutes les propositions qu'on lui faisait, sourd aux appels de ses parents et aux besoins de son fils, conservant une immobilité parfaite, dissimulant au monde les larmes qui coulaient, intarissables, sur ses joues. Il n'a rien fait d'autre durant tout ce temps que se concentrer sur son chagrin comme s'il pouvait s'y fondre, y disparaître, se dissoudre dans le regret. Les séjours à l'infirmerie, les admonestations des psychologues, les prescriptions d'antidépresseurs n'ont eu aucun effet. La douleur qu'il portait au cœur s'est diffusée, métastasée jusqu'à prendre possession de lui tout entier, dévorant ses pensées, ses envies, ses espoirs. Rien, ni personne, ne pouvait lui rendre ce qu'il avait perdu, songeait-il en lui-même. Rien, ni personne, ne pourrait l'en consoler. Alors autant rester là, dans le noir, à pleurer sans fin, sans un bruit, sans un mot.

Une fois sa peine accomplie, il n'a visité ma tombe que pour la forme. Pour lui, mon esprit et mon âme demeuraient à Étambel, où il a continué seul de se rendre. Il vient régulièrement déposer des fleurs sur l'étang dont il fixe les eaux sombres, piquées de roseaux et semées de nénuphars. "Vrai amour ne se change", souffle-t-il alors tout bas. L'automne est là, qui a tapissé le chemin de feuilles mortes. Le vent sanglote entre les arbres nus. Les fleurs de Louis ont bruni, puis pourri. Mille fois déjà, il a invoqué la Dame. Mille fois il a voulu traverser la frontière qui délimite le monde des vivants et celui des morts pour me rejoindre. Je ne désespère pas qu'il le fasse un jour. Cela dépend de lui ; je pouvais te hanter toi qui m'as tuée, pas celui que nous avions tant aimé. Mais il est d'autres fantômes que ceux qui vous apparaissent. Louis m'idolâtre aujourd'hui comme il ne m'a jamais idolâtrée. Tu avais raison : lui qui a toujours su aller de l'avant semble en avoir perdu le désir. Je l'ai entraîné avec moi dans mes marécages. Son regard sur l'eau est de plus en plus trouble. Il sait que je suis là. Que je l'attends.

REMERCIEMENTS

Merci à Alexandre sans qui aucun de mes livres n'existerait.

Merci à Carole Martinez pour la "Chambre des Larmes", comme elle l'a appelée lorsqu'elle m'a parlé de la chambre de Chenonceau, entièrement drapée de noir, dans laquelle s'enferma Louise de Lorraine à la mort de son époux le roi Henri III.

Merci à Myriam pour son amitié, son écoute et ses conseils attentifs, et à Bertrand pour sa confiance et son coup d'œil – définitivement un maître dans l'art du détail qui change tout.

Merci à tous les proches, amis et autres camarades qui ont pris le temps de lire et de commenter, Gilles, Ève, Gaëlle, Antoine, Tâm, Alex.

Merci enfin à ma mère, pour l'émotion avec laquelle elle a toujours évoqué la maison et la plantation de mon grand-père, qui auront nourri tous mes romans, et à mon père, scientifique par nécessité plus que par goût, peut-être. Nous n'avons jamais parlé de livres, mais c'est lui qui me fit découvrir, bien avant les manuels scolaires, Nerval et Verlaine, en me récitant d'une traite, à ma grande surprise – et mon non moins grand enchantement – la première strophe d'*El Desdichado* : "Je suis le Ténébreux, – le Veuf, – l'Inconsolé, / Le Prince d'Aquitaine à la

Tour abolie : / Ma seule Étoile est morte, – et mon luth constellé / Porte le Soleil noir de la Mélancolie." Avant de se lancer, avec un fort accent vietnamien qui les rendit plus poignantes encore qu'elles ne l'étaient déjà, dans les deux premières strophes de *Chanson d'automne* : "Les sanglots longs / Des violons / De l'automne / Blessent mon cœur / D'une langueur / Monotone. / Tout suffocant / Et blême, quand / Sonne l'heure, / Je me souviens / Des jours anciens / Et je pleure."

OUVRAGE RÉALISÉ
PAR L'ATELIER GRAPHIQUE ACTES SUD
ACHEVÉ D'IMPRIMER
SUR ROTO-PAGE
EN NOVEMBRE 2019
PAR L'IMPRIMERIE FLOCH
À MAYENNE
POUR LE COMPTE DES ÉDITIONS
ACTES SUD
LE MÉJAN
PLACE NINA-BERBEROVA
13200 ARLES